読んで愉しむ
イギリス文学史入門

02
横浜市立大学新叢書

白井義昭

春風社

はしがき

　イギリス文学史は、イギリス文学を専攻する人のみならず、イギリスの文化を理解しようとする人にとっても欠くことができない。イギリス文学はイギリス文化の大切な分野であって、その中心となっているからである。ところが、これまでに出版されてきたイギリス文学史は、ともすれば作家と作品を年代別に羅列したものが多く、それを学ぶ人にとってイギリス文学史はとらえどころがないと受け止められている面があるのは否定できない。ピンポイント形式で、時代、それにコンテクストと関連づけながらイギリス文学の歴史を紐解いていく本書は、そうした欠点を補い、イギリス文学の理解、ひいてはイギリス文化の理解に大いに役立つであろう。

　本書は、これからはじめてイギリス文学を学ぼう、あるいはイギリス文化をさらによく理解するためにその主要な一分野であるイギリス文学について知ろうとする人に、イギリス文学についての基礎的な知識を与えようとするものである。大学でイギリス文学の講義に教科書として使用する場合を考慮して、現在、前期15回、後期15回の講義数で実施されている大学のカリキュラムに合わせ、全15章で構成されている。半期で講義を終了するばあいには毎回1章ずつ、通年にわたる講義の場合には2回で1章ずつ読み進めていただきたい。

　本書では、各章ごとに作者名（第1章だけは作品名）を明示し、それにそってその作者の時代背景の説明、作者と作品の解説、さらにその作者と関連する他の作者、作品の紹介を行う。いたずらに多量の情報を盛ることはできるだけ避け、イギリス文学の歴史の流れを明確に理解できるようにするために、作家も作品もできるだけ絞り、ピンポイント形式の分かりやすい記述につとめた。

　また、「原文で愉しもう」の欄を設けて読者に鑑賞していただくように配慮した。「詩文選集」の役も果たすように、比較的多くの作品を載せたので、適宜取捨選択して愉しんでいただきたい。各章の最後には「知識の小箱」欄を設け、イギリス文学・文化の理解をさらに助けるような情報を載せた。本文と合わせて愉しく読んでいただければ幸いである。

白井義昭

目次

はしがき ——————————1

- ④ 第Ⅰ章 『ベーオウルフ』
  ——古英語時代（5世紀—12世紀）

- ⑧ 第Ⅱ章 チョーサー
  ——中英語時代（12世紀—15世紀）

- ⑮ 第Ⅲ章 シェイクスピア
  ——近代英語時代（16世紀—17世紀）

- ㉗ 第Ⅳ章 ミルトン
  ——清教徒革命と王政復古の時代（17世紀）

- ㊴ 第Ⅴ章 ポープ
  ——オーガスタン時代（18世紀）

- ㊹ 第Ⅵ章 デフォー
  ——近代小説の誕生（18世紀）

- ㊺ 第Ⅶ章 リチャードソン
  ——近代小説の発展（18世紀）

- ㊽ 第Ⅷ章 ワーズワース
  ——ロマン主義の時代・前期（18世紀—19世紀）

- ⑦⓪ 第Ⅸ章 キーツ
  ——ロマン主義の時代・後期（19世紀）

- ⑧⓪ **第Ⅹ章 オースティンとブロンテ姉妹**
  ——ヴィクトリア朝時代・小説Ⅰ（19世紀—20世紀）

- ⑨③ **第ⅩⅠ章 エリオットとハーディ**
  ——ヴィクトリア朝時代・小説Ⅱ（19世紀—20世紀）

- ①⓪③ **第ⅩⅡ章 テニソン**
  ——ヴィクトリア朝時代・詩と散文（19世紀—20世紀）

- ①①① **第ⅩⅢ章 フォースター**
  ——現代小説の発展（20世紀）

- ①②② **第ⅩⅣ章 エリオット**
  ——20世紀の詩と劇

- ①③⓪ **第ⅩⅤ章 オズボーンからリークルズへ**
  ——第2次世界大戦以降の文学

イギリス文学略年表 ——— 143
文学用語集 ——— 149
索引 ——— 154
あとがき ——— 169

第 I 章
『ベーオウルフ』
Beowulf

古英語時代（5世紀―12世紀）

　375年、ドイツ北部からデンマークにかけて住んでいたゲルマン人のゴート族が南下してローマ帝国領を侵し始めた。これがいわゆる「**ゲルマン民族の大移動**」である。5世紀にはアングル人、サクソン人、ジュート人からなるアングロ・サクソン族がブリテン島を征服し、先住民であるケルト系のブリトン人を追い払い、アングル人は中央と北部、サクソン人とジュート人は南部に住んで勢力を拡大していった。追われたブリトン人はウェールズ、アイルランド、スコットランドの北西の辺境にのがれた。アングロ・サクソン族は背が高く、肌が白く、金髪であるが、ケルト系のブリトン人はその反対に背が低く、肌は有色で、黒髪であった。産業革命前までウェールズ、アイルランド、スコットランドに金髪の人が少なかったのは、このような歴史によるものである。

　その後1066年に、現在のフランス北西部のノルマンディーに住んでいたノルマン人によって征服されるまで、イングランドはアングロ・サクソン族が支配した。彼らの使用言語はアングロ・サクソン語であるが、これは**古英語**（Old English, 略してOE）とも呼ばれる。この言語で書かれた英雄**叙事詩**（epic）が作者不詳の『**ベーオウルフ**』（*Beowulf*）である。ここからイギリス文学が始動する。

　『ベーオウルフ』は、もともとは宮廷の職業的**吟遊詩人**（OEではscopと呼ばれた）が8世紀初期から口誦して伝えたものである。10世紀に紙に書き写されたと推定され、3182行からなる。この作品の内容は以下のとおりである。

　デネ（デンマーク）の王フロースガール（Hrothgar）は、きらびやかな宮殿を造営し、その落成を祝い夜な夜な宴会を開催したところ、その騒ぎに怒ったグレンデル（Grendel）という人間の姿をした怪物が宮殿を襲い、30名の家臣を食い殺した。その後、12年間その宮殿にはだれ一人泊まることがなかった。

　スウェーデンの南部を治めていた王の甥のベーオウルフは、その噂を聞いて、海を渡ってグレンデル退治に馳せ参じ、怪物と壮絶な戦いを

繰り広げた結果、その片腕をもぎ取り、勝利する。怪物は沼地のすみかで死ぬ。翌晩、この怪物の母親が復讐にやってきた。ベーオウルフはこの母親をも倒す。

彼は故郷デンマークへ帰り、やがて伯父の領地を継ぎ、王位について50年間平和に暮らしていた。だが、それまで300年間おとなしくしていた竜がふとしたことから暴れだし、ベーオウルフは11人の従士を率いてそれと戦うこととなった。竜は火を吐きながら襲ってくる。これに恐れをなした従士は近くの森に逃げ込み、ベーオウルフは単身踏みとどまった従士の一人であるウィーイラーフ（Wiglaf＝戦いの生き残り、という意味）とともに竜と戦う。

竜を倒しはしたが、ベーオウルフ自身も致命傷を負って死んでしまう。遺骸は荼毘に付され、遺骨は岬の大きな塚に埋葬された。その塚は、国民が彼のことを想いおこすようにと彼が生前築くのを命じておいたものであった。

『ベーオウルフ』は英雄を題材にした叙事詩である。叙事詩と対をなすのが作者の主観的な情緒や観照を表現した**叙情詩**（lyric）である。古英語（OE）の叙情詩には115行からなる『**さすらい人**』（*The Wanderer*）と老水夫の独白である『**水夫**』（*The Seafarer*）がある。『さすらい人』は8世紀の作品とされる。この作品は、主君と親族を失い、氷の海を船でさすらいながら、人生のはかなさを嘆く男の悲しみを描く。『水夫』も同様に8世紀の作品とされて108行からなり、『さすらい人』と多くの類似点を持つ。前半の64行では海上生活の魅力と困難、危険を述べ、その対照として65行からの後半では現世の移ろいやすさ、はかなさ、名声を得ることの空しさを述べる。

叙事詩も叙情詩も、**口誦文学**（oral literature）であることに注目すべきであろう。文学の最初は、口から耳へ、耳から口へと口伝えで受け継がれてきたのである。この意味では「文」学ではなかったのだ。ギリシャの最高傑作の叙事詩である『**イーリアス**』（*Iliad,* ギリシャ語では *Ilias*）にしても『**オデュッセイア**』（*Odyssey,* ギリシャ語では *Odusseia*）にしても、文字を読めない盲目のホメーロス（Homer, ギリシャ語では Homeros）が都市を遍歴しながら吟唱したものといわれている。西洋ではその後、北欧の『**エッダ**』（*Edda*）、フランスの『**ローランの歌**』（*La Chanson de Roland*）、ドイツの『**ニーベルンゲンの歌**』（*Das Nibelungenlied*）などの口誦文学が現れた。しかし、なにもこの現象は西洋に限られたものではない。わが国でも盲目の琵琶法師が語る『**平家物語**』がこの系列に属することは周知の事実である。

口誦文学に続いては、識字率が高まるにつれ、文字を使いはするが、

音を重視する**詩歌**が登場することとなる。**古英詩**において、各行に2、3個の**頭韻**（alliteration）**を多用し**、**脚韻**（rhyme）**を用い**、弱音節と強音節の**強勢**（stress）を配置してリズムを整えたのは、聴覚による快感を得るためでもあるが、もう一つにはそうすることによって耳から覚えやすい、耳へ入り易い、という利点があるためである。

詩の形を変形させたのが**演劇**（drama）である。演劇の脚本は、観客に語りかけるという性質上、音が中心になっている。**散文**（prose）による現代の脚本においてもこの事実は変わっていないだろう。散文による文学作品の**小説**（novel）が登場するのはずっと後の時代になってからのこととなる。

散文は聴覚に訴えることを目的としていなかったという理由で、古英語（OE）時代に著された散文は文字を読める王侯や聖職者などを対象として書かれた。そのためにそれらは文学作品ではなく、あくまでも学問・教育のための書であった。たとえば**アルフレッド大王**（Alfred the Great, 849?-899）の『**アングロ・サクソン年代記**』（Anglo-Saxon Chronicle）や**アルフリック**（Ælfric, 955-1020）の『**説教集**』（Catholic Homilies, 990-4）、『**聖者列伝**』（Saints' Lives, 993-6）などを挙げることができよう。なおアルフレッド大王は、「**イギリス史の父**」（The Father of English History）と呼ばれている**ビード**（The Venerable Bede, 673?-735）の『**イギリス国民教会史**』（Historia Ecclesiastica Gentis Anglorum）をラテン語から英語に翻訳もしている。

原文で愉しもう

『ベーオウルフ』序詞冒頭部分

Hwæt! We Gardena in geardagum,
þeodcyninga, þrym gefrunon,
hu ða æþelingas ellen fremedon.
Oft Scyld Scefing sceaþena　þreatum,
monegum mægþum, meodosetla ofteah,
egsode eorlas. Syððan ærest wearð
feasceaft funden,

いざ聴き給え、そのかみの槍の誉れ高きデネ人の勲（いさおし）、

民の王たる人々の武名は、
貴人（あてびと）らが天晴（あっぱ）れ武勇の振舞をなせし次第は、
語り継がれてわれらが耳に及ぶところとなった。
　シェーフの子シェルドは、初めに寄る辺なき身にて
見出されて後、しばしば敵の軍勢より、
数多（あまた）の民より、蜜酒（みつざけ）の席を奪い取り、軍人（いくさびと）らの心胆を
寒からしめた。彼はやがてかつての不幸への慰めを見出した。

(忍足欣四郎訳)

◆説明：1行目は前半と後半に分かれ、それぞれ強音節（stressed syllable）を2個持つ。また頭韻（alliteration）が用いられ、前半部と後半部をつないでいる。たとえば1行目の

"Hwæt! We G**ar**dena in **gear**da**g**um," を例に取ってみよう。太字の母音に強音がおかれ、イタリックが頭韻となっている。

知識の小箱

ケニング（kenning）

代称と訳される。ある名詞を複合語または語群で遠回しに表現する技法。たとえば、

blood= *svarraði sárgymir* (wound-sea)
honour= *weorðmyndum* (mind's worth)
sea= *swan-rād* (swan-road), *hwæl-weġ* (whale's way), *seġl-rād* (sail road)
ship= *unnsvín* (wave-swine), *gjálfr-marr* (sea-steed)
sky= *Ymis haus* (Ymir's skull)
the sun= *heofones ġim* (sky's jewel), *álf röðull* (glory of elves)
wife= *sól húsanna* (girl of the houses)

第II章
チョーサー
Geoffrey Chaucer

中英語時代（12世紀―15世紀）

チョーサー

　イギリス文学史において1066年は重大な意味を持つ。この年から英語が大規模な変化・発展を遂げるからである。**告解王**(the Confessor)という通り名で知られる**聖エドワード**(Saint Edward, c.1003-66)が逝去すると、その継承をめぐり争いが起こった。フランスの**ノルマンディー公ギヨーム**(Guillaume)はイギリスに侵入し、**ハロルド2世**(Harold II)を破り、即位して**ウィリアム1世**(William I)となった。いわゆる**ノルマン征服**(Norman Conquest)である。ウィリアム1世は**征服王ウィリアム**(William the Conqueror)として歴史にその名を残すこととなった。ここにノルマン王朝が確立し、それとともにイギリスの政治・社会・法律が一新された。文化も同じく変わった。

　しかし、一新されたのはこれらにとどまらなかった。言語自体が大変貌を遂げたのである。ノルマン系のフランス語が、これまでのアングロ・サクソン語に取って代わったのだ。ここから**中英語**(Middle English, 略してME)の時代が始まる。ゲルマン系の言語にラテン系の言語が入り込み、両者の混交が進んだ。現代英語にフランス語（これはラテン語系に属する）の単語が少なからず見られるのはこのためである。

　中英語を代表する詩人が**チョーサー**(Geoffrey Chaucer, 1340-1400)である。彼の詩作によって中英語は成長を遂げたといっても過言ではない。だが、チョーサーにいたるまでに古英語時代の頭韻詩の伝統を残している詩人たちが存在していたので、彼らについて簡単に触れることにしよう。一人はチョーサーと同時代に活躍した**ラングランド**(William Langland, 1330-1400)である。彼は『**農夫ピアズの夢**』(*The Vision of Piers the Plowman,* テキストにより1362, '77, '95)の著者だと考えられている。

8

『農夫ピアズの夢』は、A・B・Cの3種の異なるテクストがあり、それによって2500行から7300行と幅がある。詩人が寓意的な人物や出来事を語るという中世詩の長編詩「**夢物語**」(dream-vision)の手法が用いられ、詩人がマルヴァーン・ヒルズ（Malvern Hills）山中で、教会の腐敗・愛と心理の道・キリスト教的道徳・労働などを体現した人物が現れるのを夢見る。農夫ピアズは詩の半ばに登場し、人々に労働の神聖を説き、道案内の役をつとめる。

　もう一人は氏名不詳なのだが、ヨーロッパに流布するアーサー王伝説にしたがった、2530行の、中世最大のロマンス、『**ガウェイン卿と緑の騎士**』(*Sir Gawain and the Green Knight*) を書いた。なお、**ロマンス**(romance)とは、韻文で書かれた中世騎士の武勇物語をいう。この物語は騎士道精神を表している。緑の騎士の挑戦を受けたガウェイン卿は、この騎士と戦い、その首を打ち落とす。しかし奇妙なことに残った胴体は、1年後に緑の礼拝堂で待っているからそこへ来いと言い残して、この首を拾って立ち去る。ガウェイン卿は、約束どおり1年後に緑の騎士と会うために旅に出て、ある城でその城主（実は緑の騎士）の妻に誘惑されるものの、それをしりぞけた後についに緑の礼拝堂ならぬ草生した岩窟にたどり着き、そこで緑の騎士と一戦交える。戦いの末に緑の騎士は、自分は実はベルシラック（Bercilak）という人物で、城に住む魔法使いモルガン（Morgan）の術によって緑の騎士に姿を変えられたことを打ち明ける。両者は互いの度量や礼節、武勇をたたえ合った末に、ガウェイン卿は緑の騎士の帯を貰い受け、アーサー王の宮殿にもどる。この詩を書いたことからこの詩人は「**ガウェイン詩人**」と呼ばれる。それと同時に、この詩人は「夢物語」の手法を用いた『**真珠**』(*Pearl*)も残しており、そのことから「パール詩人」という名も持つ。『真珠』の内容は以下の通りである。

　「真珠」という名の愛娘を亡くした詩人は、夢を見る。すると真珠を全身に身につけた女の子が川の対岸の楽園にいた。その子は亡き娘の成人した姿であった。娘からその楽園で祝福された生活を送っていることを知らされた詩人は、娘に近づくためにその川を渡ろうとしたところで夢から醒める。「真珠」は、亡き我が子の名前であるだけでなく、同時にキリスト教の純潔を象徴もしていることに注目したい。

　それでは**チョーサー**に戻ろう。ロンドンの富裕なワイン商の家に生まれた。しだいに宮廷に取り入れられ、1370年から1378年のあいだしばしばフランス、イタリアを訪れ、フランス文学・ラテン文学を学んだ。特に「**宮廷恋愛**」(amour courtois)に興味

を覚え、中世フランスの『**バラ物語**』（*Roman de la Rose*、13世紀）の一部を英訳（*The Romaunt of the Rose*）した。さらには**ボッカチオ**（Boccaccio, 1313-75）の『**フィロストラート（恋のとりこ）**』（*Il Filostrato*, 1338）を土台にして『**トロイルスとクリセイデ**』（*Troilus and Criseyde*, 1385）を著した。ボッカチオについては、チョーサーがイタリアで会っただろうと推察する人もいる。のちに、**シェイクスピア**（William Shakespeare, 1564-1616）が同じ題材で『**トロイラスとクレシダ**』（*Troilus and Cressida*, c.1602）を書くこととなる。その他に、チョーサーはローマの哲学者ボエティウス（Boethius, 480?-524?）の『**哲学の慰め**』（*De Consolatione Philosophiae*）の散文訳『**ボイース**』（*Boece*）も世に問うている。しかし、彼の名を現在にまで知らしめているのは何と言っても『**カンタベリー物語**』（*The Canterbury Tales*, 1387-1400）だ。

この物語は、イタリアのボッカチオの『**デカメロン（十日物語）**』（*Decameron*, 1353）から着想を得ており、17,000余行の韻文と散文からなる。『デカメロン（十日物語）』は黒死病の流行を避けるべく7人の淑女と3人の紳士がフィレンツェを離れ、近郊の別荘に逃れ、そこで10日間、各自一編ずつの物語、計100編のコントを話すという体裁になっている。

『カンタベリー物語』は、カンタベリーのトマス・ア・ベケット詣でをしようと、ロンドン郊外サザーク（Southwark）の「陣羽織（よろいの上に着る、袖なしか、短いそでのついたゆったりした上着）屋」（The Tabard）に集合したチョーサーを含む29名が宿の主人の提案にしたがって、めいめいが往路と復路にそれぞれ2つの物語をして旅の憂さをはらそうとした、という物語である。他に2人が加わり巡礼者は31人となるが、実際の物語数はチョーサー自身が2つ、他の22名が各1つ、計24となっている。1387年から執筆が始まったが、チョーサーが1400年に死亡したために、未完となった。

巡礼者たちの職業は、騎士からはじまって粉屋・荘園の農奴の総監督・料理人・法律家・バースの女房・托鉢僧・召喚吏・オックスフォードの学僧・貿易商人・騎士の従者・郷士・医者・帽子屋・大工・機織り・染物屋・家具商・免罪符売り・船長・尼僧院長・司教聖堂付き参事会員・その従者など多種多様である。巡礼者の姿や性格が実に鮮やかに描かれていて、読むものを飽きさせない。たとえば商人は、若妻を寝取られながら、まだ目がさめない老人の話をし、司教聖堂付き参事会員の従者は錬金術のイカサマを暴露する。そうした中にあってバースの女房の話は特に興味深い。

この女房は12歳の時から結婚と離婚を繰り返していて、現在まで夫が5人いた、なかなかのつわものである。彼女は、女性がこの世で一番

望むものについての、アーサー王伝説のエピソードを物語る。アーサー王のもとには好色な騎士がいて、彼の不行跡が王の耳に入ってしまうが、王より「女が一番好むものはなにか」の答えがみつかれば助命すると言われる。騎士には答えが全く見つからなかったが、ある老婆から、彼女との結婚を約束するならば答えを教えてあげると言われる。背に腹はかえられずその約束をして、答えを教えてもらう。なんとその答えは「女性たちは愛人に対してはもとより、夫に対しても支配権をもつことを願い、彼の上に君臨することを願っている」というウーマン・リブの先駆けと言っても良いものであった。騎士はこの答えを得て、命拾いをし、老婆とも結婚する。すると老婆はうら若き美しい女性に変身し、2人は完全な喜びにみちた一生をすごしたという。

　ひとことで言うならば『カンタベリー物語』には多様な人生模様が多彩に描かれている。**ドライデン**（John Dryden, 1631-1700）は、チョーサーを「**英詩の父**」（the father of English poetry）と呼び、ギリシャ人が**ホメーロス**を、ローマ人が**ウェルギリウス**（Vergilius, 70-10 B.C.）を尊敬するように、チョーサーを尊敬し、「何とすばらしいことか」（"here is God's plenty."）（Preface to *Fables, Ancient and Modern*, 1700）と激賞している。

　チョーサーが亡くなった年に誕生したと思われるのが、**サー・トマス・マロリー**（Sir Thomas Malory, 1400?-71）である。マロリーは、アーサー王とその騎士についての中英語（ME）の重要な散文物語『**アーサー王の死**』（*Le Morte Darthur*, 1469-70）を書いた。マロリーは8編の物語として個別に書いたのであるが、彼の死後の1485年に**ウィリアム・キャクストン**（William Caxton, 1422-91）がこれを一編の長い物語として出版した。

　ところでこのキャクストンは1476年にロンドンのウェストミンスター寺院でイギリス最初の英語による本を印刷した。これにより出版事情は一変することとなった。少数の特権階級しか所有できなかった書物を、より多くの人々が手に入れることができるようになったのである。この動きと合わせるかのように1509年には**ヘンリー8世**（Henry VIII, 1491-1547）が即位した。音楽を愛し、芸術を愛し、文学を愛し、いかにも潑剌としたこの18歳の青年王は、新しいイギリスの夜明けを象徴していた。彼の治世下でイギリスのルネッサンスが開花し始めた。オランダの人文学者（ヒューマニスト）でルネッサンスの先駆者である**エラスムス**（Desiderius Erasmus, 1466?-1536）の親友**トマス・モア**（Thomas More, 1478-1535）の『**ユートピア**』（*Utopia*, 1516）がラテン語（英語版は1551年）で出版された。Utopiaは "eu（good）+topos（place）" すなわち「すばらしい場所」と "ou（no）+topos（place）" すなわち「どこにも存在しな

チョーサー●中英語時代（12世紀―15世紀）

い場所」という2つのギリシャ語の言葉遊びだ。『ユートピア』はアントワープでモアがある船乗りから聴いたという体裁で、(1) 貨幣経済・私有財産を否定し、(2) 流血の愚かさを否定し、(3) 宗教の自由を主張して、当時のヨーロッパ、とくにイギリスの社会を裏返しにして、それを合理的に批判しながら描いた物語である。この意味で人間中心の典型的なルネッサンス作品となっている。モアはその後、ヘンリー8世の離婚を承認しないローマ教皇側に立ったために処刑された。

ヘンリー8世は、**アン・ブリン**（Anne Boleyn）との結婚を正当化するために、1534年、自らを首長とする**イギリス国教会**（Anglican Church）を設立し**ローマカトリック教会**（Roman Catholic）から分離独立した。これ以降イギリスは独自の宗教の道を歩む。

原文で愉しもう

1.『カンタベリー物語』の冒頭は以下の有名な序詞（Prologue）で始まる。

Whan that Aprille with his shoures soote
The droghte of Marche hath perced to the roote,
And bathed every veyne in swich licour,
Of which vertu engendred is the flour;
Whan Zephirus eek with his swete breeth　　5
Inspired hath in every holt and heeth
The tendre croppes, and the yonge sonne
Hath in the Ram his halfe cours yronne,
And smale foweles maken melodye,
That slepen al the night with open ye,　　10
(So priketh hem nature in hir corages):
Thanne longen folk to goon on pilgrimages
And palmeres for to seken straunge strondes
To ferne halwes, kowthe in sondry londes;
And specially, from every shires ende　　15
Of Engelond, to Caunterbury they wende,
The holy blisful martir for to seke,

That hem hath holpen, whan that they were seke.

     (Geoffrey Chaucer, *The Canterbury Tales*, Prologue)

 四月がそのやさしきにわか雨を
 三月の旱魃(ひでり)の根にまで滲みとおらせ、
 樹液の管(くだ)ひとつひとつをしっとりと
 ひたし潤(うるお)し花も綻(ほころ)びはじめるころ、
 西風もまたその香(かぐわ)しきそよ風にて
 雑木林(はやし)や木立の柔らかき新芽に息吹をそそぎ、
 若き太陽が白羊宮の中へその行路(みち)の半ばを急ぎ行き、
 小鳥たちは美わしき調べをかなで
 夜を通して眼をあけたるままに眠るころ、
 ――かくも自然は小鳥たちの心をゆさぶる――
 ちょうどそのころ、人々は巡礼(しゅんれい)に出かけんと願い、
 棕櫚の葉もてる巡礼者たちは異境を求めて行かんと冀(こいねが)う、
 もろもろの国に知られたる
 遥か遠くのお参りどころを求めて。
 とりわけ英国各州の津々浦々から
 人々はカンタベリーの大聖堂へ、昔病めるとき、
 癒(いや)し給いし聖なる尊き殉教者に
 お参りしようと旅にでる。

 そんなある日のこと、こんなことが起こりました。

             （桝井迪夫訳）

 ◆ここには『ベーオウルフ』などの古英語（OE）で見られた頭韻詩はもはやなく、1行目と2行目が

  Whan that | Aprill | e with | his shou | res soote
  The drogh | te of Marche | hath per | ced to | the roote,

         （xは弱音、/は強音を表す）

と、1行目の最初と、1行目と2行目の各行末に乱れはあるが、大体として弱強5歩格（iambic pentameter）の韻律で、しかも1行目と2行目の最後が"soote"、"roote"と同音 [oːte] で韻（rhyme）を踏む英雄対韻句（heroic couplet）形になっている。ここに古英語（OE）の詩を一変させた中英語（ME）の詩の特徴を見るこ

とができる。

2.

So upon Trinity Sunday at night, King Arthur dreamed
a wonderful dream, and that was this: that him seemed
he sat upon a chaflet in a chair, and the chair was fast to [chaflet=scaffod
a wheel, and thereupon sat King Arthur in the richest
cloth of gold that might be made; and the king thought
there was under him, far from him, an hideous deep black
water, and therein were all manner of serpents, and worms,
and wild beasts, foul and horrible; and suddenly the king
thought the wheel turned up-so-down, and he fell among
the serpents, and every beast took him by a limb; and
then the king cried as he lay in his bed and slept: Help.
　　　　　（Thomas Malory, *Le Morte Darthur*, Book XXI, Ch.III）

◆アーサー王が死を予感する場面である。

知識の小箱

中英語（ME）の顕著な特徴としてよく取り上げられるものに、宮廷を中心とした支配者階級のノルマン人がフランス語を使用し、被支配者階級のサクソン人が従来のサクソン語を使用しているために、飼育された動物名と料理の呼び名が異なっているという現象がある。動物を飼う被支配者階級はサクソン人なので飼育されている動物はサクソン語系の名前で、動物を食する支配者階級はノルマン人なので、食卓にのぼる料理名はフランス語系の名前で表記されているのだ。例を挙げよう。

動物名	料理名
pig, swine	bacon, pork
sheep	mutton
calf	veal
ox	beef

第III章
シェイクスピア
William Shakespeare

近代英語時代（16世紀—17世紀）

　ヘンリー8世の宮廷には詩人が活躍した。**ワイアット**（Sir Thomas Wyatt, 1503?-42）はその一人である。彼が**14行からなるソネット**（sonnet）**形式**をイギリスに導入した。それは**ペトラルカ（イタリア）形式**と呼ばれ、**弱強5歩格**（iambic pentameter）で abba/abba//cde/cde（または最後の6行がcd/cd/cd）という脚韻を踏む。これに対して英語に合った、イギリス形式とも呼ばれるソネット形式が**サリー伯**（Henry Howard, Earl of Surrey, 1517?-47）によって考案された。これはやはり同じ弱強5歩格でabab/cdcd/efef//gg という韻を踏む。このイギリス形式はその後シェイクスピアが『**ソネット集**』（Sonnets, 1593-96）で完成させたので、**シェイクスピア形式**とも呼ばれることとなった。サリー伯は**ウェルギリウス**（Publius Vergilius Marco, 70BC-19BC）の『**アエーネイス**』（*Aeneas*, 執筆39-19B.C.）を英語に翻訳するにあたり、弱強5歩格で脚韻を踏まない**無韻詩**（blank verse）**形式**を発明した。押韻が繰り返されるとどうしても軽快な調子になるのだが、押韻がなければ悲劇や英雄を物語るのにふさわしい深刻さが出てくるのである。この形式はシェイクスピアや**マーロウ**（Christopher Marlowe, 1564-93）の劇、**ミルトン**（John Milton, 1608-74）や**ワーズワース**（William Wordsworth, 1770-1850）の詩で効果的に用いられた。

　ヘンリー8世が逝去すると、プロテスタントの**エドワード6世**（Edward VI, 在位1547-53）と熱心なカトリック教徒**メアリー1世**（Mary I, 在位1553-58）が王位を継承したすえに、ヘンリー8世の娘の**エリザベス1世**（Elizabeth I, 在位1558-1603）が25歳で女王となった。彼女は即位の翌年1559年、父ヘンリー8世が制定した**国王至上法**（Act of Supremacy）を再確認し、イギリス国教会を確固たるものにした。結婚を期待されたが終世独身を貫き、「**処女王**」（the Virgin Queen）ともよばれる。彼女自身「私はイギリスの国民と結婚したのです」と言ったといわれている。男性を脇には置かなかったものの、歴史のうえで最強な、そしてもっとも成功した女性となった。1588年には最強国スペインの**無敵艦隊**（Spanish Armada）をヘブリディーズ諸島（Hebrides）沖で

15

破り、イギリスを政治的にも経済的にも最強の国家にした。国威は大いに発揚された。詩人たちに「**グロリアーナ（栄光女王）**」(Gloriana) と称えられ、イギリスのルネッサンスがついに大きな花を咲かせることとなった。

シドニー（Sir Philip Sidney, 1553-86）は、恋愛ソネット集『**アストロフェルとステラ**』(*Astrophel and Stella*, 執筆1580-84, 出版1591) を著した。愛する女性が「ステラ」つまり「星」で、彼はその星を愛する「アリストフェル」（この語はギリシャ語で「星を愛する者」の意味を持つ）だ。このほかに、シドニーは**牧歌文学**に属する散文の**牧歌ロマンス**（pastoral romance）『**アーケイディア**』(*Arcadia*, 執筆1586, 出版1590) と、本格的な文学論『**詩の弁護**』(*An Apologie for Poetrie*, 1595) をも出版した。シドニーは対スペイン戦争に従軍していて、略奪されていたオランダ東部の都市ジュトフェンで1586年9月に致命傷を受けた。そのとき傍らに横たわっていた瀕死の一兵卒に水を譲ったという逸話が残っている。彼は貴族の模範であったのだ。

スペンサー

シドニーの死を悼んで**哀歌**『**アストロフェル**』(*Astrophel*, 1595) を書いたのが親友の**スペンサー**（Edmund Spenser, 1552-99）だ。彼はさほど富裕ではない、毛織物業者の子としてロンドンに生まれたものの、ケンブリッジ大学のペンブルック・ホールに進んでフランス語とイタリア語を学んだ。在学当時から詩作を始めた。1579年に処女詩集『**羊飼いの暦**』(*Shepheardes Calender*) を出版した。12巻からなり、各巻に1年の12ヶ月が割り当てられ、羊飼いたちが丘の上に集って対話する形式の**牧歌**（pastoral）である。各歌は独立しているものの、古語と頭韻を多用しながら恋愛・道徳・宗教を論じ、エリザベス1世を讃歌し、詩人の理想を述べる。これ以降イギリスでは牧歌が流行し、「**叙情詩の時代**」となる。

古代から、叙情詩ではなく、叙事詩を書いてこそはじめて一人前の詩人になれると考えられてきていた。そこでスペンサーが次に著したのがエリザベス1世とその治世下にあるイギリスをことほぐ寓意的な「**物語叙事詩**」(romantic epic) の『**妖精の女王**』(*The Faerie Queene*, 1590-96) である。「妖精の女王」である「**グロリアーナ**」(Gloriana) は、エリザベス1世を表している。詩形は、本章の「**原文で愉しもう**」の1.にあるように、弱強5歩格8行に弱強6歩格1行を加えた9行で1連 (stanza) を構成する。押韻はab/ab/bc/bc/cである。これを「**スペンサー連**」(Spenserian stanza) といい、のちの有名なロマン派詩人**バイロン**（Lord George Gordon Byron, 1788-1824）や**シェリー**（Percy Bysshe Shelley, 1792-1822）、**キーツ**（John Keats, 1795-1821）などはすべてこの詩形で作詩をすることとなる。

ウェルギリウスの『アエーネイス』が12巻、ホメーロスの『イーリアス』(*Iliad*) と『オデュッセイア』(*Odyssey*) が24巻（つまり12巻の倍数）から構成されていることから知られるように、叙事詩は12巻が基になっている。これに倣い『妖精の女王』も、12の徳を12人の騎士が体現する12巻となるはずであった。しかし、残念なことに6章と断章を書いた段階でスペンサーはこの世を去ってしまったのであった。

『妖精の女王』の内容は以下の通りである。グロリアーナが12日間にわたる饗宴を持つ初日には「神聖」(Holinesse) をテーマに、赤十字騎士 (Knight of the Red Crosse) がそれを達成するための旅物語を語る（これが第1章）。2日目には次の騎士が「節制」(Temperaunce)（第2章）を、3日目に女性騎士が「貞節」(Chastitie) を、次いで男性騎士に戻り、「友情」(Friendship)、「正義」(Justice)、「礼節」(Courtesie) といったテーマを次々に物語る。7番目の断章では「無常」(Mutabilitie) がテーマとなっている。全体として3万3千行を超える大作だ。そこで描かれているのは「徳」であるはずでありながら、実際は宮廷を背景にした愛の世界であった。

スペンサーはこの作品によってエリザベス1世から終身年金を付与された。その後の作品には『**コリン・クラウト故郷へ帰る**』(*Colin Clouts Come Home Againe,* **1595**)（コリン・クラウトとは古典詩の伝統にならって詩人自らを呼ぶ名前）、『**結婚祝歌**』(*Epithalamion,* **1595**)、『**恋愛小曲集**』(*Amoretti,* **1595**)、『**結婚前祝歌**』(*Prothalamion,* **1596**) などがあり、後の詩人に大きな影響を与えた。彼の詩の質の高さ、純然たる芸術性のために彼は後世の詩人より「**詩人の中の詩人**」(Poets's Poet) と讃えられた。

シェイクスピア

スペンサーより12年遅れて、ウォリック州ストラットフォード・アポン・エーヴォンで誕生したのが、のちに「悲劇・喜劇を問わずイギリス随一の作家」と評されるにいたる、**シェイクスピア** (**William Shakespeare, 1564-1616**) である。18歳で8歳年上のアン・ハサウェイ (Anne Hathaway) と結婚、6ヶ月後に長女が誕生する。2年後に双生児が生まれる。1590年前後にはロンドンに出てきていて、1594年には劇団宮内大臣一座 (Lord Chamberlain's Men) が結成されるや、役者兼劇作家として加わった。1607年に長女が結婚し、翌年に孫が生まれ、1610年頃帰郷し、

家族とともに晩年を過ごした。シェイクスピアは37篇の戯曲と4冊の詩集を創作した。

シェイクスピアの少し前には**大学才人**（University Wits）と呼ばれる、オックスフォード大学とケンブリッジ大学（両大学を合わせて「オックスブリッジ」と言う）出身の劇作家たちがいたが、本書では彼の名前だけを記すことにとどめよう。彼らは**リリー**（John Lyly, 1554?-1606）、**ピール**（George Peele, 1557?-96）、**グリーン**（Robert Greene, 1558?-92）、**マーロウ**（Christopher Marlowe, 1564-93）である。

シェイクスピアの作品を推定創作年順にあげると以下のようになる。

第1期（1590-6）修行時代

『ヘンリー6世』
　第2部（*2 Henry VI*, 1590-1）
『ヘンリー6世』第3部
　（*3 Henry VI*, 1590-1）
『ヘンリー6世』第1部
　（*1 Henry VI*, 1591-2）
『ヴィーナスとアドーニス』
　（*Venus and Adonis*, 1592）（詩集）
『リチャード3世』（*Richard III*, 1592）
『間違いの喜劇』
　（*The Comedy of Errors*, 1592-3）
『タイタス・アンドロニカス』
　（*Titus Andronicus*, 1592）
『じゃじゃ馬馴らし』
　（*The Taming of the Shrew*, 1593）
『ルークリースの陵辱』
　（*The Rape of Lucrece*, 1593-4）（詩集）

『ソネット集』（*Sonnets*, 1593-6）（詩集）
『ヴェローナの2紳士』
　（*The Two Gentlemen of Verona*, 1593）
『恋の骨折り損』
　（*Love's Labour's Lost*, 1593）
『ロミオとジュリエット』
　（*Romeo and Juliet*, 1595-6）
『リチャード2世』（*Richard II*, 1595）
『夏の夜の夢』
　（*A Midsummer Night's Dream*, 1595-6）
『ジョン王』（*King John*, 1596）
『ヴェニスの商人』
　（*The Merchant of Venice*, 1595-6）

第2期（1597-1600）史劇と喜劇の完成期

『ヘンリー4世・第1部』
　（*1 Henry IV*, 1597）
『ヘンリー4世・第2部』
　（*2 Henry IV*, 1598）
『無駄騒ぎ』
　（*Much Ado about Nothing*, 1597-8）
『ヘンリー5世』（*Henry V*, 1598-9）
『ジュリアス・シーザー』
　（*Julius Caesar*, 1599）
『お気に召すまま』
　（*As You Like It*, 1599）
『十二夜』（*Twelfth Night*, 1601）

第3期（1600-09）悲劇の時期

『ハムレット』（*Hamlet*, 1601）、
『不死鳥と雉鳩』
　（*The Phoenix and the Turtle*, 1601）（詩集）
『ウィンザーの陽気な女房たち』
　（*The Merry Wives of Windsor*, 1600）
『トロイラスとクレシダ』

(*Troilus and Cressida*, 1600)

『終わりよければすべてよし』
(*All's Well that Ends Well*, 1604)

『以尺報尺』(*Measure for Measure*, 1604)

『オセロ』(*Othello*, 1604)

『リア王』(*King Lear*, 1606)

『マクベス』(*Macbeth*, 1606)

『アントニーとクレオパトラ』
(*Antony and Cleopatra*, 1606-7)

『コリオレーナス』(*Coriolanus*, 1607-8)

『アセンズのタイモン』
(*Timon of Athens*, 1607-8)

『ペリクリーズ』(*Pericles*, 1608)

第4期 (1610-13) ロマンス劇の時期

『シンベリン』(*Cymbeline*, 1610)

『冬の夜ばなし』
(*The Winter's Tale*, 1611)

『テンペスト』(*The Tempest*, 1611)

『ヘンリー8世』(*Henry VIII*, 1613)

シェイクスピアの作品はどれも魅力に富み、興味深いものばかりなのだが、そのうちでも特に目を引く作品を各時期から1、2作品ずつ取り上げて見てみよう。

第1期には**ホリンシェッド (Holinshed)** の『**年代記**』(*Chronicles*, 1577) とギリシャの伝記作家**プルタルコス (Plutarchus, 46?-12?)** の『**対比列伝 (プルターク英雄伝)**』(*Parallel Lives of Illustrious Greeks and Romans*, 英訳は1579年) を種本にしてイギリス史劇を書き始めたとともに、悲劇と喜劇、それに詩集も書いた。この時期からは『**ロミオとジュリエット**』と『**ヴェニスの商人**』、それに詩集の『**ソネット集**』を取り上げる。

『**ロミオとジュリエット**』はいかにも若い劇作家の手による、フレッシュな味わいを持つ、甘美な、それでいて物悲しい作品だ。イタリアの都市ヴェローナ (Verona) の名門モンターギュ家 (Montague) とキャピュレット家 (Capulet) は長年仲違い状態にあった。しかし、運命のいたずらによってモンターギュ家の一人息子ロミオはキャピュレット家の一人娘ジュリエットと恋に落ちる。ロミオは、両家の不和のあいだで悩む。そこで2人を添わせようとする修道僧 (friar) ローレンス (Laurence) が妙案を実行する。それはジュリエットが仮死をもたらす毒薬を飲み、仮死から醒めたらロミオとともにイタリア北部のマントバ (Mantua; Mantova (It.)) へ逃れるというものであった。しかし、そうした計画を知らずにいたロミオは薬によって一時的に仮死状態にあったジュリエットが死亡したものと早とちりし、悲観して毒を仰ぎ、息絶える。仮死から目覚めたジュリエットは、その惨状を目の当たりにして自ら命を断ち、彼のあとを追う。このようにしてこの2人の若い恋人たちは、深く愛しているのにも関わらず、星回りが悪いために ("star-crossed", *Romeo and Juliet*, Prologue, l.6) 悲劇を迎えざるを得なかったのである。

この作品では、ジュリエットに会いに行ったロミオが、彼の呼びかけに応じてバルコニーに出て来たジュリエットと交わす愛の言葉の掛け合いが印象的だ。章末の「**原文で愉しもう**」で味わっていただきたい。

『**ヴェニスの商人**』は、男性の友情・女性の賢明さ・ユダヤ人に対する敵意を3本柱として物語が進行する。ヴェニスの商人アントニオ（Antonio）は友人のバッサーニオ（Bassanio）がポーシャ（Portia）と結婚するのにあたり、その資金がないことを耳にし、ユダヤ人の高利貸しシャイロック（Shylock）から借金する。しかし、借金を返す段になって、所有していた船が難破して、返すことができなくなる。借金証文には、「返金できない場合には、アントニオ自身の生肉を1ポンド切り取る」とあったのを理由に、シャイロックはその実行を求める。この難題に直面したアントニオを助けたのが、若い男性判事に変装して法廷に現れたポーシャである。彼女は証文に血のことは一言も書いていないことを理由に、シャイロックにアントニオの肉を切り取っても良いが、血は一滴たりとも流してはならないという名判決を下す。アントニオは助かり、シャイロックはキリスト教徒に改宗させられ、バッサーニオはポーシャとめでたく結婚するのであった。

『**ソネット集**』は、154篇のソネットからなる。1番から126番までは作品の庇護者（パトロン）である美貌な貴公子に、127番から152番までは「**黒い婦人**」（Dark Lady）と称される女性に向けて書かれている。貴公子に対しては、彼の美貌と美徳を残すために結婚を勧め、彼に自分の恋人を奪われたことをかこち、詩人としての自分の苦悶を述べ、「黒い婦人」に対しては彼女の不実をなじる。

詩形はソネット形式でabab/cdcd/efef/ggの脚韻を踏む14行詩である。これを**シェイクスピア形式**（Shakespearean stanza）と呼ぶ。ただし126番だけは、なぜか、12行で終わっている。

第2期は史劇と喜劇の完成期だ。『**ヘンリー4世**』（第1部・第2部）は、のちにヘンリー5世として即位するまでのハル王子（Prince Hal）が老巨漢フォールスタッフ（Sir John Falstaff）らの部下とともに繰り広げる放蕩生活を扱う。この意味で喜劇的な史劇となっている。フォールスタッフは酒をこよなく愛し、嘘つきで、臆病者で、ユーモアがあり機智があり、とても憎むことができない、きわめて魅力的な人物だ。

第3期は、4大悲劇の『**ハムレット**』、『**オセロ**』、『**リア王**』それに『**マクベス**』が編み出された時期であるとともに、詩集を含めれば合計13編もの作品が書かれた、シェイクスピアにとって最も充実した時期であった。

『ハムレット』は、『ハムレット原話』（*Ur-Hamlet*）を基にしている。主人公であるデンマーク王子のハムレットは、王位にある彼の父親を殺したうえに、王妃であった彼の母親ガートルード（Gertrude）と結婚した叔父クローディアス（Claudius）に復讐したいと思う。しかし、優柔不断な性格であるがゆえに、「生きるべきか、死ぬべきか。それが問題だ」("To be or not to be, that is the question," *Hamlet*, Act 3, Scene 1)と考え悩み、すぐには行動に移らない。長くためらっているあいだに関係者はすべて命を失うのであった。

　この作品では、母親ガートルードが亡き父親の下手人である叔父と結婚したことから生じたと思われる、女性への不信感が色濃く打ち出されている。このような感情を抱いているがゆえに、ハムレットは恋人のオフェリア（Ophelia）も不信の目で見ないではいられない。それゆえにハムレットは、母親に対しては「弱き者よ、汝の名は女なり」("Frailty, thy name is woman," *Hamlet*, Act1, Scene 2)と、オフェリアには、「尼寺へ行け」("Go thy ways to a nunnery," *Hamlet*, Act 3, Scene 1)と言わないではいられないのだ。「尼寺」に「売春宿」の意味があることを忘れてはならない。

　『オセロ』では、白と黒の駒の勢力範囲が目まぐるしく変化するオセロゲームさながらに（ちなみにこのゲームは日本発である。このゲームの考案者である長谷川五郎の父親で英文学者であった長谷川四郎が『オセロ』と名付けた）、白と黒の戦いが繰り広げられる。肌の黒いムーア人の将軍オセロは、高潔な白人のデズデモーナ（Desdemona）と楽しい新婚生活を始める。しかし、腹黒い野心家の部下イアーゴ（Iago）（白人）に耳打ちされ、新妻と部下のキャシオ（Cassio）（白人）との仲を疑う。嫉妬に狂ったオセロはついに妻を絞殺するものの、その嫉妬がまったく根拠のないものであったことをイアーゴの妻エミリ（Emily）（白人）から教えられ、短剣で自分の胸を刺し、息絶える。高潔ではあるけれども単純なオセロが狡知にたけたイアーゴの奸計におちいり、嫉妬の深みにはまっていくのを見るのはまことに辛い。また、根拠のない嫉妬によって殺されるデズデモーナはあまりにも哀れである。なお、シェイクスピアは嫉妬したオセロのことを「緑色の目をもつ怪獣」("the green-ey'd monster," *Othello*, Act 3, Scene 3)とイアーゴに言わせている。

　『リア王』は『レア王真年代記』(*The True Chronicle History of King Leir*, 1594)の改作と言われているが、元の作品はハッピーエンドで、両作品は異なるところが多い。ブリテン王リアは3人の娘に領土財産を分与しようとする。上の姉2人は甘言を弄し、心にもない誓約をするが、末娘のコーデリア（Cordelia）はそうしない。それに激怒したリアは財産を2人の姉だけに

21

分与する。その後、コーデリアはフランス王と結婚する。他方リアは2人の娘たちに裏切られ、発狂し、荒野をさまよう。そのことを知って、今やフランス王妃となったコーデリアはブリテン島を攻めるが、戦に負け、彼女は捕虜となって死ぬ。娘の亡骸(なきがら)をリアは抱え、嘆き死ぬ。シェイクスピアの最高到達点と称えられる。

　3人の魔女が矛盾した言葉「綺麗は汚い、汚いは綺麗」("Fair is foul, and foul is fair," *Macbeth*, Act 1, Scene1) を一斉に唱える場面から展開される『**マクベス**』は、王を惨殺して王位に就いたものの、その報いをうけて仇をうたれる将軍マクベスの物語である。この作品では罪の意識に苛まれるマクベスの「男の弱さ」に対して、いったん悪に手を染めるや、恐れを知らなくなる、マクベス夫人の「女の強さ」が一層引き立つ。

　第4期に入ったシェイクスピアは一転、**ロマンス劇**(**romance**)の世界へ入る。『**テンペスト**』は最後の傑作にふさわしい。テンペスト、すなわち「嵐」という題を持ちながら、そこには本物の嵐はない。あるのは魔法を体得したミラノ公プロスペロ(Prospero)が魔法で起こしたヴァーチャルな嵐なのだ。弟に領地を奪われたプロスペロは絶海の孤島に、愛娘ミランダ(Miranda)、妖精(Ariel)、魔女の子(Caliban)と住んでいたが、弟が乗っていた船を魔法の嵐を起こして難破させ、一行を島に来させる。その船にはナポリ王子フェルディナンド(Ferdinand)が乗っていて、彼はミランダと恋に落ちる。プロスペロは試練を与えたあとで、彼とミランダの結婚を祝福する。弟たちは改悛し、プロスペロは領地を取り戻す。これを受け、すべてを許したプロスペロは魔法の杖を折るのであった。

　シェイクスピアは『テンペスト』4幕1場で「われわれ人間の素材は夢のようなもので、われわれのささやかな人生は眠りで終わりを迎える」("we are such stuffe/As dreams are made on, and our little life/Is rounded with a sleep") とプロスペロに言わせたが、これはシェイクスピア自身の思いでもあったのだろうか。**コールリッジ** (**S. T. Coleridge, 1772-1834**) が『**文学的自叙伝**』(***Biographia Literaria, 1817***) で「万の心を持つ」("myriad-minded," ch.xv) と評したイギリス文学最大の劇作家・詩人は、その後、生まれ故郷に隠遁し、余生を送った。

原文で愉しもう

1.

A GENTLE Knight was pricking on the plaine,
Y cladd in mightie armes and siluer shielde,
Wherein old dints of deepe wounds did remaine,
The cruell markes of many a bloudy fielde;
  Yet armes till that time did he neuer wield:
His angry steede did chide his foming bitt,
As much disdayning to the curbe to yield:
Full iolly knight he seemd, and faire did sitt,
As one for knightly giusts and fierce encounters fitt.

        [giust=joust, tournament

    II

But on his brest a bloudie Crosse he bore,
The deare remembrance of his dying Lord,
For whose sweete sake that glorious badge he wore,
And dead as liuing ever him ador'd:
Vpon his shield the like was also scor'd,
For soueraine hope, which in his helpe he had:
Right faithfull true he was in deede and word,
But of his cheere did seeme too solemne sad; [sad=serious
Yet nothing did he dread, but euer was ydrad

  （Edmund Spenser, *The Faerie Queene*, Book I, Canto I, St.1-2）

◆巻頭を飾る、颯爽と登場した騎士。その胸には赤十字がある。いかにも中世文学に相応しい。

2.

Capulet's orchard.
Enter Romeo and Juliet aloft, at the Window.
 Juliet. Wilt thou be gone? It is not yet near day.
  It was the nightingale, and not the lark,

    That pierc'd the fearful hollow of thine ear.
    Nightly she sings on yond pomegranate tree.
    Believe me, love, it was the nightingale.
Romeo. It was the lark, the herald of the morn;
    No nightingale. Look, love, what envious streaks
    Do lace the severing clouds in yonder East.
    Night's candles are burnt out, and jocund day
    Stands tiptoe on the misty mountain tops.
    I must be gone and live, or stay and die.
Jul. Yond light is not daylight; I know it, I.
    It is some meteor that the sun exhales
    To be to thee this night a torchbearer
    And light thee on the way to Mantua.
    Therefore stay yet; thou need'st not to be gone.
Rom. Let me be ta'en, let me be put to death.
    I am content, so thou wilt have it so.
    I'll say yon grey is not the morning's eye,
    'Tis but the pale reflex of Cynthia's brow;
    Nor that is not the lark whose notes do beat
    The vaulty heaven so high above our heads.
    I have more care to stay than will to go.
    Come, death, and welcome! Juliet wills it so.
    How is't, my soul? Let's talk; it is not day.
Jul. It is, it is! Hie hence, be gone, away!
    It is the lark that sings so out of tune,
    Straining harsh discords and unpleasing sharps.
    Some say the lark makes sweet division;
    This doth not so, for she divideth us.
    Some say the lark and loathed toad chang'd eyes;
    O, now I would they had chang'd voices too,
    Since arm from arm that voice doth us affray,
    Hunting thee hence with hunt's-up to the day!
                    [hunt's-up=狩りの起床ラッパ
    O, now be gone! More light and light it grows.

(Shakespeare, *Romeo and Juliet*, Act 3, Scene 5)

◆追放が決まり一夜を共にした後の、有名な後朝(きぬぎぬ)の場面。朝日が昇り、ヒバリが囀り始めた。もうロミオは立ち去らなければならない。しかし、恋するロミオにはそうする決心がつきかねる。そのままジュリエットの側にいたいのだ。

3.

Macbeth.   I'll go no more:
I am afraid, to think what I have done:
Looke on't again, I dare not
 Lady.   -   Infirm of purpose!
Give me the daggers. The sleeping and the dead
Are but as pictures. 'Tis the eye of childhood
That fears a painted devill. If he do bleed,
I'll gild the faces of the groomes withal,
For it must seem their guilt.
          Exit. Knocking within.
Macb.   Whence is that knocking?
How is't with me when every noise appalls me?
What hands are here? Ha! they pluck out mine eyes!
Will all great Neptune's ccean wash this blood
Clean from my hand? No. This my Hand will rather
The multitudinous seas incarnardine,   [incarnardine=redden
Making the greene one red.

(Shakespeare, *Macbeth*, Act 2, Scene 2)

◆王を惨殺したマクベスは罪の重さにおののくが、それに対してマクベス夫人は肝が据わり、まったく動じない。男性と女性の感受性はそれほど違うものなのか。

4.

Shall I compare thee to a summer's day?
Thou art more lovely and more temperate,

25

Rough winds do shake the darling buds of May,
And summer's lease hath all too short a date.
Sometime too hot the eye of heaven shines,
And often is his gold complexion dimm'd;
And every fair from fair sometime declines,
By chance, or nature's changing course, untrimm'd;
But thy eternal summer shall not fade
Nor lose possession of that fair thou ow'st,
Nor shall Death brag thou wand'rest in his shade,
When in eternal lines to time thou grow'st,
　So long as men can breathe or eyes can see,
　So long lives this, and this gives life to thee.

(Shakespeare, *Sonnet* 18)

◆男性を夏の太陽にたとえ、その美貌を称える。シェイクスピアのhomosexualityを漂わせる秀歌。

知識の小箱

後世の作家で、作品の題名をシェイクスピアに負っているものは少なくない。例をいくつか挙げてみよう。20世紀のハックスリー (**Aldous Huxley, 1894-1963**) の作品に「逆ユートピア」(**Dystopia**)(この説明はp.118を参照)を描いた『素晴らしい新世界』(***Brave New World***, **1932**) がある。これは『テンペスト』5幕1場のミランダの台詞から取られている。トマス・ハーディ (**Thomas Hardy, 1840-1928**) の『緑樹の陰で』(***Under the Greenwood Tree***, **1872**) は、『お気に召すまま』2幕5場のエーミエンズ (Amiens) の台詞から、モーム (**Somerset Maugham, 1874-1965**) の『お菓子とビール』(***Cakes and Ale***, **1930**) は『十二夜』2幕3場のベルチ (Sir Toby Belch) の台詞から取られている。

アメリカ文学もシェイクスピアの影響を受けている。フォークナー (**William Faulkner, 1897-1962**) の『響きと怒り』(***The Sound and the Fury***, **1929**) は『マクベス』5幕5場のマクベスの台詞から取ったものだ。同じくこの作品の2幕1場のフリーアンス (Fleance) の台詞から出たのが、スタインベック (**John Steinbeck, 1902-68**) の『月は沈みぬ』(***The Moon is Down***, **1942**) である。

第IV章
ミルトン
John Milton

清教徒革命と王政復古の時代（17世紀）

17世紀については、**清教徒革命**（the Puritan Revolution）が起こり、1649年1月に**チャールズ1世**（Charles I）が処刑されて共和制政府が樹立されるまでの前半と、それ以降の「**王政復古**」（the Restoration）となった後半とに分けて、キーワードと共に歴史の流れをたどることにしよう。

17世紀前半
『欽定英訳聖書』

1603年にエリザベス1世が没し、**スコットランド王ジェイムズ6世**（James VI）が**ジェイムズ1世**（James I）としてイギリスの王に即位すると、時は**チューダー王朝**（Tudor）から**スチュアート王朝**（Stuart）の時代に入る。ジェイムズ1世の大きな功績としてあげられるのは、彼が1611年に『**欽定英訳聖書**』（*The Authorized Version of The Bible*、または略して*King James's Bible*）を完成させたことである。その文体は格調高く、表現も豊かで、その後の英語とイギリス文化に多大な影響を与えた。

ジョンソン

演劇面ではシェイクスピアのライバル、**ジョンソン**（Ben Jonson, 1572-1637）が活躍した。彼はレンガ積み職人の継父に養われ、ウェストミンスター校（Westminster School）で学んだ程度だったが、古典の知識を蓄えた。シェイクスピアが俳優として出発したように彼も俳優として出発し、それから劇作家となった。当時は、万物が**4つの元素**（4 elements=earth, air, fire, water）から構成されるように、人間の体内には**4つの体液**（four humours）、つまり「**血液**」（blood）・「**粘液**」（phlegm）・**胆汁**（choler、またはyellow bileとも）・**黒胆汁**（black bile、またはmelancholyとも）が流れ、それらのバランスが崩れると異常な性格をおびると考えられていた。ジョンソンはこの考えを取り込み、『**十人十色**』（*Every Man in His Humour*, 1598）や『**だれもが気狂い沙汰**』（*Every Man out of His Humour*, 1598）のような**気質喜劇**（comedy of humours）を産み出した。そこでは体液のバランスをくずした結果、たとえば「血液」が多ければ「多血

27

質」の、血の気が多く、好色といった偏った性質を持った類型的人物が登場して喜劇を展開する。

ジョンソンはさらに、ロンドンの商人が持つ慣習や価値観を諷刺した『ヴォルポーニ、あるいは狐』(Volpone, or the Fox, 1606)、遺言で甥を遺産相続人から除こうと思ったが、この甥の計略にかかり、その思いを断ち切ることになった男が主人公の『寡黙な女』(Epicoene, or, The Silent Woman, 1609)、貪欲と偽善を暴き、清教主義を諷刺する『錬金術師』(The Alchemist, 1610)を世に出した。

ジョンソンと同時代の劇作家たち

ジョンソンと同時代の劇作家には、**チャップマン**(George Chapman, 1559?-1634)[代表作『ブッシー・ダンブワ』(Bussy D'Ambois, 1604)]
デッカー(Thomas Dekker, 1572?-1632)[代表作『靴屋の祭日』(The Shoemaker's Holiday, 1599)]
合作者の**ボーモントとフレッチャー**(Francis Beaumont, 1584?-1616)/**John Fletcher, 1579-1625**)[代表作『乙女の悲劇』(The Maid's Tragedy, 1611)]
ミドルトン(Thomas Middleton, 1570-1627)[代表作『女よ、女に注意せよ』(Women Beware Women, 1621)]
マシンジャー(Philip Massinger, 1583-1640)[代表作『新借金返済法』(A New Way to Pay Old Debts, 1622)]
フォード(John Ford, 1586-1639)[代表作『あわれ彼女は娼婦』('Tis Pity She's a Whore, 1633)]
ウェブスター(John Webster, 1580?-1625)[代表作『白魔』(The White Devil, 1609?)、『モールフィ公爵夫人』(The Duchess of Malfi, 1614)]
などがいる。

ジョンソンと同時代の詩人たち

ジョンソンは劇作家であったのみならず、『森林』(The Forest, 1616)や『下生え』(Underwoods, 1640)などの抒情短詩集を出した詩人であり、なかなかの文芸批評家でもあり、いわば文壇の大御所的存在であった。このため彼を慕う者は多く、そうしたジョンソン崇拝者たちは「ベン一家」(Tribe of Ben)と呼ばれた。彼ら自身も「ベンの息子たち」(Ben's sons)と世間から認められるのを誇りに思っていた。彼らは**スチュアート王朝**を支持した**王党派**に属したので、「王党派抒情詩人」(Cavalier lyrists)とも称された。代表的な詩人としては、**ヘリック**(Robert Herrick, 1591-1674)、**カルー**(Thomas Carew, 1595?-1639?)、**サックリング**(Sir John Suckling, 1609-41)、**ラヴレイス**(Richard Lovelace, 1618-57?)らがいる。

イギリスには**桂冠詩人**(Poet Laureate)といって、イギリス王室から任命を受け、王室および国家の慶事や葬祭に際して公的な詩を作る終身任命の王室付きの詩人がいる。**正式に任命された最初の桂冠詩人はドラ**

イデン（John Dryden, 1631-1700）だったが、ジョンソンは任命こそされなかったが、イギリス王室から年金を受け取った**最初の実質的な桂冠詩人**だとされる。

ダン

ダンと形而上詩人たち

ジョンソンと同時代を生きながら、彼および「ベン一族」とはまったく趣を異にする詩人集団が存在した。それが**ダン**（John Donne, 1573-1631）を筆頭とする**形而上詩人**（Metaphysical poets）たちである。

ダンはロンドンのリンカーン法学院（Lincoln's Inn）に学び宮廷に入りながら、恋愛結婚問題で出世の道を閉ざされ、自殺を考えるほどの困難な状況に置かれた。しかし、信仰心が芽生え、最終的にはセントポール大聖堂（St. Paul's Cathedral）の主任司祭（Dean）にまで上り詰めた人物である。彼の**『歌謡叙情詩選』**（*Songs and Sonets*, 1633）には、彼が若くて放埓な生活を送っていた1592年～8年頃にかけて書いた大部分の恋愛詩が収められている。

それらの詩は恋愛を歌いながら、やさしい愛の言葉で語りかけるのではなく、小難しい理屈を並べ、理論的に相手を説得し、抽象的な論議（すなわちmetaphysics）をする形となっている。このことからこうした詩は、**形而上詩**（Metaphysical poetry）と呼ばれ、こうした形式を取る書き手は**形而上詩人**（Metaphysical poets）と呼ばれるようになった。

彼らは「**機知**」（wit）・**奇想**（conceit）・**逆説**（paradox）を駆使し、「**感情と思考の分裂**」（Dissociation of Sensibility）（これは、20世紀の巨星 T. S. エリオットが初めて用いた）がなかったかつての理想的な詩的語法を取り戻した。たとえば、ダンの**「嘆くのを禁じる別れの歌」**（"A Valediction: Forbidding Mourning"）は、男女の仲を製図で円を描くときに用いるコンパスの両脚にたとえ、たとえ男性が女性から遠く離れて彷徨していても、女性が主軸として動かずにどっしりと腰を落ち着けていれば、必ず男性はもとのところへ戻ってくるから心配しないでくれ、と説得するのだ。「**原文で愉しもう**」で、この詩を堪能していただきたい。

ダンの一派に属する詩人としては、世界遺産であるストーンヘンジ（Stonehenge）があるソールズベリー（Salisbury）の片田舎牧師として一生を送った、きわめて敬虔な信仰心の持ち主で、**宗教詩集『聖堂』**（*The Temple*, 1633）を生んだ**ハーバート**（George Herbert, 1593-1633)、この詩人を尊敬して、彼の詩集名を借りて『聖堂への階段』（*Steps to the Temple*）というタイトルの詩集を作ったクラショー（Richard Crashaw, 1613?-49)、「内気な恋人」（"To his Coy Mistress"）と「庭」("The Garden")で広く知られる**マーヴェル**（Andrew Marvell, 1621-78)、それに「隠遁」（"The Retreat"）と「再生」（"Regeneration"）という名作を残した**ヴォーン**（Henry Vaughan, 1622-95）がいる。

17世紀後半

1649年、**議会派**（Roundheads）を率いる**クロムウェル**（Oliver Cromwell, 1599-1658）がチャールズ1世を処刑し、共和制政府を樹立した。いわゆる清教徒革命である。共和制時代は10年続いた。この間、禁欲主義が優勢となり、演劇は上演を禁じられ、劇場は破壊された。そうした生活に不満を募らせていたイギリス国民は、クロムウェルが死亡すると、共和制打破を目指すようになり、ついに1660年、**チャールズ2世**（Charles II, 1630-85）を亡命先のフランスから王に迎え入れた。これを**王政復古**（the Restoration）という。

王政復古後のイギリスは、それまでの禁欲的な生活の反動からか、「**陽気な君主**」（Merry Monarch=Charles II）の下で、逸楽、退廃に流れ、悲劇ではなく喜劇が好まれた。享楽的で、不道徳なこの時代の喜劇は**レストレーション・コメディ**（Restoration Comedy）と呼ぶ。そうした喜劇の劇作家には、姦通物語と言ってもよい『田舎女房』（*The Country Wife*, 1675）の**ウィチャリー**（William Wycherley, 1640-1716）、社交界の風習を映しだした『世のならわし』（*The Way of the World*, 1700）の**コングリーヴ**（William Congreve, 1670-1729）、爛熟した上流社会を描いた『流行紳士』（*The Man of Mode, or Sir Fopling Flutter*, 1676）の**エサリッジ**（Sir George Etherege, 1635?-91）がいる。

ミルトン

このような世相の中にあって、清教徒の魂を失わず、かつシェイクスピアと並び称される詩人がいた。それが**ミルトン**（John Milton, 1608-74）である。彼を語る場合、彼の生涯を3期に分けることが通例なので、本書でもそれに倣うことにしよう。

第1期　習作時代（1640年頃まで）

彼はロンドンで裕福な公証人（scrivener）の息子として生まれ、ケンブリッジ大学を卒業後も、ロンドン近郊のホートン（Horton）にある父の家

で古典を中心とした研究と詩作に身を投じた。在学中には「**快活な人**」("L'Allegro")と、それとは対照的な「**沈思の人**」("Il Penseroso")などの詩情豊かな詩を書いた。1634年にはある貴族一家の依頼を受け、仮面劇（masque）『**コーマス**』(*Comus*)、37年には大学での友であったエドワード・キングがアイルランドへ向かう洋上で水死したのを悼み、**牧歌哀歌**（pastoral elegy）「**リシダス**」("Lycidas")を書いた。これは**イギリス文学史上3大牧歌哀歌**の一編で、他の2編は**シェリー**（Percy Bysshe Shelley, 1792-1822）の「**アドネイイス**」("Adonais," 1821)（p.72を参照）と**アーノルド**（Matthew Arnold, 1822-88）の「**サーシス**」("Thyrsis")である。『リシダス』にはイギリス国教会の腐敗に不平をいだく清教徒らしさが垣間みられる。

第2期　散文時代（1640-60）

1638年にミルトンは、上流階級の子弟に教育の仕上げとして行われていた、フランス、スイス、イタリア、ドイツを巡る、いわゆる「**ヨーロッパ大陸巡遊旅行**」(the grand tour)に出ていたが、ナポリでイギリスに革命の気運が高まっているのを耳にして1639年8月に旅行を中断して帰国した。

その後の20年間を**散文時代**という。この時期のミルトンは10数篇のソネットを書いただけで、エネルギーの大半は政治と宗教の議論のために費やされた。自分の結婚が失敗し、そのために離婚を論じた『**離婚論**』(*The Doctrine and Discipline of Divorce*, 1643)を、1644年には教育を論じた『**教育論**』(*Of Education*)と、言論の自由を求めて『**アレオパギティカ**』(*Areopagitica*)（Areopagiticaとは古代アテネのアレオパゴ丘にある最高法廷）を世に問うた。

1649年、クロムウェルによってミルトンは共和政府のラテン語書記に任ぜられ、政府の主張を当時の国際語であるラテン語で諸外国に伝える役目を担った。大変真面目に勉強し、英語とラテン語で数多くの出版物を出した。このためであろう、在職3年目にして両眼失明に至った。盲目となったミルトンの手となり足となって補佐したのは、あの形而上詩人として名を馳せたマーヴェルであった。

第3期　叙事詩時代（1660-74）

1660年に王政復古となると、ミルトンを取り巻く状況は一変した。王党派にきびしく追求され、処刑寸前になったところをマーヴェルらに救われたと伝えられている。そのような状況、かつ完全失明という境遇の中で、娘たちに口述させて誕生したのがイギリス叙事詩の最高傑作であるのみならず、世界の叙事詩の最高峰『**イーリアス**』や『**オデュッセイア**』とも比肩できる、『**楽園の喪失**』(*Paradise Lost*, 1667)であった。

『楽園の喪失』

『楽園の喪失』は最初1667年に全10巻で出版されたが、1674年に多少の手直しをし、叙事詩の流儀にしたがって全12巻として再出版された。全巻を通して無韻のブランク・ヴァースで書かれ、総行数は1万行におよぶ。

この叙事詩は『旧約聖書』から題材を取っている。この中で詩人が叙事詩の形式にのっとり、詩神のミューズたち (Muses) に詩作のための霊感を与えてくれるようにと祈願 (これを英語では invocation という) したあとで、最初に登場するのがサタン (Satan) である。サタンは本来「ルシファー」(Luciferは、ラテン語で「光をもたらす者」を表す)と言い、天使の一人であったが、神に反逆したためにヘブライ語で「敵対する者」を表す Satan となり、地獄へ落ちた。サタンは、そのようないわゆる「堕天使」(fallen angel) となるに至った顛末（てんまつ）を物語ったあとで、その復讐として神が作られたアダム (Adam) を堕落させようとする。ここから『旧約聖書』(The Old Testament) の「創世記」("Genesis") 1－3章の天地創造へと場面は移動し、現在までよく知られている、アダムとイヴ (Eve) が蛇に姿を変えたサタンの誘惑によって禁断の木の実を食したために楽園から追放される物語となる。サタンはイヴを誘惑し、そのイヴはアダムを誘惑する。こうして「原罪」(the original sin) が成立し、「楽園は失われた」(paradise lost) のだ。しかし、アダムは神の摂理と贖罪（しょくざい）の約束 (すなわち神の子イエス・キリストが十字架の上で死ぬことで、神と人とが和解する、という約束) を信じて、楽園を離れ、苦難の道を歩んで行く。その道の前方には「回復」のかすかな光があるのだ。

『楽園の喪失』における贖罪の約束は次作の『**楽園の回復**』(*Paradise Regained*, 1671) において果たされる。これは『**新約聖書**』(*The New Testament*) の「ルカによる福音書」("The Gospel According to St. Luke") 4章の「キリストの荒れ野の試練」からその材料を取ったもので、全4巻 (通常の叙事詩ならば12巻であるべき数の1/3倍の巻数) の叙事詩である。ここでは第2のアダムであるイエス・キリストがサタンのさまざまな誘惑を断固として斥けて、アダムが失ったものを回復する。この作品もブランク・ヴァースで書かれているが、『楽園の喪失』とは異なって簡潔で明快な表現となっている。

1671年には『楽園の回復』と合本した『**闘技者サムソン**』(*Samson Agonistes*, 1671) も世に出た。『旧約聖書』の「士師記」("The Judges") 16章で書かれているイスラエルの英雄サムソン (Samson) の記述を土台とした悲劇である。しかも、まずコーラス (合唱隊) を伴い、それに1) 筋が「初めあり、中あり、終わりある」一つの筋

にまとまっている、2）事件が1日の24時間以内に収まっている、3）場所は上演時間内に移動可能な範囲であるという、いわゆる「**三一致の法則**」（three unities）を厳守したギリシャ悲劇形式となっている。傲慢であったサムソンは妻ダリラ（Dalila）の裏切りにあい、髪の毛を刈られたために怪力を無くし、異教徒ペリシテ人に捉えられ、両目を抉られて幽閉される。しかし、獄につながれているあいだに彼の髪の毛が伸びて、それとともに彼に力が戻ってくる。ペリシテ人の闘技場に連れてこられたサムソンは、怪力を発揮して、闘技場を支えていた柱を引倒し、敵もろとも闘技場の瓦礫の下となって圧死をとげる。彼は、この殉教によって異教徒に勝利し、救いを得る。盲目のサムソンと同じ身体の欠陥を持つミルトンはおそらく自分をサムソンに重ねたのだろう。この悲劇の最後は、激しい闘争の末に得られたサムソンの心の静謐を称えるごとく、**コーラス**による「激情はすべて鎮めて」（新井明訳）"And calm of mind all passion spent."で終わっている。

ドライデン

　清教徒革命と王政復古の時代を扱う本章の締めくくりとして、**ドライデン**（John Dryden, 1631-1700）を挙げないわけにはいかない。ドライデンは古典作品を尊重し、三一致の法則やフランス新古典主義（neo-classicism）の文学理論を学び、理知的で、合理的精神を尊び、古典主義文学の基礎を築いた。

　彼ほど、この激動の時代を、二転三転と身の振り方を変えながら、しなやかに生きた作家はいなかった。ドライデンは、イギリス中部ノーサンプトンシャーの清教徒の家庭に生まれ、ケンブリッジ大学を卒業後、1654年クロムウェル率いる共和政府の役人となる。クロムウェルが死亡した翌年の1659年に追悼詩を発表し、これによってドライデンは一躍文壇へデビューすることとなり、その後は文人としての名声を高めていき、後述するような華々しい活躍をする。王政復古期が「**ドライデンの時代**」（the Age of Dryden）と文学史家から呼ばれる所以である。しかし、1660年に王政復古をむかえると一転して王党派に転じ、王位に就いたチャールズ2世へ、讃歌「**聖なる国王陛下に捧ぐ**」（"To His Sacred Majesty"）を捧げた。1668年には最初の桂冠詩人に正式に任命された。

　しかし、チャールズ2世の弟が1685年に、**ジェイムズ2世**（James II）として即位すると、この新王はカトリック教を復活させた。これに合わせてドライデンは、カトリック教徒に改宗し、信仰告白の作品、**動物寓話詩「雌鹿と豹」**（"The Hind and the Panther," 1687）を発表した。「白い雌鹿」（"milk-

33

white Hind") はカトリック教会を、「豹」("Panther") はイギリス国教会を意味する。この2匹の動物が神学上の議論をするのである。このような人生を送ったドライデンを**ジョンソン博士** (**Dr. Samuel Johnson, 1709-84**) のように変節漢、日和見主義者と酷評する人もいる。しかし、清教徒革命と王政復古という大きな歴史の怒濤逆巻く中を生き抜くためにはこうするほかに選択の余地がなかったのだ。

1688年に**名誉革命** (**the Glorious Revolution**) が起こり、ジェイムズ2世が追放されると、カトリック教は斥けられ、イギリス国教会が国教として確定することとなった。ここにいたってカトリック教徒ドライデンの運命は一変する。20年間務めていた桂冠詩人の職を解かれたのである。しかし、そのように桂冠詩人の地位を剥奪されながらも、その後も己の信じたカトリック教を捨てることなく、一本の道をひたすらまっすぐ歩み通した。

ドライデンの詩の代表作は政治風刺詩「**アブサロムとアキトフェル**」(*"Absalom and Achitophel," 1681*) だ。これはチャールズ2世の王位後継者問題を主題とする。チャールズ2世には嫡子（長男）がおらず、そのため弟が王位継承者になっていた。これをホイッグ (Whig) 党が阻もうとして王の庶子（私生児）を担ぎだしたものの、失敗し、王の弟がジェイムズ2世として即位したという歴史的背景を踏まえ

旧約聖書『**サムエル記**』下 (*2 Samuel*) を援用して、王の庶子をアブサロムに、ホイッグ党のシャフツベリー伯 (Earl of Shaftesbury) をアキトフェルに仕立て、アブサロムが父王ダヴィデ (David) に背くという形で風刺したのがこの長詩である。各行が弱強5歩格 (iambic pentameter) で、aa/bb/cc/dd/…と2行重ねて脚韻を踏む**英雄対韻句** (**heroic couplet**) で書かれている。

冒頭の6行を例に取ってみる。

脚韻は発音記号で記した。

IN pious times, ere priestcraft did begin,　　　　　　　　　　　a [in]
Before polygamy was made a sin,
　　　　　　　　　　　　　　a [in]
When man on many multiplied his kind,　　　　　　　　　　b [aind]
Ere one to one was cursedly confined,　　　　　　　　　　b [aind]
When nature prompted and no law denied　　　　　　　　c [aid]
Promiscuous use of concubine and bride,　　　　　　　　c [aid]

ドライデンは劇作家としての顔も持つ。『**当世風結婚**』(*Marriage-à-la Mode, 1672*) はベン・ジョンソンの**気質喜劇** (**comedy of humours**) を進展させた**風習喜劇** (**comedy of manners**)（社会生活の風俗・因襲などの愚かさを取り上げた喜劇）の典型だ。ほかに英雄対韻句を駆使した**英雄劇** (**heroic play**)（王政復古期に特に流行した演劇で、

主人公が「名誉」と「愛」の間にあって去就に悩む)の『グラナダ攻略』(*The Conquest of Granada*, 1670)、『オーレング・ジーブ』(*Aureng-Zebe*, 1675)、それにシェイクスピアの『アントニーとクレオパトラ』を三一致の法則に従い、場面を一日に限定して書き換えた『**すべて愛のため**』(*All for Love*, 1677) がある。

さらに彼には文芸批評家としての顔もある。『劇詩論』(*An Essay of Dramatic Poesy*, 1668) では、4人の架空人物を登場させ、彼らは議論をたたかわし、英・仏ならびに古代・近代の演劇を比較検討し、批評の目的は正しい批評基準の確立だと主張し、韻文劇における押韻の使用を擁護する。のちにジョンソン博士はドライデンを「**イギリス批評文学の父**」("Dryden may be properly considered as the father of English criticism," Samuel Johnson, *The Life of Dryden*) と評した。

このような人生を送り、このような作家活動をしてきたドライデンは、1700年というまさしく世紀の変わり目に、この世から旅立った。

原文で愉しもう

1.

As virtuous men pass mildly away,
And whisper to their souls, to go,
Whilst some of their sad friends do say,
'The breath goes now,' and some say, 'No:'

So let us melt, and make no noise,
No tear-floods, nor sigh-tempests move;   [move=provoke]
'Twere profanation of our joys
To tell the laity our love.

Moving of th' earth brings harms and fears;
Men reckon what it did, and meant;
But trepidation of the spheres,
Though greater far, is innocent.

Dull sublunary lovers' love
　(Whose soul is sense)　cannot admit
Absence, because it doth remove　　　　[absence=ab+sence=無感覚
Those things which elemented it.　　　　　[elemented=composed

But we by a love so much refin'd,
That ourselves know not what it is,
Inter-assured of the mind,
Care less, eyes, lips, and hands to miss.

Our two souls therefore, which are one,
Though I must go, endure not yet
A breach, but an expansion,
Like gold to airy thinness beat.

If they be two, they are two so
As stiff twin compasses are two;
Thy soul, the fix'd foot, makes no show
To move, but doth, if the' other do.

And though it in the centre sit,
Yet when the other far doth roam,
It leans, and hearkens after it,
And grows erect, as that comes home.

Such wilt thou be to me, who must
Like th' other foot, obliquely run;
Thy firmness makes my circle just,　　　　[just=perfect
And makes me end, where I begun.
　　　　　(John Donne, "A Valediction: Forbidding Mourning")

◆本書p.29で言及した、男女の仲をコンパスの両脚にたとえた詩。

2.

When I consider how my light is spent
Ere half my days in this dark world and wide,
And that one talent which is death to
Lodg'd with me useless, though my soul more bent
To serve therewith my Maker, and present
My true account, lest he returning chide,
"Doth God exact day-labour, light denied?"
I fondly ask. But Patience, to prevent
That murmur, soon replies: "God doth not need
Either man's work or his own gifts: who best
Bear his mild yoke, they serve him best. His state
Is kingly; thousands at his bidding speed
And post o'er land and ocean without rest:
They also serve who only stand and wait."

(John Milton, "On His Blindness")

◆「雌伏」の意義を説く最終行は意味深長だ。3行目の "talent" は「才能」と貨幣単位の「タラント」をかけている。だから、それに対応して金銭の計算書という意味も持つ "account" が6行目に用いられている。

3.

Mark but this flea, and mark in this,
How little that which thou deny'st me is;
It sucked me first, and now sucks thee,
And in this flea, our two bloods mingled be;
Thou knowest that this cannot be said
A sin, nor shame, nor loss of maidenhead.
Yet this enjoys before it woo,
And pampered, swells with one blood made of two,
And this, alas, is more than we would do.
　(第二スタンザ省略)
Cruel and sudden, hast thou since
Purpled thy nail in blood of innocence?

Wherein could this flea guilty be
Except in that drop which it sucked from thee?
Yet thou triumph'st, and sayest that thou
Find'st not thyself, nor me, the weaker now.
'Tis true, then learn how false fears be;
Just so much honor, when thou yieldst to me,
Will waste, as this flea's death took life from thee.

（John Donne, "The Flea"）

◆蚤の体内で男女の血液が交じり合い、それで二人は結婚したのだ、という強引な論理（あるいは屁理屈?）。あなたは信じるだろうか。

知識の小箱

「カルペ・ディエム」（"Carpe diem"）は、ローマの詩人ホラティウス（**Quintus Horatius Flaccus, 65-8B.C.**）の『頌歌』（*Odes*, I.xi.8）に出てくるラテン語の格言で、「この日を掴め」とか「今日を楽しめ」という意味である。本章で触れた17世紀の「王党派叙情詩人」にはこのような生き方を標榜するものが多かった。中でも有名なのはヘリックの "To the Virgins, to Make Much of Time" で、その第1連は

Gather ye rose-buds while ye may: [ye=thou（=you）の複数形
Old Time is still a-flying;   [still=always
And this same flower that smiles to-day,
To-morrow will be dying.

と花が美しく咲き誇っている今こそ、その花を摘め、と急かせる。時は素早く過ぎ去るものであって、とどまることを知らない。形而上詩人のマーヴェルも「内気な恋人」（"To his Coy Mistress"）で同じことを歌っている。彼によれば、"But at my back I always hear/Time's winged chariot hurrying near;"（ll.21-22）と「時」は「翼の生えた2輪戦車」であり、背後から駆り立てるものである。
"Carpe diem" を「快楽追求のすすめ」と取るむきもあるが、しかしこの格言を必要としているのは若い恋人とは限らないことを知るべきだろう。幾つになっても、またどのようなことを生業としていようとも、「今日」をなおざりにして良いわけはない。この格言は「今日」がなければ「明日」はないことを教えている。

第 V 章
ポープ
Alexander Pope

オーガスタン時代（18世紀）

ポープ

ドライデンが1700年に死亡して17世紀が終わり、世紀が改まった1701年にジェイムズ2世が逝去し、翌年には王女のアンが女王に即位した。**アン女王**（Queen Anne, 在位1702-14）の誕生である。彼女でスチュアート王朝期は終わり、次は1901年まで続く**ハノーヴァ**（Hanover）**王朝期**となる。名誉革命を受けて18世紀には**中流市民階級**（bourgeoisie）の力が増し、新しい社会が生まれようとしていった。国を統治するのは、国王ではなく、たとえかなり制限されていたにせよ市民によって選出された議会であるという、今までに存在しなかった立憲君主制が確立されるにいたった。

そのような状況にあった18世紀前半は、王政復古期が「**ドライデンの時代**」（the Age of Dryden）であったとするならば、「**ポープ**（Alexander Pope, 1688-1744）**の時代**（the Age of Pope）」だった。ロンドンの富裕なローマカトリック教徒の商家に生まれたポープは虚弱体質であったために（幼児期の病気がもとで背骨が曲がり、成人になっても身長が伸びなかった）正式な教育は受けず、自宅で古典やイギリス文学を学び、10代のはじめからドライデンに接し、彼の韻律法を学び詩作に励んだ。「**牧歌詩**」（pastoral）を書き続け、それらはドライデンが編集していた全集に収められ（1709年）、好評を博した。ドライデンが築いた理知的で、形式を重んじ、論理的な古典主義文学の基礎を花咲かせたのがポープである。「**新古典主義**」（neo-classicism）の到来である。このようなことから「ポープの時代」は、**ローマ皇帝アウグストゥス**（Augustus, 27 B.C.-A.D.14）の時代に文芸が全盛であったのに当てはめて、「**オーガスタン時代**」（Augustan Age）とも称さ

れる。

　ポープは20歳のときに、ローマの詩人ホラティウスからフランス古典主義にいたるまでの批評原理を**英雄対韻句**（heroic couplet）で書いた『**批評論**』（*An Essay on Criticism*, 1711）を出版した。この作品には、

　1）格言風な表現、たとえば"A little Learning is a Dang'rous Thing"（l.215）（「生兵法は大けがのもと」）や"To err is Humane, to Forgive, Divine"（l.525）（「あやまちは人の常、許すは神の業（わざ）」）などが頻出する。

　2）後者の例文に見られるような**対句表現**（antithesis）（"To err"に対して"To Forgive"、"Humane"に対して"Divine"と対になっている）や行間中止（caesura）（"To err is Humane, | to Forgive, Divine"の文中に置いた縦線が行間休止）によって行のバランスを取る。

などの工夫が見られ、形式の簡素・均整・調和・抑制を重んじる**古典主義**（Classicism）の基準とみなされるようになった。その20年後には同じ系統に属する哲学詩『**人間論**』（*An Essay on Man*, 1733-34）を出版する。その中の"The proper study of mankind is man"（*An Essay on Man*, II.2）（「人間が学ぶべき研究対象は人間である」）という名句は、真実を言い得て妙だ。

　1712年の『**髪泥棒**』（*The Rape of the Lock*）は、実際に貴公子が親しい美人貴婦人の髪の毛を切り取ったために両家のあいだでひと騒動が巻き起こったという事件があり、両家を和解させるためにポープが筆をとったものである。この作品では、**ホメーロス**の叙事詩『**イーリアス**』から壮大な戦いの場面を借用し、両家の争いを描く。本来であれば英雄の功績を讃えるのが叙事詩であるのだが、その様式をこの騒動のようなある意味取るに足らない日常的な事件を物語るために使い、この騒動を**パロディ**（parody）化したわけである。この種の詩を「**擬似英雄詩**」（mock-epic, or mock-heroic）と言う。この『髪泥棒』は擬似英雄詩の代表作として有名だ。

　翌年の1713年からホメーロスの『イーリアス』と『オデュッセイア』をギリシャ語から英語に翻訳したものを出版し始め、約9000ポンドもの莫大な収入を得た。現在の貨幣価値に換算すれば1億円ほどになる。これによって**庇護者**（patron）から独立でき、イギリスで最初の職業作家となった。

　晩年には風刺詩『**愚人列伝**』全**4巻**（*The Dunciad*, 4 vols, 1743）を出版した。だが最初の3巻は1728年に匿名ですでに世に出している。これも擬似英雄詩である。風刺の対象とされているのは、かならずしも女神の暗愚（Dullness）が君臨する帝国（＝イギリス文壇）に住む愚人とは限らず、ポープが嫌う人物はだれかれかまわず名前を挙げられ、痛烈に罵倒される。当

然、帝国（＝イギリス文壇）の裏面も暴露されている。

ジョンソン博士

　オーガスタン時代の一方の高峰がポープだとすれば、もう一方の高峰は**ジョンソン博士**（Dr. Samuel Johnson, 1709-84）である。ポープは詩壇の中心として大いに活躍したが、ジョンソン博士は詩壇のみならず他の分野でも八面六臂の大活躍をした。彼には詩人・辞書編纂者・小説家・伝記作家としての顔がある。

　彼はイングランド中西部の州スタッフォードシャーにあるリッチフィールドの書店の息子として生まれ、オックスフォード大学に進学したものの家が貧しかったために学費がつづかず退学し、その後ロンドンに出る。

　中退したのにもかかわらず「博士」の称号があるのは、のちに彼の功績に対して名誉（法学）博士号が大学から授与されたためである。ロンドンの堕落した風俗を風刺した**風刺詩「ロンドン」**（"London," 1738）で認められる。1750年、『**逍遥者**』（The Ramblers, 1750）という週2回発行の定期刊行物を創刊し、一人で執筆し、その経営を2年間行った。その目的は読者の知識と宗教心を養い、英語を純化することであった。英語純化の努力は1755年に完成したイギリスで最初の本格的な個人編纂辞書『**英語辞典**』（A Dictionary of the English Language, 2 vols, 1755）として見事結実する。

　この辞書編纂に関してはジョンソン博士のパトロン（庇護者）であった**チェスターフィールド伯**（Earl of Chesterfield, 1694-1773）との興味あるエピソードがあるので紹介しよう。博士がチェスターフィールド伯にあてた1755年2月7日付けの手紙によれば、1748年に辞書発刊計画を打ち明けて援助を伯爵に求めたものの、気にかけてもらえなかった。それで伯爵から何ら援助を受けることなく、一人で歯を食いしばって頑張りとおし、ついに発刊することができた。ところがその報に接するやいなや伯爵が2通もの推薦状を出版社に書いたと伝えられてジョンソン博士は唖然とし、「パトロンとは溺れまいと必死になっている者を無視し、その者が陸にあがったら、邪魔ともなる援助を与える方なのですか」（"Is not a Patron, my Lord, one who looks with unconcern on a man struggling for life in the water, and, when he has reached ground, encumbers him with help?"）と手厳しく言い放ったのであった。

　小説家としての顔は、『**ラセラス**』（Rasselas, Prince of Abyssinia, 1759）にうかがえる。あらすじは、アビシニアの王子ラセラスは「幸福の谷」に住んでいるが、その単調さに飽きて、エジプトへと幸せ探しの旅に出るものの、そこでは見つけることができず、帰国し、そこで安らぎを見出す、というもので、いわゆる「青い鳥」物語

41

だ。幸せは身近にあるものだ、とこの小説は教えている。

伝記作家としては、『**英国詩人列伝**』**10巻**（*The Lives of the Poets*, 10 vols., 1779-81）がある。これは英国詩人の選集の序文として書かれた、52人の詩人についての評伝である。各詩人の伝記的事実と性格を明らかにしたうえで、作品を評価する。評者であるジョンソン博士の好悪が混じっているので、出来栄えにはばらつきがあるのが欠点だ。伝記ではないが、これより前の1765年に出版したシェイクスピア全集では、各作品の序論を書いている。これはすぐれたシェイクスピア批評となっている。

ジョンソン博士を語る場合、どうしても忘れてはならない人物がいる。それはスコットランドの弁護士**ボズウェル**（James Boswell, 1740-95）だ。1763年にジョンソン博士に初めて会い、1772年からジョンソン博士の亡くなる1784年まで頻繁にエディンバラからロンドンへ出てきて、ジョンソン博士を訪ねた。1773年には共にスコットランドとヘブリディーズ諸島を旅している。このときの旅行日記は1785年に出版された。ジョンソン博士との交流のなかで彼についての資料を蓄え続け、精密で明快な『**ジョンソン伝**』（*The Life of Samuel Johnson*, 1791）が誕生する。ジョンソン博士に関するわれわれの知識はこの書に負うところが大である。ボズウェルがジョンソン博士を敬愛したからこそ、ジョンソン博士は現在まで名を馳せていると言っても過言ではない。

ボズウェル以外にジョンソン博士の周囲には、彼の魅力に惹かれて多くの文人が集った。**ゴールドスミス**（Oliver Goldsmith, 1730-74）もその一人だ。彼には「**旅人**」（"The Traveller," 1764）やアイルランドの寒村の衰微を嘆く「**廃村**」（"The Deserted Village," 1764）などの詩、『**女は身をかがめて勝負する**』（*She Stoops to Conquer*, 1773）のような滑稽劇、それに田舎牧師の転変を描いた『**ウェイクフィールドの牧師**』（*The Vicar of Wakefield*, 1766）という小説がある。

原文で愉しもう

Know, then, thyself, presume not God to scan;
The proper study of mankind is man.
Placed on this isthmus of a middle state,
A being darkly wise, and rudely great:

With too much knowledge for the sceptic side,
With too much weakness for the stoic's pride,
He hangs between; in doubt to act, or rest;
In doubt to deem himself a god, or beast;
In doubt his mind or body to prefer;
Born but to die, and reasoning but to err;
Alike in ignorance, his reason such,
Whether he thinks too little, or too much:
Chaos of thought and passion, all confused;
Still by himself abused, or disabused;
Created half to rise, and half to fall;
Great lord of all things, yet a prey to all;
Sole judge of truth, in endless error hurled:
The glory, jest, and riddle of the world!

(Pope, *An Essay on Man*, EPISTLE II.)

◆「己を知れ」と鋭く切り込むところには、いかにも風刺家らしいポープの特徴が表れている。

知識の小箱

ラテン語法（Latinism）
ラテン語が英語の文法と文体に及ぼした影響のことを言う。ミルトンの作品では、英語ならば本来「形容詞＋名詞」の語順であるものが、「名詞＋形容詞」とラテン語でのように語順が倒置している場合が散見される。これは「ミルトン的倒置」と言われる。
『楽園の喪失』から例を取ってみよう。この題名 "Paradise Lost" そのものが「名詞＋形容詞」となっていて、通常の英語の順序である「形容詞＋名詞」を倒置している。続く作品『楽園の回復』も "Paradise Regained" であるから、やはり倒置している。『楽園の喪失』第1巻では、冒頭の80行程度までのところで、以下のような倒置例が見られる。
"Things unattempted," (l.16)
"wings outspread," (l.20)
"a dungeon horrible," (l.61)
"furnace flamed," (l.62)
"darkness visible," (l.63)

第VI章
デフォー
Daniel Defoe

近代小説の誕生（18世紀）

名誉革命（The Glorious Revolution, 1688-89）を受けて立憲君主制が確立されるとともに一般市民は力を増してゆき、生活が向上し、このころから生活が安定した。それにともない時間に余裕が生じ、読み書きを学ぶ機会も持てるようになり、その結果として、識字率が高まり、一般市民が文字を読み、書くという楽しみを味わえるようになった。彼らの要望にこたえようと新聞、雑誌が徐々に発行されていき、その数を増していった。これまで聖職者や王侯貴族のものであった書物が、一般市民の手に解放される状況がようやく到来したのである。1709年に版権法令が確立し、文人は印税による生活が可能となった。王侯貴族やイギリス国教会の司教らをパトロンとして仰いで、彼らの庇護を得て詩作活動をするのではなく、原稿料や印税で暮らすことができるようになったのである。作家は多くの読者を獲得するために、これまでの文学形式にとらわれない新しい形式を模索した。その結果、もっぱら韻文で書かれた詩歌や、同じく韻文の形をとっていた戯曲に代わり、日常的に使用する言語を用いた散文による文学作品が市民の手に届くようになった。イタリア語で「新しい種類の物語」を意味する **"novella storia"** から派生した **"novel"**、つまり小説の誕生だ。

バニヤン

　小説の芽は17世紀にすでに出ていた。代表的な作品として挙げられるのは、**バニヤン**（John Bunyan, 1628-88）の『**天路歴程**』（*The Pilgrim's Progress*, **1678, 1684**）である。バニヤンはイングランド中部のベッドフォードシャーに鋳掛け屋（鍋、釜などの金物の修理人）の息子として生まれた。教育はほとんど受けなかったが、バプティスト派の説教

師となり、辻説法をする。王政復古となって清教徒たちが布教活動を制限されるなか、バニヤンは1675年に2度目となる投獄を経験し、6ヶ月間収監される。この間に獄中で書いたのが『天路歴程』である。第1部は1678年に、第2部は6年後の1684年に出版された。バニヤンは、このほかに、回心するにいたった自分の一生を振り返った自叙伝『罪人に恩寵溢れる』(*Grace Abounding to the Chief of Sinners*, **1666**)や、悪の道に落ちている男の一生を描いた寓意物語『ミスター・バッドマンの生と死』(*The Life and Death of Mr Badman*, **1680**)、善が悪と戦う様を活写した『聖戦』(*The Holy War*, **1682**)などを書いた。

『天路歴程』第1部は、タイトル頁に「天路歴程。この世からやがてくるあの世への巡礼者の旅路。夢の喩えで語られる」("The Pilgrim's Progress FROM THIS WORLD to That which is to come; Delivered under the Similitude of a DREAM")とあるように、『農夫ピアズの夢』や『真珠』と同じ「夢物語」の形式で語られた**寓意物語**(**allegory**)である。まず語り手が登場し、夢を見る。すると夢の中に大きな荷物を背負い、手に一冊の書物（これは聖書を意味する）を持った男が登場する。彼がこの物語の主人公となるクリスチャン（Christian）だ。彼はその書物に、自分が住んでいる町がやがて火に焼かれるとあったので、家族の反対にもかかわらずその家を出て、キリスト教徒としての信仰の道を歩む。最終目的地である天国に至るあいだに比喩的な意味を持つ人物に遭遇しながら、これまた比喩的な意味を持つ場所を通っていく。クリスチャンが家族から抜け出す旅路の出発点は「破滅の都市」(City of Destruction)で、そこを出るとすぐに「福音主義者」(Evangelist)に会う。彼から天国の都市へ行く道を示されて歩み始める。すると「従順」(Pliable)に会う。そのようにして「落胆の泥地」(Slough of Despond)に落ち、「虚栄の市」(Vanity Fair)に遭遇したり、「疑いの城」(Doubting Castle)にたどり着いたりしながら、「怠惰」(Sloth)、「怒り」(Anger)、「大失望」(Giant Despair)などの多くの寓意的人物に会って、ついに「天国の都市」(Celestial City)にたどり着く。第2部は、家に残されていたクリスチャンの妻クリスティアーナ（Christiana）が、子供と隣人のマーシー（Mercy）を伴ってクリスチャンの跡を追う。1部・2部とも、登場人物の形象性が優れ、内面描写もみごとで、抽象的な人物が登場していながらリアリズム感にあふれる。**イギリス小説の起源**と言うことができる。

デフォー

『天路歴程』からほぼ40年後に**最初の近代小説**『ロビンソン・クルーソー』（*Robinson Crusoe*, 1719）が誕生することとなる。18世紀のイギリスは、アン女王（在位1702-14）の治世下、「王は君臨すれども、統治せず」（"King reigns, but does not govern"）という立憲君主制が確立され、自由民権思想が普及し、新興中産階級は実力を蓄えていった。1709年に最初の「**囲い込み条例**」（the Enclosure Act）が定められて共用地を私有地として囲い込むことが認められ、農業に変革の波が押し寄せてきた。海外貿易が盛んとなり、イギリスは重商主義帝国としての様相を強めていった。その帝都であるロンドンは18世紀はじめには60万都市となっていた。このような社会情勢において市民社会は成長し、事実を事実として確認することを喜ぶ、近代リアリズムが生ずることとなった。その発露が『ロビンソン・クルーソー』である。

この小説の作者**デフォー**（Daniel Defoe, 1660-1731）は、ロンドンの肉屋ジェイムズ・フォー（James Foe）の子として生まれる。メリヤス商として生活し、ヨーロッパ旅行をした。1701年に諷刺詩『**生粋のイギリス人**』（*The True-born Englishman*, 1701）で外国生まれの**ウィリアム3世**（William Ⅲ）を擁護したことから下級の官職を得た。このときに由緒ある名字にみせるために、本来の姓 **Foe** の前に **de** をつけて **Defoe** とした。その後は、幾種類もの定期刊行物を創刊するほか、小冊子のパンフレット（pamphlet）を何十種類となく出してジャーナリストとして活動した。『ロビンソン・クルーソー』は、彼が58歳になってからの作品であり、それまでは小説に類したものは書いてこなかったというのが実情である。ところがこのたった一冊の小説が、彼の名前をイギリス文学史上に残させることとなる。

『ロビンソン・クルーソー』は "The Life and Strange Surprising Adventures of Robinson Crusoe" という長い題を持ち、ロビンソン・クルーソーという人物の実録という触れ込みになっている。18世紀はじめに**セルカーク**（Alexander Selkirk, 1676-1721）という船乗りが現在のチリ領の無人島に一人残され、5年後に救出されたときの体験談が当時の雑誌に発表された。デフォーはこの体験談を基にして小説を書いたのである。『ロビンソン・クルーソー』では、5年間では

なく、28年もの長い間、孤島暮らしをする。そこには無人島に漂着してから、いかにロビンソンが生きていったのかが、「**事実らしさ**」(verisimilitude) に徹して描かれる。彼は、望郷の念を持たず、ひたすらこのような運命へと導かれた神のご意志にそうようにつとめる。そのためには流木に日付を毎日刻み、時の経過を正確に記録する。打ち上げられた難破船から木材・麦・家畜を得て、島に運び、住居を作り、農作をし、放牧をする。さらには島で出会った現地人の男を、金曜日に見つけたため、フライデー (Friday) と名付けたうえで、彼をキリスト教徒とならせるのである。つまりロビンソンは孤島に故国イギリスのミクロ世界を創り出そうとするのである。そして本の中ではそれらが事実だけを述べる、すなわち「**即物性**」(matter-of-factness) に徹した文体で語られるのである。これこそすでに記した「事実を事実として確認することを喜ぶ、近代リアリズム」の姿にほかならない。**近代リアリズム小説**の誕生である。

スウィフト

デフォーとほぼ同じ時代を生きたのが**スウィフト** (Jonathan Swift, 1667-1745) である。スウィフトは、先祖はヨークシャー出身のイングランド人だが、アイルランドのダブリンで誕生した。ダブリンのトリニティ・コレジ卒業後、ロンドンに出て政界で頭角を現そうとしたものの、それがかなわず、1694年にアイルランドへ戻り、聖職者となる。しかし1696年には再びロンドンへ舞い戻り、著述活動に入る。1704年に『**書物戦争**』(*The Battle of the Books*) と『**桶物語**』(*A Tale of a Tub*) を出版する。『書物戦争』はフランスから入ってきた古代・近代優劣論争を引き継ぎ、近代文学を嘲笑する風刺物語だ。『桶物語』も、ローマカトリック教会・イギリス国教会・非国教会をそれぞれ象徴する3人兄弟が喧嘩をする風刺物語で、その中でスウィフトはローマカトリック教会と非国教会を非難し、当時の学問・宗教の腐敗・堕落を風刺している。『**控えめな提案**』(*A Modest Proposal*, 1729) は、その「控え

めな」題名とは裏腹に、きわめて過激な、人を喰った作品である。アイルランドの1歳児をイングランド人が買って食糧にすれば、美味しい料理ができるだけでなく、アイルランドにおける口減らしにもなり、一挙両得だと述べ、アイルランドを搾取しているイギリス政府を痛烈に風刺するのだ。

スウィフトはデフォーの同時代人でありながら、彼の本領は、デフォーのように近代小説の発展に貢献しようとするよりは、西洋古典文学の風刺詩の伝統を継承しているところにある。そのことは**『ガリヴァー旅行記』**(*Travels into Several Remote Nations of the World in Four Parts by Captain Lemuel Gulliver*, 1726) に明らかである。スウィフトがこの作品の著者であるのに、初版のタイトルページにあるように、「レミュエル・ガリヴァー船長」(Captain Lemuel Gulliver) の手記の体裁を取り、そのことを隠蔽する。"Gulliver" の中にある "gull" という単語が「騙す」とか「カモ」という意味を持っていることを考えると、この作品は最初から著者が姿を隠し、読者を「カモ」にして「騙し」、この作品が風刺文学であるようには見えなくなるようにしているのだろう。

この作品は子供から大人まで広く読まれており、あまりの有名さに児童文学と誤解されがちだが、そうではない。当時のイギリス社会を風刺した風刺文学なのである。16年7ヶ月にわたるガリヴァーの旅行記は、全4巻からなる。第1巻の「小人国」(Lilliput) は18世紀のイギリスの政治・社会・宗教が、第2巻の「大人国」(Brobdingnag) はイギリスの風俗・学問・政治が、第3巻は科学者・哲学者・歴史家が、そして第4巻は人間が、風刺の対象となっている。

第1巻ではすべてが実像の12分の1に縮小され、矮小化されて嘲笑の対象となる。たとえば第3章では**ジョージ1世**(George I、在位1714-27) の宮廷が諷刺の対象とされる。そこでの出世争いが小人の「綱渡り競争」に喩えられ、茶化される。常日頃見慣れたものが、異常な鮮やかさをもって**「異化」**(defamiliarize) されているのだ。反対に第2巻ではすべてが実像の12倍にされる。このために美しくて魅惑的であるべき女官さえも、12倍に拡大されて**「異化作用」**(defamiliarization) が起こり、醜悪な存在になる。

第3巻では空飛ぶ浮き島ラピュータ (Laputa) が登場する。この住人は数学と音楽に熱中し、実践的な事柄に無関心である。第10章ではガリヴァーは大きな島国のラグナグ国 (Luggnagg) に住む不死人間ストラルドブラグ (the Struldbrugs) の噂を聞く。ストラルドブラグは不死である。しかし不老ではない。年とともに髪と歯は抜け、味の感覚を失い、記憶もなくす。そのようにして何百年、何千年と生き続

けなければならない。したがって彼らは、80歳で法律的には死者とされ、いろいろな権利を剥奪（はくだつ）され、すべての人間から忌避され、憎まれる。何か現代の長寿国日本の現状を突きつけられているようで身につまされる話だが、望ましかるべき長生きが、このようにして嫌悪の対象とされるのである。ガリヴァーは死が人間を救うこともあると知る。理想郷とは正反対の「**逆ユートピア**」（Dystopia）が提示されているのだ。ラグナグ国を出たガリヴァーは日本へ航行し、江戸（Yedo）まで足を運び、皇帝（となっているがおそらくは将軍のことだろう）にラグナグ王の親書を渡している。

　最後の第4巻では人間（Yahoo）が野卑なのに対して、馬（Houyhnhnm）が理性的な動物になっていて、現実の世界が逆転している。ガリヴァーは人間ほど忌まわしい動物はいないと思うようになり、可能な限り人間から遠ざかろうとする。だからガリヴァーが旅行から帰国して、家に入ったときに妻からキスをされると、彼はこの忌まわしい動物に触れられたことで、たちまち1時間ほど気を失って倒れてしまうのである。これほど痛烈な人間に対する風刺はない。また、この第4巻ではイギリスの貴族を批判している。以上から明らかなように『ガリヴァー旅行記』は、紛うかたなき風刺小説なのである。

エッセイ文学の先駆―三大定期刊行物

　デフォーが幾種類もの定期刊行物を発行したのは、18世紀に日常生活の批判・感想を内容とする、雑誌とも新聞とも言えず、どちらかと言えばその中間的な形態を持った定期刊行物が発行されていたという社会の流れもあった。1709年から11年にかけて、**スティール**（Richard Steele, 1672-1729）と**アディソン**（Joseph Addison, 1672-1719）は**エッセイ**（essay）（エッセイについてはp.105を参照）を載せた『**タトラー**』（*The Tatler*, 1709-11）を週三回発行した。1711年からは、『タトラー』を継承して、この2人が日刊紙『**スペクテーター**』（*The Spectator*, 1711-12）を創刊した。1713年にはスティールが『**ガーディアン**』（*The Guardian*, 1713）をはじめた。このようにしてジャーナリズムが確立されるに至った。

デフォー●近代小説の誕生（18世紀）

原文で愉しもう

1.

As I walked through the wilderness of this world, I lighted on a certain place where was a Den, and I laid me down in that place to sleep: and, as I slept, I dreamed a dream. I dreamed, and behold, I saw a man clothed with rags, standing in a certain place, with his face from his own house, a book in his hand, and a great burden upon his back. [Isa. 64:6; Luke 14:33; Ps. 38:4; Hab. 2:2; Acts 16:30,31] I looked, and saw him open the book, and read therein; and, as he read, he wept, and trembled; and, not being able longer to contain, he brake out with a lamentable cry, saying, "What shall I do?" [Acts 2:37]

In this plight, therefore, he went home and refrained himself as long as he could, that his wife and children should not perceive his distress; but he could not be silent long, because that his trouble increased. Wherefore at length he brake his mind to his wife and children; and thus he began to talk to them: O my dear wife, said he, and you the children of my bowels, I, your dear friend, am in myself undone by reason of a burden that lieth hard upon me; moreover, I am for certain informed that this our city will be burned with fire from heaven; in which fearful overthrow, both myself, with thee my wife, and you my sweet babes, shall miserably come to ruin, except (the which yet I see not) some way of escape can be found, whereby we may be delivered. At this his relations were sore amazed; not for that they believed that what he had said to them was true, but because they thought that some frenzy distemper had got into his head; therefore, it drawing towards night, and they hoping that sleep might settle his brains, with all haste they got him to bed. But the night was as troublesome to him as the day; wherefore, instead of sleeping, he spent it in sighs and tears.

（John Bunyan, *Pilgrim's Progress*, Part 1）

◆家族と親類縁者に愛想を尽かされ、クリスチャンは信仰の道を歩み始める。

2.

I was born in the year 1632, in the city of York, of a good family, though not of that country, my father being a foreigner of Bremen, who settled first at Hull. He got a good estate by merchandise, and leaving off his trade, lived afterwards at York, from whence he had married my mother, whose relations were named Robinson, a very good family in that country, and from whom I was called Robinson Kreutznaer; but, by the usual corruption of words in England, we are now called—nay we call ourselves and write our name—Crusoe; and so my companions always called me.

I had two elder brothers, one of whom was lieutenant-colonel to an English regiment of foot in Flanders, formerly commanded by the famous Colonel Lockhart, and was killed at the battle near Dunkirk against the Spaniards. What became of my second brother I never knew, any more than my father or mother knew what became of me.

Being the third son of the family and not bred to any trade, my head began to be filled very early with rambling thoughts. My father, who was very ancient, had given me a competent share of learning, as far as house-education and a country free school generally go, and designed me for the law; but I would be satisfied with nothing but going to sea; and my inclination to this led me so strongly against the will, nay, the commands of my father, and against all the entreaties and persuasions of my mother and other friends, that there seemed to be something fatal in that propensity of nature, tending directly to the life of misery which was to befall me.

(Daniel Defoe, ***Robinson Crusoe***, Chapter 1)

◆冒頭で、主人公の出自が明らかにされる。彼の父親はドイツのブレーメン出身の外国人である。

3.

The emperor[=George I] had a mind one day to entertain me with several of the country shows, wherein they exceed all nations I have known, both for dexterity and magnificence. I was diverted with none so much as that of the rope-dancers, performed upon a slender white thread, extended about two feet, and twelve inches from the ground. Upon which I shall desire liberty, with the reader's patience, to enlarge a little.

This diversion is only practised by those persons who are candidates for great employments, and high favour at court. They are trained in this art from their youth, and are not always of noble birth, or liberal education. When a great office is vacant, either by death or disgrace （which often happens,） five or six of those candidates petition the emperor to entertain his majesty and the court with a dance on the rope; and whoever jumps the highest, without falling, succeeds in the office.

（Jonathan Swift, *Gulliver's Travels*, Part I, Chapter 3）

◆宮廷の任官試験が綱渡りゲームとして矮小化されていることに注目。

知識の小箱

さまざまな寓意物語を表す英語：
日本語で「寓意物語」を意味する英単語には **allegory, fable, parable** の3種があり、それぞれ内容を異にするので、注意が必要だ。

allegory： 抽象的な観念が具体的人物に形象化されている。たとえば『天路歴程』（***Pilgrim's Progress***）。

fable ： 特定の抽象的な観念が具体的動物に形象化されている。たとえば『イソップ物語』（***Aesop's Fables***）。

parable： 『新約聖書』においてキリストがするたとえ話。たとえば「マタイによる福音書」13章における「種を蒔く人」や「毒麦」、それに「天の国」のたとえなど。

第VII章
リチャードソン
Samuel Richardson

近代小説の発展（18世紀）

リチャードソン

デフォーの『ロビンソン・クルーソー』という近代小説の第1号が誕生したが、そこではデフォーとフライデーとの交流はあるものの、それ以外の人間同士の交流、とくに男女の微妙な関係が欠落していた。したがって登場人物がどのような人物なのかを明らかにする**性格造形**（characterization）がなされずに終った。また心理描写にも欠けていた。そのような欠陥を補うべく登場したのが、「**イギリス近代小説の父**」と言われる**リチャードソン**（Samuel Richardson, 1689-1761）である。

リチャードソンは建具屋の息子としてダービーシャーに生まれた。教育はほとんど受けず、1706年ロンドンの印刷業者の見習いとなり、やがて独立し、旧主人の娘と結婚した。庶民院から印刷業務を委託され、商売は大いに繁盛した。印刷業を営む中で、リチャードソンは同業者から手紙の文例集を出版するように促され、『**模範手紙文例集**』（*Letters Written to and for Particular Friends, on the Most Important Occasions*, 1741）を出版した。どうもリチャードソンは幼い頃から文才があったようで、11歳の頃には他人の批判ばかりをしている50代の女性に、大人が書いたようにしてその行動を戒める手紙を送っている。このときは、筆跡からリチャードソンがその手紙の書き手であることが露見し、母親に叱られた。13歳のときにはまわりの女の子たちがラブレターの返事を書くのを手伝ってもいる。

『模範手紙文例集』には、副題に「人生でよく起こる問題について」（"in the common concerns of human life"）とあるように、実にさまざまな場合を想定した手紙の文例が掲載されている。たとえば「見習い仲間が不正を働いたことについて、見習いが叔父

に宛てた手紙」とか「娘を愛したことをその父親に知らせる青年の手紙」や「結婚の申し込みを受けたロンドンに住む女中が、田舎に住む両親に、結婚の許しを求める手紙」、さらには「男女双方が子持ちである場合の再婚に反対する手紙」など、いかにもありそうな話題が満載である。

　時間が前後するが、この『模範手紙文例集』に載せるための文例を書き進めるなかで、リチャードソンが、彼自身の創作による独自の物語を書こうと思い立ったのは自然の理と言えよう。こうして完成したのがこの『文例集』の1年前に出版された『パミラ』(*Pamela, or Virtue Rewarded*, 1740) である。作者51歳のときの作品である。この小説はヒロインと両親との往復書簡の形を取っているので、この形式を**書簡体小説**（epistolary novel）という。しかし、物語後半ではヒロインが屋敷に幽閉されて手紙が書けなくなり、日記で心情を綴るようになる。なお、英語で最初に書かれた書簡体小説は女流作家**アフラ・ベーン**(Aphra Behn, 1640-89) の『**ある貴族とその妹との愛の手紙**』(*Love-Letters Between a Nobleman and His Sister*, 1683) である。

　『パミラ』の内容は以下のとおりだ。ヒロインのパミラ（Pamela Andrews）は、上流階級のお屋敷で働いていたが、そこの女主人が死亡し、若主人B氏（Mr. B）に再雇用される。このB氏はパミラを見たときから彼女に思いを寄せ、欲望を充たそうとさまざまな誘惑を仕掛ける。しかし、貞操感の強いパミラは彼になびかない。業を煮やしたB氏は遠くはなれた別の屋敷にパミラを閉じ込め、軟禁状態にする。ここからは日記の形式で物語が綴られる。40日ほど閉じ込められ、ついには力づくで貞操を奪われそうになり、パミラはそこを飛び出す。最終的には、B氏は前非を悔い、愛しているパミラに結婚を申し込み、2人は結ばれる。このようにして、副題にあるようにパミラの美徳 (virtue) は報われる (rewarded) のであった。

　この作品は大成功をおさめたので、リチャードソンは続編を翌年の1741年に出した。内容は、結婚後の2人の後日談である。生まれ変わったと思われたB氏であったが、結婚すると再び遊び心が生じ、浮気をする。これを知ったパミラは、献身的な愛によって夫を再教育して、夫を更正させ、夫と縒りを戻すことに成功する。彼女は夫からも、周囲のだれからも、立派な奥様と見なされるようになる。

　リチャードソンは男性の視点から女性の心理を描き、それを書簡体という形式で見事に表現した。ヒロインのパミラがどういう行動をし、どのようなことを考えて感じているのかが、手紙と日記によって、詳細に語られたのだ。18世紀の読者は、細やかな女性の心理をおそらく読んだ

と思われる。『パミラ』はリチャードソンらしさが出ている小説であるからこそ、それに引きつけられる読者が多く、好評を博したと言える。これは『ロビンソン・クルーソー』では望み得ないことだった。この意味で『パミラ』は、これまでとは全く違う新しいジャンルの読み物だったのである。この作品によってリチャードソンは「**イギリス近代小説の父**」(Father of the English novels) と呼ばれることとなった。

　『パミラ』は大成功を収めた。しかし、あまりにも話がうまく出来すぎていた。身分の違う娘が貞操を守りきったうえに、本当に上流階級のお屋敷の若殿と結婚できるものだろうか。このような反省に立ち、リチャードソンは違う結末を持つ次作を書いた。前作と同じ書簡体小説の『**クラリッサ**』(Clarissa, or the History of a Young Lady, 1747-48) である。

　この作品の内容は以下の通りである。富裕な商人の娘クラリッサ・ハーロウ (Clarissa Harlowe) は、親のすすめる結婚相手を拒んだために部屋に閉じ込められるが、青年貴族のラヴレイス (Lovelace) に助けを求めて、そこから抜け出し、彼とともに逃げる。しかしラヴレイスは高潔な紳士ではなく、彼女に関係を求める。クラリッサは彼を斥けるものの、卑劣なラヴレイスは睡眠薬をクラリッサに盛って眠らせ、貞操を奪ってから結婚を申し込む。クラリッサはその申し込みを断り、恥辱に堪えられず、衰弱して死亡する。彼女の従兄弟がラヴレイスに決闘を申し込み、彼を倒してクラリッサの復讐を遂げる。

　『クラリッサ』は全8巻からなり、英語で書かれた小説の中で一番長いということで有名である。また、「最も有名だが、その長さゆえに、最も読まれることの少ない作品」とも言われる。それほどの長さのなかでクラリッサの女性としての心理が詳細に、かつ的確に描かれ、こまやかな情緒が醸し出されている。『クラリッサ』は『パミラ』以上に好評を博し、「クラリッサを殺さないで」という読者からの投書が殺到したという。フランスではこれを元に芝居が創られた。

　リチャードソンはその後、女性ではなく男性を主人公にした『**サー・チャールズ・グランディソン**』(Sir Charles Grandison, 1753-54) を書き、「完璧な紳士」を描こうとした。これも書簡体小説である。内容は以下の通りである。美しいハリエット (Harriet Byron) はある人物に誘拐されようとしたとき、高潔な紳士グランディソン (Sir Charles Grandison) に救われ、2人は恋に落ちる。しかしグランディソンには以前から交際していたクレメンティーナ (Clementina della Porretta) がいたのであった。だが、宗教上の関係からクレメンティーナとの結婚は不可

能とわかり、2人は別れ、グランディソンはハリエットと結婚し、かつクレメンティーナとは清い友情を結ぶ。

フィールディング

　リチャードソンの描いたパミラは実に美徳にあふれた、完璧な娘だった。それゆえにそうした彼女の生き方に疑いの眼を向ける者がいてもおかしくない。パミラは、本当は「あばずれ」で、偽善者だったのではないか。そのような観点から、このパロディーを手がけたのが**フィールディング**（Henry Fielding, 1707-54）である。彼はイートン校（Eton College）で教育を受けた。19歳のときに未亡人と駆け落ちを試みるが失敗し、ロンドンに出て劇作家になる。オランダのライデン（Leiden）大学へ留学し、古典の勉強をした。帰国後は劇作家として**ウォルポール**（Robert Walpole, 1676-1745. 1715-17, 1721-42のあいだイギリス首相であった）の政府を批判する劇を書き、成功を収めたが、政治批判に業をにやした政府は1737年「**劇場検閲法**」（Stage Licensing Act）を制定し、すべての劇は宮内長官の許可が必要となった。政府に批判的な内容の劇を書いていたフィールディングは許可を得ることができず劇作家を止めざるを得なくなった。一時弁護士として生活をしている中で、リチャードソンの『パミラ』が出版され、フィールディングはそのパロディーを思いついたという訳である。

　このような経過を経て彼の『**シャミラ**』（*An Apology for the Life of Mrs Shamela Andrews*,1741）は書かれた。これは『パミラ』を滑稽化・諷刺化したパロディーだ。"Shamela"というネーミングは「偽物、ペテン師」を意味する"sham"に"Pamela"を付け足したものである。と同時に、「恥」を意味する"shame"に"Pamela"を付け足したものとも理解できる。この名に相応しくシャミラは、パミラに「似て非」なる、「恥ずべき」娘として造形されている。

　さらに主人公を女性から男性に変え、さらに書簡体の形式から3人称の語りの形式へと変えたうえで『パミラ』をパロディー化したのが『**ジョーゼフ・アンドルーズ**』（*The History of the Adventures of Joseph Andrews, and his friend, Mr. Abraham Adams Written in Imitation of The Manner of Cervantes, Author of Don Quixote*,1742）である。ジョーゼフ（Joseph）（物語の最初ではパミラの弟とされていたが、後に、そうではなく、高貴な紳士の子と判明する）は、好色な未亡人の屋敷で奉公し、この未亡人から誘惑される。

ジョーゼフは、パミラと同じように抵抗すると、解雇される。そこで恋人ファニー（Fanny）のいる故郷へ帰ることとする。その道中、追いはぎに襲われるなどのハプニングはあったものの、無事故郷へ戻り、ファニーと結婚する。

　フィールディングはさらに男性を主人公とする作品を書いて、リチャードソンの向こうを張る。それが『**トム・ジョーンズ**』（The History of Tom Jones, a Foundling, 1749）である。主人公のトム（Tom）は地方に住む富裕地主オールワージー（Allworthy）氏のベッドに寝ているのを見つけられた捨て子（これを英語ではfoundlingという）である。しかし、オールワージーの寛大な処置により彼の養子となる。オールワージー氏にはブリジット（Bridget）という妹がいて、この妹がある将校と結婚してできた子ブライフィル（Blifil）とともにトムは育てられる。ふたりの性格は正反対で、トムが腕白ではあっても竹を割ったような性格であるのに対して、ブライフィルはおとなしいけれども偽善家である。成長したトムは隣村の地主の娘ソファイア（Sophia）を愛するようになる。しかし、彼女はブライフィルと結婚することが親同士で決められていた。トムは、ブライフィルによって詰まらない罪を誇張して中傷され、オールワージー氏から勘当されてしまう。

　勘当されたトムはロンドンへ向かう。その後をソファイアが追う。道中も、そしてロンドンに滞在中もさまざまな誘惑が美男子のトムを待ち構える。しかし、トムはそれを斥けるどころか、むしろ心待ちにして、それに身を任せる。そうしたトムにソファイアがやきもきするなどのどたばたはあるが、トムが実はブリジットがある高貴な男性とのあいだで生んだ私生児であることが判明し、彼の血筋が証明され、またブライフィルの中傷の悪計が露見し、トムの勘当は解け、めでたくソファイアと結ばれることとなる。この作品は、プロットが緊密性を保っており、見事である。このために後にコールリッジは、『トム・ジョーンズ』を**プロットのすぐれた世界の3大作品のひとつ**に数えている（Samuel Taylor Coleridge, "A Table Talk," 1856）。

ピカレスク小説

　『トム・ジョーンズ』は16～17世紀のスペインに流行した悪漢小説、すなわち**ピカレスク小説**（picaresque novel）の系譜に属する。このピカレスク小説の系譜には、**デフォーの『モル・フランダース』**（Moll Flanders, 1722）のような悪女を扱った小説だけでなく、スペインの『**ドン・キホーテ**』（Don Quixote, 1605, 1616）を元祖とする道中記も入る。この系譜に属するイギリス文学の作品としては**スモーレット**（Tobias Smollett, 1721-71）の『**ロデリック・ランダムの冒険**』（The Adventures of Roderick

Random, 1748)、『ペリグリン・ピクルの冒険』(The Adventures of Peregrine Pickle, 1751)、書簡体小説『ハンフリー・クリンカーの旅行』(The Expedition of Humphry Clinker, 1771) がある。

「反・小説的」小説

バニヤンの『天路歴程』を起源として順調に歩んできたイギリス小説であったが、フィーディングの後に続いたのは、それまでのリアリズムを継承する小説ではなく、それを破壊する小説であった。それが**ローレンス・スターン**(Laurence Sterne, 1713-68) の『**トリストラム・シャンディ**』(The Life and Opinions of Tristram Shandy, 1750-67) である。この作品では厳密なプロット構成が欠け、性格造形もまったくなく、首尾一貫性が欠如しているのである。

スターン

スターンはアイルランドに生まれ、ケンブリッジ大学に学ぶ。大学在学中に**ジョン・ロック**(John Locke, 1632-1704) の哲学を知る。卒業すると、イギリス北部のヨークシャーで聖職についた。しかし、教会の仕事は代理牧師にまかせ、読書・狩猟・音楽・美術、それに社交界に時間をあてた奇人である。生活も奇異なら、作品も奇異というより他にない。作品のタイトルは『トリストラム・シャンディの生涯と意見』となっていて、立派に一人前の生涯をたどる真面目な作品のように見えるが、そうではない。全9巻からなるが、主人公が生まれてくる気配はすぐには来ない。第3巻の終わりにようやく生まれるのだ。それまでは受胎にいたるまでの諸事情がとりとめもなく語られる。また誕生後も物語はいっこうに進展しない。話はあることから次の話へと因果関係を無視して進められる。脱線の連続である。プロットがないのだ。書き手自身そのことを認め、第1巻から第2巻、第3巻、第4巻、第5巻にいたるこれまでの展開を以下のような図で示すほどなのである。

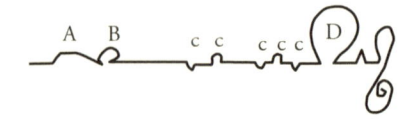

Volume 6, Chapter 40

プロットだけでなく、書き方も従来の型を破っている。さきほどの脱線の図形化もその1つだが、その他に星印を使う・ダッシュを多用する・脚注をつける・章を飛ばすなど、やりたい放題だし、1巻12章では牧師のヨリック(Yorick)が死亡したときには2頁全部を黒く塗りつぶしたのである。フィールディングによって完成したかにみえたイギリス小説はここにきて一旦足踏みを余儀なくされる。

しかし、歩みは止まったのだろうか。この作品にストーリーはある。トリストラムの叔父のトービー(Toby)

元大尉、その従卒のトリム（Trim）元伍長、近所の未亡人のウォドラムなどが登場し、読者の興味をかき立てる。だが、彼らの活動は、脱線につぐ脱線によって、プロットへとは終焉しない。むしろ脱線することがこの作品の目的だったのである。よって、脱線の基となる「**意識の流れ**」（stream of consciousness）にこそ注目すべきであろう。脱線は、ある事物から、それと関連したものへ意識が急に移動することによって生じるからである。こう考えると、この作品は20世紀に脚光を浴びることとなった「**意識の流れ**」の文学、たとえば**ウルフ**（Virginia Woolf, 1882-1941）や**ジョイス**（James Joyce, 1882-1941）らの文学の魁（さきがけ）であったと言える。田舎のしがない牧師だったスターンがこの一作によって一夜にして世の寵児となってもてはやされた一因は、この辺にありそうだ。

原文で愉しもう

1.

Dear Mamma,

O what News, since I writ my last! the young Squire hath been here, and as sure as a Gun he hath taken a Fancy to me; Pamela, says he,（for so I am called here） you was a great Favourite of your late Mistress's; yes, an't please your Honour; says I; and I believe you deserved it, says he; thank your Honour for your good Opinion, says I; and then he took me by the Hand, and I pretended to be shy: Laud, says I, Sir, I hope you don't intend to be rude; no, says he, my Dear, and then he kissed me, 'till he took away my breath——and I pretended to be Angry, and to get away, and then he kissed me again, and breathed very short, and looked very silly; and by Ill-Luck Mrs. Jervis came in, and had like to have spoiled Sport.——How troublesome is such Interruption! You shall hear now soon, for I shall not come away yet, so I rest,

Your affectionate Daughter,
Shamela.

（Fielding, *Shamela*, Letter 2）

◆若主人に言い寄られる場面。"pretend" という単語がシャミラのいかにも "sham" らしさを明瞭に示している。

2.

We now return to take leave of Mr Jones and Sophia, who, within two days after their marriage, attended Mr Western and Mr Allworthy into the country. Western hath resigned his family seat, and the greater part of his estate, to his son-in-law, and hath retired to a lesser house of his in another part of the country, which is better for hunting. Indeed, he is often as a visitant with Mr Jones, who, as well as his daughter, hath an infinite delight in doing everything in their power to please him. And this desire of theirs is attended with such success, that the old gentleman declares he was never happy in his life till now....

Sophia hath already produced him two fine children, a boy and a girl, of whom the old gentleman is so fond, that he spends much of his time in the nursery, where he declares the tattling of his little granddaughter, who is above a year and a half old, is sweeter music than the finest cry of dogs in England.

Allworthy was likewise greatly liberal to Jones on the marriage, and hath omitted no instance of shewing his affection to him and his lady, who love him as a father. Whatever in the nature of Jones had a tendency to vice, has been corrected by continual conversation with this good man, and by his union with the lovely and virtuous Sophia. He hath also, by reflection on his past follies, acquired a discretion and prudence very uncommon in one of his lively parts.

To conclude, as there are not to be found a worthier man and woman, than this fond couple, so neither can any be imagined more happy. They preserve the purest and tenderest affection for each other, an affection daily encreased and confirmed by mutual endearments and mutual esteem. Nor is their conduct towards their relations and friends less amiable than towards one another. And such is their condescension, their indulgence, and their beneficence to those below them, that there is not a neighbour, a tenant, or a servant, who doth not most gratefully bless the day when Mr Jones was married to his Sophia.

(Fielding, *Tom Jones*, Book 18, Chapter 13)

◆波乱万丈の人生の末にたどりついた幸せ一杯の2人に祝福あれ！

知識の小箱

story と plot の違い
この二つの語は似ているようで紛らわしいので、ここでその区別を明らかにしておこう。
それをよりよく理解するためのキーワードは「時間」だ。

story: 物語の中の出来事の順序、その経過時間、その頻度など、読者がテクストを手掛かりに作り上げる連続する出来事の全体。

plot: 物語の中の出来事を特定の順序に再構成したもので、かならずしも時間通りになっているわけではないが、因果関係を示してある。

「王が死んで、次いで女王が死んだ。」は2人の死亡を時間経過どおりに並べただけなので story になる。
これに対して「女王が死んだ。王が亡くなって悲嘆にくれて、憔悴して衰弱したからだ。」は plot になる。

第VIII章
ワーズワース
William Wordsworth

ロマン主義の時代・前期（18世紀—19世紀）

　ポープは1744年に、ジョンソン博士は1784年にこの世を去った。新古典主義時代、あるいはオーガスタン時代とも言われる時代にそびえていた2高峰が亡くなったこの時期の西欧社会は、これまでにない大混乱と大変革の時代であった。すなわちポープが亡くなってから32年後の1776年にはアメリカがイギリスから独立し、ジョンソン博士が亡くなってから5年後の1789年にはフランス革命が起こったのである。**「アメリカ独立宣言」**（"The Unanimous Declaration of the Thirteen United States of America"）の前文は、「全ての人間は平等に造られている」と唱え、不可侵・不可譲の自然権として「生命、自由、幸福の追求」の権利を掲げた。フランス革命は「自由・平等・友愛」（Liberté・Egalité・Fraternité）の標語を掲げて戦われた。この二つの歴史的事件はイギリスの知識人に少なからぬ影響を与えた。まだケンブリッジ大学の学生であった**ワーズワース**（William Wordsworth, 1770-1850）は1790年と91年に革命下のフランスに渡り、フランス革命から大きい精神的影響を受けた。同じようなことは**ブレイク**（William Blake, 1757-1827）にも**コールリッジ**（Samuel Taylor Coleridge, 1772-1834）にも当てはまる。

　1769年に**ジェイムズ・ワット**（James Watt, 1736-1819）が蒸気機関を開発したことによって、生産技術に大変革が起こり、それまでの家庭を中心とした手工業から工場における機械工業へと移行し大量生産が可能となり、社会構造が劇的に変化した。産業革命の到来である。都市に工場が多く建設され、農村から働き手として多くの者が都市に移り住んだ。その結果、都市化現象が生じた。農村自体も工場地帯となり、かつての緑豊かな牧歌的風景は消失して行った。しかも、機械化は余剰労働者を産み出し、多くの失業者が生まれた。19世紀に入ると失業した労働者は、失業の原因が機械化にあるとして、イギリス各地で蒸気機関を用いた紡績機械を打ち壊す、いわゆる**「ラダイト運動」**（Luddism）を起こした。

　このように18世紀半ばから19世紀にかけては自由への欲求・消失

しつつある自然への憧れ・抑圧され、搾取されていることへの反発、などが高まっていったのである。こうした中で、中世のロマンス文学に理想を見出した**ロマン復興運動**（Romantic Revival）が始まった。この特色は、**オーガスタン時代が理知的・批評的**であったのに対して、**自然と想像力を重視し、感情・神秘・神秘体験の世界を受け入れ、情念を爆発させる**というものである。

ロマン復興運動の兆しは、実は、ポープが亡くなる前から現れていた。**トムソン**（James Thomson, 1700-48）は無韻詩（blank verse）で創られた『**四季**』（*The Seasons*, 1726-30）で道徳的教訓・諷刺・愛国心・科学・歴史などを織り交ぜながら四季折々の自然を描き、**ヤング**（Edward Young, 1683-1765）もやはり無韻詩で長編詩『**嘆きの歌、生と死と不滅についての夜想曲**』（*The Complaint, or Night Thoughts on Life, Death, and Immortality*, 1742-45）を書き、人間の運命について夜の時間に、しかも墓場にたたずみながら瞑想する。ヤングの後に出てきた**グレイ**（Thomas Gray, 1716-71）にも「**墓畔の哀歌**」（"An Elegy Written in a Country Churchyard," 1731）という詩があり、夕闇迫る頃に教会墓地で死と無常について瞑想するのである。

夜と墓地とくればもうその行く先は狂気であろう。古典主義の軛（くびき）に堪えかねて狂気に走る詩人も出てきた。たとえば**コリンズ**（William Collins, 1721-79）であり、**スマート**（Christopher Smart, 1722-71）であり、**クーパー**（William Cowper, 1731-1800）である。

ゴシック小説

散文にも夜・死・瞑想をテーマとする傾向が生じた。グレイの親友であった**ウォルポール**（Horace Walpole, 1717-97. 前出の、イギリス首相をつとめたロバートの息子）は中世イタリアを舞台にした『**オトラント城**』（*The Castle of Otranto*, 1765）を、**ベックフォード**（William Beckford, 1760-1844）はアラビアを舞台にした怪奇小説『**ヴァセック**』（*Vathek*, 1786）を、そして**ラドクリフ夫人**（Mrs. Ann Radcliffe, 1764-1823）は『**ユードルフォの怪奇**』（*The Mysteries of Udolpho*, 1794）と『**イタリア人**』（*The Italian*, 1799）を書いている。これらは中世のゴシック建築の古城を舞台にした怪奇物語が多いので、「**ゴシック小説**」（Gothic novels）と呼ばれる。この段階にいたると、古典主義時代ははるか遠い昔のことのようになってくる。

ブレイク

ブレイクはロンドンの靴下商人の子として生まれ、正規の学校教育は受けず、画塾に通い、銅版画師ジェイムズ・バサイア（James Basire）の徒弟となって銅版画の修行を始めた。詩作も始めていた。徒弟修行が終わると銅版画師として独立し、活躍する。バサイアから受け継いだのは彩色版

画という画法で、一種のレリーフ・エッチングである。ブレイクの作品はほとんどすべてが詩と挿絵を一枚の版画にした彩色本（illuminated books）である。

1787年にブレイクの弟ロバート（Robert）が急死したことは、ブレイクに二つの重要な意味を持たせた。一つは、ロバートの霊をとおして彩色版画の着想を得たことである。もう一つは霊的世界の存在を確信したことである。

ブレイクはスウェーデンの神秘主義思想家**スウェーデンボリ**（Emanuel Swedenborg, 1688-1772）の著作を綿密に読んでいて、**神秘学**の伝統に精通していた。ブレイクは幼いころから幻想家であったのだが、幻想と現実を混同することはなく、むしろ両者の区別をわきまえたうえで幻想する能力を進展させた。処女詩集『**詩的点描**』（Poetical Sketches, 1783）では古典主義的な傾向が濃かったものの、次の『**無垢の歌**』（Songs of Innocence, 1789）とこれに『**経験の歌**』（Songs of Experience）を加えて一冊にした詩集『**無垢と経験の歌**』（Songs of Innocence and of Experience, 1794）では神秘的傾向がうかがえる。

『経験の歌』の広告を出したものの出版はせず、『無垢の歌』と『経験の歌』を合本して一冊の『無垢と経験の歌』にした目的は、この詩集のタイトルページの「但し書き」に記してあるように「二つの相対立する人間精神の状態を示す」ためである。この詩集でブレイクは、清浄無垢な人間の状態と、経験を積んだことにより、その無垢な状態を喪失し、堕落した人間の状態を対比させている。たとえば、『無垢の歌』と『経験の歌』から同じ「えんとつそうじ」（"The Chimney-Sweeper"）という題の詩を取ってみよう。『無垢の歌』の最終連は「トムは夢からさめ　私らは暗いうちに起き／煤ぶくろと煤はけとを持って仕事に出かけた。寒い朝だったがトムはうれしそうで寒がらなかった。／みんなが自分への義務をつくすなら何もいらない。」(土居光知訳)（'And so Tom awoke, and we rose in the dark, /And got with our bags and our brushes to work./ Though the morning was cold, Tom was happy and warm: /So, if all do their duty, they need not fear harm.'）となっているのに対し、『経験の歌』の最終連は「それでも　元気で　踊ったり　歌ったりするので、／ひどいめにあわせているとは誰も思わず、／私達のみじめさから天国をつくる／神様　坊様　王様をあがめに行くのさ。」(土居光知訳)（'And because I am happy and dance and sing, /They think they have done me no injury,/ And are gone to praise God and His priest and king, /Who made up a heaven of our misery.'）と無垢の状態を喪失した悲しみを歌っている。なお、「自分への義務」（"their duty")とは「想像力を枯らさないで詩の国に住むこと」である。想像力が重視されているのである。

『**天国と地獄との結婚**』(*The Marriage of Heaven and Hell*, c.1790) は、スウェーデンボリの『天国と地獄』をモチーフとし、フランス革命からの影響を受けており、ロマン主義のマニフェストとも言われる。ここでは、『無垢の歌』における歓喜が「力」と、『経験の歌』における苦悩と悲しみが「理性」と結び付けられ、いっさいの束縛を破壊する想像力を是とする態度が見られる。このあと『**エルサレム**』(*Jerusalem*, 1804-20) をその一作とする「**予言書**」(*Prophetic Books*) と呼ばれる何作かを著したが、『無垢と経験の歌』ほどに完成された詩ではなかった。

ワーズワース

ロンドンで生まれ育ち、正式な学校教育を受けていないブレイクとは対照的に、**ワーズワース**は、イギリス北部の湖水地方 (the Lake District) のコッカマス (Cockermouth) に生を受け、ケンブリッジ大学で学んだ。父親は法定代理人であった。コッカマス時代は湖水の中を散策し、自然を愛した。これが後に彼の詩の中でいろいろな形をとって表現されることとなった。1790年と91年の二回フランスに渡り、フランス革命を直に見て、それに大いなる影響を受けた。フランス滞在中にフランス女性と結婚し、長女をもうけている。フランス革命のあと、1793年からロベスピエール (Robespierre) が処刑された1794年7月まで大量の処刑が行われた「恐怖政治」(the Terror) があったことにより、ワーズワースはフランス革命に対して失望感を抱くこととなった。翌年の1795年、イギリスのロマン派の詩人コールリッジと知り合いになり、その後この2人とワーズワースの妹**ドロシー** (*Dorothy*, 1804-47)、それにコールリッジの妻は親しく交際した。そうした中で出版されたのがイギリス詩のリバイバルともなる『**叙情歌謡集**』(*Lyrical Ballads*, 1798) である。1798年末に、ワーズワースは妹のドロシー同伴でコールリッジと共にドイツへ旅し、そこで**自伝的長詩『序曲』** (*The Prelude*, 1805年完成、1850年出版) を書く。翌年には妹とグラスミア (Grasmere) に移り、1802年に従妹のメアリー・ハッチンソン (Mary Hutchinson) と結婚し、そこで余生を過ごした。グラスミアで最初に住んだのがダヴ・コテッジ (Dove Cottage) であり、そこは現在ワーズワースの博物館になっている。

ワーズワースは自然を愛した詩を書いたが、当時のイギリスは産業革命の最中だったため、『叙情歌謡集』初版は不評であった。そのためにワーズワースはコールリッジとともに新しい詩編を付け加え、第2版を1800年に、第3版を1802年に出した。第2版には自分たちの詩作に関する理念を述べた序文（Preface）を付した。これはロマン主義の一種の宣言である。それによれば、この詩集では**「詩語」**（poetic diction）をできるだけ使用しないで、できるだけ人間の素朴な言葉（the language of men）である口語を使用することにした。また詩とは「力強い感情が自発的にあふれでたもの」（"the spontaneous overflow of powerful feelings"）で、その感情とは「静かに想起された」（"recollected in tranquility"）ものでなければならないとしている。しかし、これはかけ声だけに終わったようだ。「詩語」を用いなければ、やはりワーズワースといえども人を感動させる詩は書けていない。そうした中にあって**「ティンターン僧院上流で作った歌」**（"Lines Written a Few Miles above Tintern Abbey"）は、青年であるがゆえにいくつかの苦悩を経験した後で、5年ぶりにワイ川（the Wye）の岸辺に立ち、いかに自然によって育まれてきたかという詩人の心情をしみじみと伝える佳品である。

　『序曲』は1798年から1805年まで書き続けた自伝詩で、14巻から成り、1850年にこれが出版されたときには「ある詩人の精神の成長」（"Growth of a Poet's Mind"）と副題がついた。当初は未完成の『隠遁詩集』（*The Recluse*, 1888）の「序曲」として計画された。コールリッジに寄せて書かれ、伝統的な叙情詩のテーマを模索し、子供時代を振り返る。幼年時代・小学校時代・ケンブリッジ大学時代・ロンドンの初印象・アルプス旅行・フランス革命の恐怖を回想し、人間愛と自然愛の発展を示している。詩の質はともかく、子供のときの体験が重要であることを心理学的に洞察している点において注目に値する。この詩集は、1805年以降も改筆があり、ワーズワースが保守化していったことにより、彼の死の直後の1850年に出版されたときには内容も表現も大分変わってしまっていた。

　「不滅のオード」（"Ode: Intimation of Immortality from Recollections of Early Childhood," 1807）は、なかなか筆が進まず苦しんだが、ようやく完成にこぎ着けることができた。11連の比較的短い詩でありながら、「無垢」がその後の「経験」を通過して失われるという問題について、一つの究極的な解答を与えた。

　ワーズワースは1843年には**サウジー**（Robert Southey, 1774-1843）のあとを受けて桂冠詩人となったものの、それ以前の1805年ころから詩才がし

ぼみはじめ、彼の詩は衰退の一途をたどった。批評家の中には「ワーズワースは1805年に死に、1850年に葬られた」と酷評するものもいる。

コールリッジ

コールリッジはワーズワースとは経歴・性格の点において全く対照的である。コールリッジは南イングランドのデヴォンシャー（Devonshire）の教区牧師の13人目の子として生まれた。ロンドンのクライスツ・ホスピタル校（Christ's Hospital）で学んだ。湖水地方で学校生活を送ったワーズワースとはこの点でも対照的だ。その後ケンブリッジ大学へ進む。ワーズワースがあまり目立たない学生であったのとは対照的に、コールリッジは社交性があり、雄弁家でもあったので、人気者であった。だが、大学を2年で退学し、1793年には偽名で第15軽騎兵連隊に入隊するものの、その厳しさに堪えられず除隊となる。このように精神的に脆弱で傷つきやすいコールリッジとは対照的に、ワーズワースは「**自己中心的崇高**」（egotistic sublime）と呼ばれるほどの精神の強さを持っていた。コールリッジは、1794年サウジーと会い、フランス革命に夢中であった彼の影響を受けて、アメリカのペンシルベニア州に共産主義的な理想社会を作ろうと計画した。だが、これは資金集めが難航し、頓挫する。その後、前述したように、1795年にワーズワースと知り合いになる。コールリッジは1802年ころから健康を損ね、アヘンに頼るようになる。アヘンの常用者となって不幸な晩年を送った。アヘンと言えば、彼にはアヘンで陶酔状態にいるときに書いたとされる「**クブラ・カーン**」（"Kubla Khan," 1810）という音楽的魅力と感覚美とに富んだ美しい断片がある。フビライがザナデュウ（Xanadu）に建てた歓楽宮について書かれた本を読んでいると、麻薬によって幻想を見た。その光景を目覚めて直ぐに書き始めたが、54行まで書いたときに、来客があり、客が帰ったあと続きを書き始めようとしたものの、幻想の内容を思い出すことができず、未完で終わったという。

ワーズワースとの共著『叙情歌謡集』の巻頭を飾る詩は、コールリッジの「**老水夫行**」（"The Rime of the Ancient Mariner," 1798）である。老水夫が、結婚式場に行く途中の若者に自分が体験した海での不思議な出来事を話して聞かせる。不思議な話とは以下の通りだ。老水夫が乗った船は、浅薄にも彼がアホウドリを撃ち殺した呪いによって赤道まで漂流してしまい、そこで全く停止した。老水夫は月光によって美しい海蛇の群れを眺め、思わず心の中で祝福すると、呪いが解け、風が再び吹き始め、船はイギリスへ戻った。しかし、老水夫は懺悔のために終わりのない放浪の旅を続

67

けているという。神秘的な雰囲気を漂わせる詩である。

ほかに美貌のクリスタベル姫（Christabel）を、蛇の化身である貴婦人ジェラルダイン（Geraldine）が犯そうとする、神秘的な「**クリスタベル姫**」（"Christabel", 1816）がある。

原文で愉しもう

1.
THE TIGER

Tiger, tiger, burning bright
In the forests of the night,
What immortal hand or eye
Could frame thy fearful symmetry?
In what distant deeps or skies
Burnt the fire of thine eyes?
On what wings dare he aspire?
What the hand dare seize the fire?
And what shoulder and what art
Could twist the sinews of thy heart?
And, when thy heart began to beat,
What dread hand and what dread feet?
What the hammer? what the chain?
In what furnace was thy brain?
What the anvil? what dread grasp
Dare its deadly terrors clasp?
When the stars threw down their spears,
And watered heaven with their tears,
Did He smile His work to see?
Did He who made the lamb make thee?
Tiger, tiger, burning bright
In the forests of the night,

What immortal hand or eye

Dare frame thy fearful symmetry?

　　　（William Blake, "Tyger" in *Songs of Innocence and of Experience*）

◆優しい子羊を創った神は、夜の森にらんらんと目を輝かせる精悍で獰猛（どうもう）な虎の創造者でもある。

2.

My heart leaps up when I behold

A rainbow in the sky.

So was it when my life began;

So is it now I am a man;

So be it when I grow old,

Or let me die!

The Child is father of the Man;

And I could wish my days to be

Bound each to each by natural piety.

　　　（William Wordsworth, "My Heart Leaps Up"）

◆「子供は人の父親」に真実がある。

知識の小箱

自然観の変化：mountain gloom, mountain glory
18世紀のロマン主義時代では、山岳などの自然が美の対象になった。しかし、それまでは高くそびえる山があるかと思えば、深い谷もある「自然」は恐れの対象であった。なぜならばキリスト教の世界では神が創られた大地は、元来、凹凸のない完全な球体であったのに、アダムとイヴが禁断の木の実を食したために神が怒り、山を高くし、谷を深くされたからだ。すなわち山や谷は人間の原罪の現れであり、したがって「気をめいらせるもの」（gloom）であったのだ。ところが、18世紀も半ばを過ぎてくるとそうしたキリスト教にとらわれた見方から人々は徐々に解き放たれ、そのような山岳に「崇高」（sublimity）を見出し、それを美の対象とするようになっていった。山は一転して「喜ばしきもの」（glory）となったのである。

第IX章
キーツ
John Keats

ロマン主義の時代・後期（19世紀）

　ロマン主義後期に属する第2世代のロマン派詩人は、第1世代のワーズワースたちとは異なる人種であった。ワーズワースとコールリッジが湖水地方に住んで自然に囲まれながら瞑想し、思索し、自然に美を見出していたのとは対照的に、**バイロン**（George Gordon Byron, 1788-1824）、**シェリー**（Percy Bysshe Shelley, 1792-1822）、**キーツ**（John Keats, 1795-1821）は流れ星のように若い情熱を激しく燃やして短い生涯を終えた。またバイロンらは英仏戦争が続き、フランス革命の理想が崩れ、それへの反発がヨーロッパ中に起こっていた時期を過ごした。

バイロン

　バイロンは「気狂いジャック」（Mad Jack）というあだ名を持つ放蕩者の父親とスコットランド王室の血を引く母親とのあいだに生まれた。生まれつき内反足で、そのことが誇り高く感受性の強い彼のその後の人格形成に大きく関わったと言われる。1791年、バイロンが3歳のときに父親が死亡する。ハロー校を出た後、ケンブリッジ大学へ入る。在学中はロンドンにもたびたび出かけ、放蕩三昧にふけった。大学を出たバイロンは1809年から1811年にかけてポルトガル、スペイン、マルタ、ギリシャ、地中海東岸のレバント地方を旅した。この旅の感慨をうたったのが長詩『**チャイルド・ハロルドの遍歴**』（*Childe Harold's Pilgrimage*, 1812, '16, '18）である。4巻にわたる全編を技巧的な「**スペンサー連**」（p.16を参照）で語りとおした。この作品は大成功を収め、1812年3月に1巻と2巻が出版されると、「一夜にして僕は有名になった」（"I woke one morning and found myself famous"）のであった。

　続いて『**邪宗門**』（*The Giaour*, 1813）、『**アバイドスの花嫁**』（*The Bride of Abydos*, 1813）、『**海賊**』（*The Corsair*, 1814）、『**ララ**』（*Lara*, 1814）などの物語詩を矢継ぎ早に発表した。1817年には劇詩『**マンフレッド**』（*Manfred*）を完成させた。マンフレッド（Manfred）は罪の意識をいつも持っている。その忘却を求めるが、与えられず、しかも自殺も許されない。ついに予言の日が来て、悪魔に連れ去られる、という内容であ

る。**ゲーテ**（Johann Wolfgang von Goethe, 1749-1832）の『**ファウスト**』（*Faust*, 1808, 1831）をモチーフにしている。これらの長詩・物語詩・劇詩から「**バイロン風の、バイロン的な**」（Byronic）という言葉が生まれることとなった。「バイロン風」の特徴とは、①因習的な道徳を軽蔑、あるはそれに反発する、②運命にあらがう、③バイロンが書いた作品に登場するロマンティックな主人公たちの特徴を持っている、④読者などがバイロンの衣服や容貌を真似る、などである。

1819年から24年までの5年もの長い年月をかけてバイロンの最高傑作が産み出された。それが長編物語詩『**ドン・ジュアン**』（*Don Juan*, 1819-24）である。詩形は各行10音節の**8行連**（これをottava rimaという）である。スペインはセヴィリアの、若干16歳のドン・ジュアン（スペイン語では「ドン・ファン」と発音する、伝説上の人物である）は恋愛事件を起こし、国外に逃れるものの、その航海途中で船が難破し、ギリシャの島に漂着する。そこで海賊の娘に助けられるが、その父親によってコンスタンチノープル（現在のイスタンブール）へ売られ、さらにロシアに逃れ、その軍隊に入り、武勲をたてて女王に寵愛される。次いで使命を受けてイギリスへ渡る。バイロンが作品で描き、また彼自身が行動で示した反社会性・反道徳性を「**バイロニズム**」（Byronism）と呼ぶが、この「バイロニズム」の機知と冷笑がこの作品に見られ、当時の生真面目なイギリス社会が風刺されている。最初の2巻は酷評されたものの、この作品は大衆に広く愛されるようになっていった。ゲーテはこれを激賞し、一部をドイツ語に翻訳している。

バイロンは「バイロン卿」（Lord Byron）と呼ばれることからわかるように貴族なのであったが、恋にあけくれる放浪生活をヨーロッパ、特にイタリアで送った。1823年にギリシャ独立戦争の援助に向かい、翌年の4月にギリシャで熱病のために36年の短い生涯を終えた。

シェリー

シェリーはイングランド南東部のサセックスにバイロンと同じく貴族の子として生まれた。イートン校からオックスフォード大学のユニヴァーシティ・コレッジへ進学する。しかし、在学中の1811年にパンフレット「**無神論の必然性**」（"The Necessity of Atheism"）を書き、これを回覧したために放校処分を受ける。同じ年に、ロンドン

の居酒屋の娘でまだ16歳の、妹の友人**ハリエット・ウェストブルック**（Harriet Westbrook）と駆け落ちして結婚する。だが、のちに思想家で無神論者の**ウィリアム・ゴドウィン**（William Godwin, 1756-1836）の娘**メアリー・ゴドウィン**（Mary Wollstonecraft Godwin, 1797-1851）に惹かれる。1814年7月、メアリーを伴ってフランス、スイスを旅行し、ジュネーブでバイロンと会っている。帰国してからはロンドンに住み、キーツらと交流した。関係が冷えきっていたハリエットが1816年にハイドパークのサーペンタイン・レイクで投身自殺をすると、直ちにメアリーと結婚する。メアリーとの不倫関係に失望したハリエットがそのような不慮の死を遂げたことによって、彼は世間の非難を浴びた。このように既成秩序から手痛いしっぺ返しを受けた点でもシェリーにはバイロンと相通じるところがある。1818年3月、健康のためにイギリスを離れ、フランス・アルプス・イタリアの各地を転々とした。メアリーはシェリーに勧められてゴシック・ロマンの傑作『**フランケンシュタイン**』（*Frankenstein*, 1818）を書くことになる。

1819年ローマからイタリア西部のリボルノへ移り、『**縛めを解かれたプロメテウス**』（*Prometheus Unbound: A Lyrical Drama*, 1820）、「**西風に捧げるオード**」("Ode to the West Wind," 1819）などを書く。1820年にはピサに移り、「**自由に捧げるオード**」("Ode to Liberty," 1820）、「**ヒバリに寄す**」("To a Skylark," 1820）、「**雲**」("The Cloud," 1820）などの優れた詩を産み出した。

ここで「オード」(ode)について簡単に説明しよう。元来は古代ギリシャ劇の中で合唱隊（コーラス）が歌う詩歌をさしていたが、のちにそれが技巧的で不規則な韻律型を持ち、荘重な主題・感情・文体の叙情詩をさすようになった。日本語としてはそのままオードとするか、あるいは「賦」とか「頌」と訳される。

キーツが亡くなると、**牧歌哀歌**（pastoral elegy）「**アドネイイス**」("Adonais," 1821）を捧げ、若すぎる彼の死を悼んだ。これは**イギリス文学史上3大牧歌哀歌**の一つである(p.31を参照)。しかし、シェリー自身、その翌年にイタリア海岸沖で乗船した帆船が嵐に巻きこまれてこの世を去る運命であった。

『**縛めを解かれたプロメテウス**』は、ギリシャの詩人**アイスキュロス**（Aeschylus, 525-456B.C.）の『**鎖につながれたプロメテウス**』を原型とする。ギリシャ神話でプロメテウスは、ゼウスの命に背いてゼウスのみが持っていた火を人間に与えたためにコーカサス山頂に張りつけにされ、ハゲタカに毎日肝臓をついばまれる。しかし、プロメテウスは不死であるために、肝臓は夜中に再生し、ヘラクレス(Hercules)に助け出されるまで半永久的な拷問にあう。

シェリーはこのギリシャ神話に沿って『縛めを解かれたプロメテウス』の話を進める。プロメテウスは暴君ジュピター（Jupiter）（ギリシャ神話のゼウスにあたる）から与えられた苦難に堪え続け、最終的には魔神デモゴルゴン（Demogorgon）のためにジュピターは没落し、プロメテウスはヘラクレスによって縛めを解かれ、自由と愛にみちた新世界が生じる。この4幕の叙情詩劇には自由に対するシェリーの熱い思いが込められている。

「西風に捧げるオード」は、1819年10月にフィレンツェ近くで激しい西風にあって作った作品である。詩形はダンテの『神曲』と同じ**3行連テルツァ・リマ**（terza rima）（3行の連からなり、各行は弱強5歩格でaba/bcb/cdcと、各連の第2行が次の連の第1行および第3行と韻を踏む）の長詩である。秋の西風は「破壊者にして保存者」（"Destroyer and Preserver"）である。枯葉を吹き散らし、種子を冬の寝床へと追いやる。墓場の下で眠る死骸のようだ。しかし、フィレンツェでは春になれば、風も秋風と同じく西から吹いてきて、蕾を萌え立たせる。死んだようにみえる詩人の思想をも同じように全宇宙にまき散らし、その再生を促すだろう。冬が来ても春が来れば必ず新しい生命は芽吹くのだ。このようにシェリーの人類解放の理想を託して、この詩はあの有名な「**冬来たりなば、春遠からじ**」（"If Winter comes, can Spring be far behind?"）で終わるのである。

シェリーには『**詩の弁護**』（*A Defence of Poetry*, 執筆1821、出版1840）という詩論がある。これは詩の想像力と愛を弁護したロマン主義的詩論の典型である。「詩人は社会と道徳の力であり、詩人は歌い手であるとともに教師でなければならない」（"the poet is a social and moral force, and ...the poet must be a teacher, as well as a singer"）と説く。最後は「詩人は非公認ながらこの世の立法者である」（"Poets are the unacknowledged legislators of the World"）と、詩の有用論を説く一説で閉じられている。

キーツ

バイロンとシェリーが貴族の出身で、ケンブリッジ大学やオックスフォード大学で教育を受けたのに対して、**キーツ**はロンドンの貸し馬車屋の長男として生まれた。まだ幼いときに父を落馬事故で亡くし、母もまもなく結核で亡くなり、さらにはキーツ達4人の幼いきょうだいを養育してくれていた母方の祖母が他界し、キーツらは天涯孤独となった。1803年か

ら1811年までエンフィールド（Enfield）にある私塾で、そこの校長の息子チャールズ（Charles Cowden Clarke）の下で学ぶ。その後、外科医の住み込みの徒弟となるが、そうしたある日に恩師チャールズを訪ね、何冊かの蔵書を借りた。その中の一冊に『妖精の女王』があり、それを興奮を覚えながら読んだ。ある友人の言葉によると「彼の才能を目覚めさせたのは、ほかでもなく『妖精の女王』であった」("It was *The Faerie Queene* that awakened his genius")。キーツは早速「**スペンサーに倣いて**」("An Imitation of Spenser," 1813)を書いた。1815年にはガイズ・ホスピタル（Guy's Hospital）の医学生となり、1816年には薬剤師と医師の免許を取得した。キーツは詩人になろうとする夢を持ち続けていて、長い間、進路を選べずにいたが、ついにこの年の暮れまでには詩人になることを決心した。

『**エグザミナー**』（*The Examiner*）誌の主宰者**ハント**（James Henry Leigh Hunt, 1784-1859）やワーズワースらに支えられて詩作に励み、1817年には『**詩集**』（*Poems by John Keats*, 1817）を、翌年には4巻4千行の『**エンディミオン**』（*Endymion*, 1818）を出した。『エンディミオン』は、ギリシャ神話に基づいた詩で、若い羊飼いのエンディミオンが「理想美の象徴」である月の女神シンシア（Cynthia）を探し求める旅を描く。エンディミオンは純粋な詩集を求めるキーツ自身と重なる。しかし、語りの緊密さや詩法の一貫性を欠くということで、批評家たちは酷評した。ワーズワスすら「小ぎれいな異国趣味の作品」("a pretty piece of *p*aganism")と評し、"p"音の頭韻を踏ませることで冷笑的な評価を込めたと言われている。

大詩人に欠かせない叙事詩の取り組みとして『**ハイピアリアン**』（*Hyperion*）と『**ハイピアリアン失墜**』（*The Fall of Hyperion*）がある。『ハイピアリアン』を徹底的に改筆したのが『ハイピアリアン失墜』である。いずれもミルトン風の無韻詩（blank verse）に挑戦したのだが、未完に終わった。

キーツの本領はオードにあったようだ。1819年には珠玉のオードが矢継ぎ早に6編書かれた。秋は豊穣の季節である。だがその背後には不毛の冬が控えている。したがって秋は実りと枯渇、喜びと悲しみが表裏一体となっている季節なのだ。その事実を認識したうえで束の間の幸せを味わおうと勧める「**秋に寄せるオード**」("To Autumn," 1819)、「美は真実で、真実は美だ」("Beauty is truth, truth beauty")という名句を生んだ、ギリシャの壺に代表される芸術の永遠性が人生のはかなさと対立される「**ギリシャの壺のオード**」("Ode on a Grecian Urn," 1819)、ナイチンゲールの美声にのって詩人は現実を離れた世界へと飛ぶが、結局現実の世界に呼び戻されると

いう「**ナイチンゲールに寄せるオード**」("Ode to a Nightingale," 1819)、これらのオードは形式の美しさと詩的内容が緊密で、不滅の絶唱である。ほかには「**怠惰に寄せるオード**」("Ode on Indolence," 1819)、「**メランコリーに寄せるオード**」("Ode on Melancholy," 1819)、「**プシュケに寄せるオード**」("Ode on Psyche," 1819) がある。

キーツにはこれらのほかに、ボッカチオの『デカメロン』の**スペンサー連**を用いた中世伝説の物語詩「**聖アグネスの宵祭り**」("The Eve of St. Agnes," 1819) と、やはり中世伝説の世界を歌うが**バラッド形式の**「**つれなきたおやめ**」("La Belle Dame sans Merci," 1819) がある。

キーツは数多くの手紙を出した。現在にもその多くが残っており、そこに彼の芸術感や人生感、それに思想を見出すことができる。宛先人にはハント、コールリッジ、弟のジョージ (George Keats)、トマス (Thomas Keats)、妹のファニー (Fanny Keats) らがいるが、1819年からは、その年にスコットランド旅行をしたときに出会い、あとでロンドンに帰ってから恋するようになった**ファニー・ブローン** (Fanny Brawne) へのラブレターが多くなる。

1817年12月26日にジョージとトマスに宛てた手紙にはシェイクスピアを念頭において、シェイクスピアには「**消極的能力**」(negative capability) があると説明する有名な一節がある。キーツによればこの能力は「真理や理由を性急に求めるのではなく、不確実さ、不可解さ、疑念にとどまることができる」("capable of being in uncertainties, Mysteries, doubts, without any irritable reaching after fact & reason") 力、すなわち自己を空しくして、対象のなかに没入し、そこから偉大な創造を勝ち得る力である。ファニー・ブローンへの手紙からは、肺結核でまもなく命を失うことになる若い恋人キーツの切ない気持ちを読み取ることができる。1821年2月、キーツは肺結核のためにローマで客死した。

原文で愉しもう

1.

Ancient of days! august Athena! where,
Where are thy men of might, thy grand in soul?
Gone—glimmering through the dream of things that were:

First in the race that led to Glory's goal,
They won, and passed away—is this the whole?
A schoolboy's tale, the wonder of an hour!
The warrior's weapon and the sophist's stole
Are sought in vain, and o'er each mouldering tower,
Dim with the mist of years, grey flits the shade of power.
（George Byron, *Childe Harold's Pilgrimage*, II-2）

◆ハロルドはギリシャのアテネにたどり着いた。芭蕉の「夏草やつわものどもが夢の跡」を想起させる光景。詩形はab/ab/bc/bc/cと押韻する「スペンサー連」(Spenserian stanza)。

2.

I.

O WHAT can ail thee, knight-at-arms,
Alone and palely loitering?
The sedge has wither'd from the lake,
And no birds sing.

II.

O what can ail thee, knight-at-arms! 5
So haggard and so woe-begone?
The squirrel's granary is full,
And the harvest's done.

III.

I see a lily on thy brow
With anguish moist and fever dew, 10
And on thy cheeks a fading rose
Fast withereth too.

IV.

I met a lady in the meads,
Full beautiful—a faery's child,
Her hair was long, her foot was light,   *15*
And her eyes were wild.

V.

I made a garland for her head,
And bracelets too, and fragrant zone;
She look'd at me as she did love,
And made sweet moan.   *20*

VI.

I set her on my pacing steed,
And nothing else saw all day long,
For sidelong would she bend, and sing
A faery's song.

VII.

She found me roots of relish sweet,   *25*
And honey wild, and manna dew,
And sure in language strange she said—
"I love thee true."

VIII.

She took me to her elfin grot,
And there she wept, and sigh'd fill sore,   *30*
And there I shut her wild wild eyes
With kisses four.

IX.

And there she lulled me asleep,
And there I dream'd—Ah! woe betide!
The latest dream I ever dream'd   35
On the cold hill's side.

X.

I saw pale kings and princes too,
Pale warriors, death-pale were they all;
They cried—"La Belle Dame sans Merci
Hath thee in thrall!"   40

XI.

I saw their starved lips in the gloam,
With horrid warning gaped wide,
And I awoke and found me here,
On the cold hill's side.

XII.

And this is why I sojourn here,   45
Alone and palely loitering,
Though the sedge is wither'd from the lake,
And no birds sing.

(John Keats, "La Dame sans Merci")

◆分裂した不安定な騎士の姿は詩人の姿の反映だろう。バラッド形式である。

3.

I have two luxuries to brood over in my walks, your Loveliness and the hour of my death. O that I could have possession of them both in the same minute. I hate the world: it batters too much the wings of my self-will, and would I could take a sweet poison from your lips to send me out of it. From no others would I take it. I am indeed astonish'd to find myself so careless of all charms but yours—remembering as I do the time when even a bit of ribband was a matter of interest with me.

(John Keats' love letter to Fanny Brawne, July 27, 1819)

◆恋に落ち、世間を忘れ、愛と死のみを考える、恋するキーツの姿が浮かぶだろう。

知識の小箱

西風と東風：日本とイギリスの違い

太宰権師に左遷された菅原道真が「東風吹かば　匂ひおこせよ　梅の花　主なしとて　春な忘れそ」と詠ったように日本では東風は春の風である。ところが北部イタリアのフィレンツェでは、シェリーの「西風に捧げるオード」にあるように西風が、秋の風であるとともに暖かい春の風である。イギリスの場合、日本とは逆に、東風が大陸から吹いてくる冷たい風である。たとえば、コナン・ドイルはシャーロック・ホームズ『最後の挨拶』(*His Last Bow*, 1917) でホームズとワトソン博士に次のような会話をさせている。

"There's an east wind coming, Watson."
"I think not, Holmes. It is very warm."

第X章
オースティンとブロンテ姉妹
Jane Austen and The Brontë Sisters

ヴィクトリア朝時代・小説 I（19世紀—20世紀）

イギリスの小説はローレンス・スターンの出現によって、それまでの順調なリアリズムへの歩みを止められた。しかし、時代は確実に進行していた。名誉革命以降、市民の識字率は向上したし、18世紀半ばからの産業革命の進展にともない、市民生活に潤いが出てきて、19世紀に入る頃には市民の余暇の時間も増加した。製紙工業が発達し、廉価に紙が利用できるようになった。また、蒸気機関で回転する印刷機が発明され、印刷作業のスピードアップが実現し、あわせて製本技術も飛躍的な革新を遂げて、印刷物が今まで以上に簡単に市民の手に入ることとなった。こうした状況下では、市民が神々や王侯貴族ではなく、自分たちと同じような市井人が登場する読み物を欲するようになるのは当然の理と言えよう。そのような時代の流れの中、1837年にはヴィクトリア女王が即位した。文字通り新しい時代へと突入することとなったのである。

ブルジョワ文学としての小説

ゴシック小説を経たイギリスでは**市民すなわちブルジョワジーを対象にした文学**、具体的には小説が、大きく発展することとなった。

オースティン

イギリス小説を評価が高い作品として完成させたのは、イングランド南部ハンプシャーの片田舎牧師の次女として生まれた**オースティン**（Jane Austen, 1775-1817）である。そのころ世界ではアメリカがイギリスから独立し、フランス革命が起こるなど、慌ただしさを迎えていた頃であったが、オースティンはそうしたものとは関わりがないかのように過ごし、執筆について姪

のアンナ・オースティン（Anna Austen）に「田舎の村の3〜4の家族が小説の格好の題材になる」("3 or 4 Families in a Country Village is the very thing to work on", A letter to Anna Austen, 18 September, 1814）と助言している。実際、彼女の描く物語は、さほど広くない地域におけるブルジョワ市民社会の出来事、しかも物語に登場する女性たちを主とした結婚問題に限定されているのだ。

その後のオースティンの足取りをたどると、父親の牧師職引退にともない、1801年に保養地であるバース（Bath）に転居し、1805年に父親が死亡すると母と姉のカサンドラ（Cassandra）とともにサウサンプトン（Southampton）へ移り住んだ後、1809年には、他家の養子となった兄の世話でチョートン（Chawton）へ転居し、そこを終の住処とした。彼女の小説が出版されるのはこのチョートンに住んでからである。

ジュヴェニリア（juvenilia）（著者が若い頃に書いた初期作品をこのように呼ぶ）を除くと、彼女の作品を出版順にあげると

『分別と多感』
（*Sense and Sensibility*, 1811）
『自負と偏見』
（*Pride and Prejudice*, 1813）
『マンスフィールド・パーク』
（*Mansfield Park*, 1814）
『エマ』（*Emma*, 1815）
『ノーサンガー僧院』
（*Northanger Abbey*, 1817）
『説得』（*Persuasion*, 1817）
『ワトソン家』
（*The Watsons*, unfinished）

である。

『分別と多感』は『エリナーとマリアンヌ』（*Elinor and Marianne*）として1794年に執筆が開始されて1796年に完成し、『自負と偏見』は『第一印象』（*First Impressions*）として1796年に執筆して1797年に出版社に送られるが、出版されなかった。新しい題に変えて19世紀に入ってからようやく出版されたという経緯がある。『分別と多感』も『自負と偏見』も、前者では「分別」のある姉エリナー（Elinor Dashwood）と「多感」な妹（Marianne Dashwood）、後者では「自負」心の強い男性ダーシー（Fitzwilliam Darcy）と彼に「偏見」を抱く女性エリザベス（Elizabeth Bennet）という具合に、対立する概念をそれぞれ象徴する人物を配置して物語が進む。『分別と多感』ではこの姉妹は「分別」のある結婚に収まるし、『自負と偏見』ではこの2人の男女が「自負」あるいは「偏見」を克服し、相手を十分理解しあった末にだれもが羨む結婚生活を送る。

『マンスフィールド・パーク』では、屋敷の次男坊エドモンド（Edmund Bertram）とその屋敷で養育されていた従妹ファニー（Fanny Price）が紆余曲折を経て結婚する。

『エマ』のヒロイン、エマは独善

的なお節介焼きで、孤児で私生児の女友達にある男性との結婚を勧めるが、その男性の影響で、自らをかえりみて考え方を変え、人間として大きく成長し、結局自分がその男性に恋していることを悟り、彼からの結婚の申し込みを受ける。『エマ』はジョージ4世に献呈された。

『ノーサンガー僧院』は、ストーリーとしては、ヒロインのキャサリン（Catherine Morland）がティルニー将軍（General Tilney）の息子ヘンリー（Henry）と結婚するというおきまりの結婚物語である。しかし、この話にはゴシック小説（p.63を参照）を風刺するという意図があるのが注目すべき点だ。キャサリンは、僧院を邸宅とするティルニー将軍に招かれ、ゴシック小説を好んで読んでいた影響から、そこに怪奇などのゴシック趣味（Gothic taste）があるのではないかと期待する。しかし、それは見事に破られる。このようにしてオースティンはゴシック趣味を揶揄 嘲弄したのである。

最後の完成作品『説得』（Persuasion, 1817）は、ヒロインのアン・エリオット（Anne Elliot）が亡き母の親友の女性に「説得」されてフレドリック・ウェントワース（Frederick Wentworth）との婚約を破棄したが、紆余曲折を経て結局は、自分の意思を尊重して彼と結婚する。

このようにオースティンの作品世界は、ブルジョワ市民社会における結婚問題に限定されて非常に狭いものである。しかし、その狭さにもかかわらず、彼女の作品は現在にいたるまで愛読され続けている。その秘密は、彼女が人間に関心を持ち、リアリズムに徹し、登場人物の心の襞に入り、それを想像力豊かに、丁寧に、かつ細かに描いていることにあるだろう。彼女の文章には軽く一読しただけでは気づかない、愛情・配慮・皮肉が隠れひそんでいる。だからこそ幾度にもわたる読書に耐えることが出来るのだ。日本の文豪夏目漱石はオースティンを、なかでも『自負と偏見』を高く評価し、『文学論』で次のように述べている。

Jane Austenは写実の泰斗（たいと）なり。平凡にして活躍せる文字を草して技（わざ）神に入るの点において、優に鬚眉の大家を凌ぐ。余言ふ。Austenを賞玩する能わざるものは遂に写実の妙味を解し能わざるものなりと。

『文学論』第4編第7章「写実法」

また、モーム（W. S. Maugham）は、『世界の10大小説』（Ten Novels and Their Authors, 1954）の中で、イギリス小説としては『自負と偏見』を、『トム・ジョーンズ』、ディケンズ（Charles Dickens, 1812-70）の『デイヴィッド・コパーフィールド』（The Personal History, Adventures, Experience and Observation of David Copperfield the Younger of Blunderstone Rookery, 1849-50）、エミリ・ブロンテ（Emily Brontë,

1818-48)の『嵐が丘』(*Wuthering Heights*)とともに10大小説の中に入れている。

ディケンズ

オースティンが地方の人間模様を描いたのに対して、**ディケンズ**は大都会ロンドンの人間模様を描いた。彼は軍港ポーツマスで誕生した後、海軍経理部勤務の父親の転勤に伴い5歳でロンドンへ移った。人付き合いが良すぎて浪費癖のあった父親が破産して債務者監獄へ収監されるとディケンズは靴墨工場へ働きに行かされた。わずか12歳の時である。この体験はディケンズの心に大きな打撃を与え、トラウマとして残った。彼の作品に悲惨な人生を送らざるを得ない不幸な子供たちが多く登場したり、獄中生活が描かれたりしているのは、このためであろう。

その後ディケンズは弁護士事務所で働いて速記術を身につけ、法廷速記者、ついで議会報道誌『**ミラー・オブ・パーリアメント**』(*Mirror of Parliament*)の記者、『**モーニング・クロニクル**』(*Morning Chronicle*)紙の議会通信員となった。その間にいくつかの雑誌や新聞に投稿した記事をまとめた『**ボズのスケッチ集**』(*Sketches by Boz, 1836*)が処女出版となった。「ボズ」はディケンズのペンネームである。ディケンズは挿絵付きの連載物を思いつき、**ブラウン**(Hablot Brown)(通称フィズ"Phiz")の挿絵が付いた月刊誌『**ピクウィック・クラブ**』(*The Posthumous Papers of the Pickwick Club, 1836-7*)を出版した。「ピクウィック・クラブ」(Pickwick Club)の会長サミュエル・ピクウィック(Samuel Pickwick)が3人の会員を連れて、ロンドンを起点とした6度の旅行中の事件や観察を報告するというものである。20ヶ月にわたって毎月発行され、値段は1シリングであった。当時の慣習として小説は3巻本として出版され、しかも値段が1ギニー半(1ギニー=21シリング)だったので、『ピクウィック・クラブ』がいかに廉価であるかがわかる。これによって文芸作品は一挙に大衆化された。この作品の後に本格的な小説を書き始めた。その最初の作品は『**オリヴァー・トゥイスト**』(*Oliver Twist, 1837-38*)である。その後『**エドウィン・ドルードの謎**』(*The Mystery of Edwin Drood, 1870*)にいたるまで、ディケンズは『ボズのスケッチ集』から数えると、長編小説と短編集あわせて24編にもおよぶ数多くの作品を世に出すことになる。ディケンズの特色は何と言っても登場人物の性格造形の巧みさである。登場人物た

ちの機知とユーモアに富んだ言行は読者の心をつかんで離さない。

　ディケンズの小説は内容の上で前期と後期に二分することができる。

前期の作品

『オリヴァー・トゥイスト』
　（Oliver Twist, 1837-38）

『ニコラス・ニックルビー』
　（The Life and Adventures of Nicholas Nickleby, 1838-39）

『ハンフリー親方の時計』
　（Master Humphrey's Clock, 1840-41）

『骨董屋』
　（The Old Curiosity Shop, 1840-41）

『バーナビー・ラッジ』
　（Barnaby Rudge: A Tale of the Riots of Eighty, 1841）

『マーティン・チャズルウィット』
　（The Life and Adventures of Martin Chuzzlewit, 1843-44）

『クリスマス・ブックス』
　（Christmas Books, 1843-49）

『ドンビー父子』
　（Dealings with the Firm of Dombey and Son, 1846-48）

『デイヴィッド・コパーフィールド』
　（The Personal History, Adventures, Experience and Observation of David Copperfield the Younger of Blunderstone Rookery, 1849-50）

　これら前期の作品の特徴は、明るいユーモアと暖かい人情味があるとともに、社会批判が含まれていることである。例えば、ミュージカルに翻案されて現代でも愛されている『オリヴァー・トゥイスト』を取ってみよう。救貧院で生まれた主人公オリヴァー（Oliver）は、生まれてすぐに母親を亡くし、そのまま救貧院で養われるが、そこで虐待される。ここに救貧院に対して功利主義優先の運営を可能にしていた**新救貧法**（New Poor Law, 1834）への批判が認められる。その後、オリヴァーは救貧院を脱走するものの、ロンドンの盗賊仲間に入れられ、スリの手先となって犯罪を犯すように迫られることとなる。ここにはそのような生活手段しかこの少年に与えられない社会制度への批判がある。

　同じようなことは『ニコラス・ニックルビー』でも言える。父親が死亡したために無一文となったニコラス（Nicholas）は私塾の助教となる。しかしその私塾は営利主義優先の運営をしていて、そこの生徒たちは飢えと虐待に苦しむのである。そうした現状に堪えきれなくなったニコラスは塾を飛び出し、旅芸人となる。オリヴァーと同じようなパターンの繰り返しである。

　しかしながら、オリヴァーもニコラスも人生の旅路において人情味あふれた人物に遭遇し、オリヴァーは最終的には父の友人のブラウンロー（Blownlow）の養子となりブルジョワ市

民社会の一員となるし、ニコラスも商社マンとして幸せな結婚をするという幸せな結末で終わっている。

教養小説

『ニコラス・ニックルビー』では主人公が物語の進行とともに成熟していくのがわかる。徐々に思慮深くなっているのだ。『デイヴィッド・コパーフィールド』ではそれがより明らかになっている。父親の死後に生まれたデイヴィッドは、母親の再婚相手の義父によって虐待され、学校へ出される。学校では校長に虐待される。母親が亡くなるとロンドンの酒類輸入商のもとで働かされるなどするが、作家として成功する。このように若い主人公（男女どちらでもかまわない）が精神的に成長し、人格形成をなす物語を「**教養小説**」(Bildungsroman) という。ちなみに教養小説の典型はドイツ文学の巨匠**ゲーテ** (Johann Wofgang von Goethe, 1749-1832) の『**ウィルヘルム・マイスターの修行時代**』(Wilhelm Meisters Lehrjahre, 1796) である。

子供にも親しまれる『クリスマス・ブックス』が執筆されたのは「**飢餓の40年代**」(the Hungry Forties) と呼ばれる時代で、不作のために大飢饉が続き、貧富の差が拡大した頃であった。市民の選挙権拡大を求める**人民憲章運動** (Chartism) が1838年から本格化して約10年間展開され、1846年には農村を保護する目的で都市市民からの評判が悪かった穀物法が撤廃された。その頃からイギリスの経済が好転し、1851年には**万国大博覧会** (the Great Exhibition) を開催することになった。「**クリスマス・キャロル**」 ("A Christmas Carol") は、そのような社会で生活する守銭奴スクルージ (Scrooge) の改悛物語である。物語の内容は、クリスマス前夜にスクルージの家に共同事業者の幽霊が現れる。そこでスクルージは、自分の過去・現在・未来の姿を見せられてこれまでの罪を悔い、クリスマスに憐れみ深い老人に生まれ変わるというものである。

後期の作品

『荒涼館』(*Bleak House*, 1852-53)
『ハード・タイムズ』
　(*Hard Times*, 1854)
『リトル・ドリット』
　(*Little Dorrit*, 1855-57)
『二都物語』(*A Tale of Two Cities*, 1859)
『大いなる遺産』
　(*Great Expectations*, 1860-61)
『互いの友』
　(*Our Mutual Friend*, 1864-65)
『エドウィン・ドルードの謎』
　(*The Mystery of Edwin Drood*, 1870) 未完

後期の作品の特徴は、社会批判・人間不信である。『荒涼館』は、訴訟の停滞が、事件に直接関係する者ばかりか、間接的に関係する者に

まで破滅をもたらす社会制度を風刺した作品である。『ハード・タイムズ』の主人公グラッドグラインド（Thomas Gradgrind）は**ベンサム**（**Jeremy Bentham, 1748-1832. イギリスの哲学者で功利主義を説いた**）ばりの功利主義者で、娘と息子を、彼らの情緒面を無視して、功利主義一点張りで教育する。しかしその結果、30歳も年上の実業家と結婚した娘は夫に嫌気がさして離婚し、息子は悪事をはたらいて国外へ逃亡する。このようにしてディケンズは、人間を心を持たない人形のように扱う産業構造と功利主義を攻撃したのである。

ディケンズは1858年に自作の公開朗読を行ったところ大好評を博し、それに気を良くして機会あるごとに公開朗読を行い、多額の収入を得た。1867年から翌年にかけてはアメリカへ渡り、各地で公開朗読を行った。

ブロンテ姉妹

ブロンテ姉妹（**The Brontë Sisters**）とは上から順に**シャーロット・ブロンテ**（**Charlotte Brontë, 1816-55**）、**エミリ・ブロンテ**（**Emily Brontë, 1818-48**）、**アン・ブロンテ**（**Anne Brontë. 1820-49**）の3姉妹のことである。この姉妹にはさらに両親から見て長女と次女にあたる2人の姉とシャーロットのすぐ下に弟の**ブランウェル・ブロンテ**（**Branwell Brontë, 1817-48**）がいたが、長女と次女は夭逝した。挿絵のブロンテ姉妹の肖像画は弟のブランウェルが描いたものである。ちなみにブランウェルもこの肖像画の中に描かれていたが、どういう理由があったのかはわからないものの、ブランウェルはその自分の姿を消した。キャンヴァスの中央に人物が描かれていたと想像できる白いスペースがその部分である。

アイルランド出身であるブロンテ姉妹の父親**パトリック・ブロンテ**（**Patrick Brontë, 1777-1861**）は、イングランド北部ヨークシャーのハワース（Haworth）の助任司祭（curate）であった。姉妹の母親**マライア・ブロンテ**（**Maria Brontë,1785-1821**）は末の娘アンを産んでまもなく死亡した。母を亡くした子供たちの面倒をみることになったのはマライアの姉**エリザベス**（**Elizabeth Branwell**）である。こうして姉妹たちは伯母に養育されるものの、母親を失った悲しみと孤独を感じつつ生きて行くことになり、その悲しみを紛らせるために姉妹で空想の世界に遊ぶようになる。そうした中、1826年6月に父親がリーズから12体の木製の兵隊を土産として息子ブランウェルに買ってきてくれた。ブランウェルはこの兵隊を姉と妹にも分け与え、こ

の兵隊人形を使って物語世界を構築していった。それがシャーロットとブランウェルが作った**アングリア**（Angria）王国の世界と、エミリとアンが作った**ゴンダル**（Gondal）王国の世界である。バイロンや**スコット**（Sir Walter Scott, 1771-1832. スコットランドの小説家・詩人）のロマン派文学を耽読していた3姉妹とブランウェルは、米粒ほどの小さな字で手のひらにおさまるような豆本を雑誌に見立てた編集方針で創り、想像の世界に遊んだ。これが後の彼女たちの文学活動の基礎となった。

3姉妹は1846年に共同の詩集を自費出版したが、これは失敗に終わった。その後シャーロットは『**ジェイン・エア**』（Jane Eyre, 1847）、『**シャーリー**』（Shirley, 1850）、『**ヴィレット**』（Villette, 1853）、『**教授**』（The Professor, 1855）の4作品、エミリは『**嵐が丘**』（Wuthering Heights, 1847）1作品、アンは『**アグネス・グレイ**』（Agnes Grey, 1847）と『**ワイルドフェル・ホールの住人**』（The Tenant of Wildfell Hall, 1848）の2作品を出版する。3姉妹はそれぞれ独自の文学観を有しているので、個別に見ていこう。

シャーロットの場合

シャーロットの作品には彼女の幼い頃の学校体験とブリュッセルでの留学体験、それにガヴァネス（governess. 住み込みの女性家庭教師をこう表現する）体験が濃い影を落としている。つまり、彼女の伝記的側面が活かされているのである。

彼女は2つの学校に通った。8歳のときに入学した聖職者の子弟を教える学校では、厳しい学校生活を送った。シャーロットの2人の姉はこの学校で結核にかかり、亡くなっている。しかし、15歳のときに入学した学校は、先の学校とは正反対で、楽しい学校生活を送り、シャーロットはそこの教師となった。このような学校生活の明と暗は『ジェイン・エア』で活かされている。

シャーロットは、ブリュッセルに留学しているときフランス語の恩師エジェ氏（Monsieur Heger）を一方的に愛し、そのことがエジェ氏の妻（シャーロットが留学している学校の校長であった）に知られて、シャーロットはブリュッセルに留まれなくなり、止むなく帰国したという出来事があった。この叶わずに終わった恋を虚構の世界で実現させようとしたのが、『ジェイン・エア』をはじめとする彼女の4作品である。『ジェイン・エア』ではジェインと家庭教師の雇い主であるロチェスター（Rochester）の、『シャーリー』では2人のヒロインとそれぞれの恋人の、『ヴィレット』ではヒロインと彼女のフランス語教師の、そしてシャーロットの没後出版となった『教授』では、主人公と教え子の間で恋愛が成就し、作者シャーロットの願望が充足される形になっている。

ガヴァネス体験は『ジェイン・エア』と『シャーリー』において活かされている。なかでも『ジェイン・エア』ではジェインがガヴァネスであるがゆえの屈辱感・無力感をあますところなく吐露しており、その意味で『ジェイン・エア』は代表的なガヴァネスを中心に扱った**ガヴァネス小説**（governess novel）となっている。なお、ガヴァネス小説についてはアン・ブロンテのところで説明する。

エミリの場合

エミリはシャーロットとは全く異なった文学世界を形作っている。『嵐が丘』にエミリの伝記的側面を求めることはできない。この作品は観念的な愛の世界を描いているからである。たしかにこの作品は情熱的な小説と言える。「嵐が丘」のアーンショー (Earnshaw) 家に孤児として連れてこられたヒースクリフ (Heathcliff) は、その家の娘キャサリン (Catherine) と相思相愛の仲になる。「私はヒースクリフよ」("I am Heathcliff," *Wuthering Heights*, ch. 9) というキャサリンの声は、分かちがたい2人の関係を見事に表現している。しかし、キャサリンは、ある事件を機にして、近隣の地主の息子エドガー・リントン (Edgar Linton) と知り合い、リントン家の優雅な生活にあこがれて彼と結婚することとなる。愛に破れたヒースクリフは復讐を誓って「嵐が丘」を飛びだし、3年後に舞い戻る。夫とヒースクリフとの間に挟まれて悩んだキャサリンは、難産の末に、娘を産んだ直後に死亡する。そしてヒースクリフは、アーンショー家とリントン家を彼の管理下におき、復讐を遂げようとする。これほどの激しい愛の物語はないであろう。しかし、それにもかかわらずこの作品には扇情的な官能性は感じられない。20世紀の小説家・文芸評論家の**ウルフ**（Virginia Woolf, 1882-1941）は「『ジェイン・エア』と『嵐が丘』」("Jane Eyre and Wuthering Heights," *The Common Reader*, 1925) の中で、「ここには『ジェイン・エア』のガヴァネスはいない。ガヴァネスの雇い主がいない。愛は存在するけれども、それは男女の愛ではない。エミリはもっと一般的な愛の概念といったものを心に抱いているのだ。」と的確な判断を下している。

入れ子式の語りの構造をもっているのが『嵐が丘』の大きな特徴だ。つまり読者に語るのはロックウッド (Lockwood) という自称人間嫌いの男だが、そのロックウッドは「嵐が丘」での出来事をそこの女中エレン・ディーン (Ellen Dean) から聞くという、入れ子式の二重の語りになっているのである。

もう一つの大きな特徴は、この作品では日時が明確に記されているところは3カ所しかないのにも関わらず、起こった出来事をつき合わせて検討すると、実は何年何月、場合

によっては何日であるかまでの時間が細かく特定できるようになっていて、正確な時間設定がなされていることである。熱愛物語を描きながら、この冷静な処置には驚くばかりである。

アンの場合

アンはシャーロットと似た点があり、ガヴァネスとしての体験を活かして『アグネス・グレイ』を書いた。ヒロインのアグネスは、ガヴァネスとして冷遇される日常を送るが、助任司祭のウェストン（Weston）を密かに恋し、結局結婚する。二作目の『ワイルドフェル・ホールの住人』は、アルコール中毒でドメスティック・バイオレンスを振るう夫から別居し、画家として自活する強い女性ヘレン（Helen Graham）を描いた作品である。ヘレンは別居中の夫が死亡したあと、彼女を愛してくれていた家主と結婚する。近年この作品はフェミニズムとの関連から高く評価されている。

シャーロットの『ジェイン・エア』やアンの『アグネス・グレイ』はガヴァネスがヒロインとなっているので、このような小説を「**ガヴァネス小説**」（governess novels）と呼ぶ。この系譜に属する作品はシャーロット以前から存在していた。例えば、**H. S.**の『**メアリーの逸話**』（*Anecdotes of Mary; or, the Good Governess*, 1795）や**エッジワース**（Maria Edgeworth, 1767-1849）の『**立派なフランス人ガヴァネス**』（*The Good French Governess*, 1801）などである。ブロンテ姉妹時代で有名なものとしては、ブルジョワ市民社会をディケンズ張りにリアリスティックに描いた傑作である**サッカレー**（William Makepeace Thackeray, 1811-63）の『**虚栄の市**』（*Vanity Fair*, 1848）がある。この作品のヒロインは2人いるのだが、その片方のベッキー（Becky Sharp）は孤児であるものの、抜け目無さを隠してガヴァネスとして勤務先の主人を誘惑し、その息子と結婚するのだ。

ついでに一言付け加えると、サッカレーはディケンズと並び評される文壇の大御所で、実はシャーロットの『ジェイン・エア』は、彼に献呈されたのであった。

原文で愉しもう

1.

It is a truth universally acknowledged, that a single man in possession of a good fortune, must be in want of a wife.

However little known the feelings or views of such a man may be on his first entering a neighbourhood, this truth is so well fixed in the minds of the surrounding families, that he is considered the rightful property of some one or other of their daughters.

"My dear Mr. Bennet," said his lady to him one day, "have you heard that Netherfield Park is let at last?"

Mr. Bennet replied that he had not.

"But it is,"returned she; "for Mrs. Long has just been here, and she told me all about it."

Mr. Bennet made no answer.

"Do you not want to know who has taken it?" cried his wife impatiently.

"You want to tell me, and I have no objection to hearing it."

This was invitation enough.

"Why, my dear, you must know, Mrs. Long says that Netherfield is taken by a young man of large fortune from the north of England; that he came down on Monday in a chaise and four to see the place, and was so much delighted with it, that he agreed with Mr. Morris immediately; that he is to take possession before Michaelmas, and some of his servants are to be in the house by the end of next week."

"What is his name?"

"Bingley."

"Is he married or single?"

"Oh! Single, my dear, to be sure! A single man of large fortune; four or five thousand a year. What a fine thing for our girls!"

"How so? How can it affect them?"

(Jane Austen, *Pride and Prejudice*, Chapter 1)

◆きわめて有名な書き出し。冒頭の「真実」が真実でないところがこの作品の妙味である。

2.

The evening arrived; the boys took their places. The master, in his cook's uniform, stationed himself at the copper; his pauper assistants ranged themselves behind him; the gruel was served out; and a long grace was said over the short commons. The gruel disappeared; the boys whispered each other, and winked at Oliver; while his next neighbors nudged him. Child as he was, he was desperate with hunger, and reckless with misery. He rose from the table; and advancing to the master, basin and spoon in hand, said: somewhat alarmed at his own temerity:

'Please, sir, I want some more.'

（Charles Dickens, *Oliver Twist*, Chapter 2）

◆救貧院にいるオリヴァー (Oliver) はスープのお代わりを願い出て、ひどい扱いをされる。ここに救貧院ではいかに非人間的な運営がされていたかが描かれている。

3.

'With your husband's money, Miss Catherine?' I asked. 'You'll find him not so pliable as you calculate upon: and, though I'm hardly a judge, I think that's the worst motive you've given yet for being the wife of young Linton.'

'It is not,' retorted she; 'it is the best! The others were the satisfaction of my whims: and for Edgar's sake, too, to satisfy him. This is for the sake of one who comprehends in his person my feelings to Edgar and myself. I cannot express it; but surely you and everybody have a notion that there is or should be an existence of yours beyond you. What were the use of my creation, if I were entirely contained here? My great miseries in this world have been Heathcliff's miseries, and I watched and felt each from the beginning: my great thought in living is himself. If all else perished, and *he* remained, *I* should still continue to be; and if all else remained, and he were annihilated, the universe would turn to a mighty stranger: I should not seem a part of it.—My love for Linton is like the foliage in the woods: time will change it, I'm well aware, as winter changes the trees. My love for Heathcliff resembles the eternal rocks beneath: a source of little visible delight, but necessary. Nelly, I *am* Heathcliff! He's always, always in my mind: not as a pleasure, any more than I am always a pleasure to myself, but as my own being. So don't talk of our separation again: it is impracticable; and—'

She paused, and hid her face in the folds of my gown; but I jerked it forcibly away. I was out of patience with her folly!

（Emily Brontë, *Wuthering Heights,* Chapter 9）

◆キャサリン（Catherine）がヒースクリフ（Heathcliff）への本当の気持ちを女中のネリー（Nelly）に吐露している場面である。「私はヒースクリフよ」の言葉には、彼から離れては生きていけないという彼女の強い思いが詰まっている。

知識の小箱

オースティン人気の秘密
2013年2月3日号の英紙『サンデー・タイムズ』によると「ゴドー」（Godot）というコンピュータが7年の歳月をかけてテーマ・文体・文法の三点から1780年から1900年までに出版された小説を分析したところ、それらにはほかのどの作家よりも「オースティンのDNA」("Austen DNA")が一番多く見つかったという。下はそのWeb版からの記事の一部。
＊＊＊＊＊＊＊＊＊＊＊＊＊＊＊＊＊＊＊＊＊＊＊＊＊＊
I say, Miss Bennet, Godot has named Austen as queen
John Harlow, Los Angeles Published: 3 February 2013

　IT HAS taken a computer nicknamed Godot seven years to confirm what Jane Austen fans have always known in their hearts — that she is the most influential author in the literary canon, as well as one of the best loved.
　Godot, whose name is taken from Samuel Beckett's play, analysed the themes, the styles and even the grammar of 3,600 novels published between 1780 and 1900. It discovered they had more "Austen DNA" in them than that of any other writer.

第XI章
エリオットとハーディ
George Eliot and Thomas Hardy

ヴィクトリア朝時代・小説 II（19世紀—20世紀）

ヴィクトリア朝時代はイギリス小説の最盛期であるので、もう一章設けて紹介することにする。

エリオット

ジョージ・エリオット（George Eliot, 1819-80）は、F. R. リーヴィス（F. R. Leavis）が『**偉大な伝統**』（*The Great Tradition, 1948*）の中で偉大なイギリス小説家としてあげた4人のうちの一人である。ほかの3人はジェイン・オースティン、**ジェイムズ**（Henry James, 1843-1916）、**コンラッド**（Joseph Conrad, 1857-1924）である。エリオットのファーストネームが「ジョージ」であるのでよく男性作家と勘違いされるが、実は女性である。19世紀当時の社会では女性差別が根強く存在していて、女性ということだけで不当な評価を受けるため、それを避けるために男性のペンネームを採用したのである。実の名は**メアリー・アン・エヴァンズ**（Mary Ann Evans）である。

エリオットはイングランド中部のウォリックシャー（Warwickshire）で生まれ、そこで福音主義（evangelism）（「キリストの十字架による罪の赦しの福音を中心とし、教会の権威や既成の神学にとらわれず、敬虔な心情と実践とを重んずる運動・考え方」広辞苑より）の濃い宗教的雰囲気の中に育った。しかし、1841年に引退した父についてコヴェントリー（Coventry）へ出てから、聖書高等批評（higher criticism）（聖書を神の啓示の書として読むのではなく、人間の手になる書として研究する）に触れ、進歩的な思想家たちの影響を受けてキリスト教への疑問を深め、まもなく**不可知論**（agnosticism）（神の存在を否定するわけではないが、その存在を知ることが出来る、ということには否定的な見方）者となる。1846年、福音書を批判した**シュトラウス**（David Friedrich Strauss）の『**イエス伝**』（*Das Leben Jesu*）を英訳して出版する。1851年、『**エコノミスト**』（*The*

Economist)誌の編集者で、進化論的哲学の創始者**スペンサー**（Herbert Spencer, 1820-1903）と知り合い、彼から『**リーダー**』（The Leader）誌の編集者**ルイス**（George Henry Lewes, 1817-78）を紹介される。1854年、**フォイエルバッハ**（Ludwig Andreas Fuerbach）の『**キリスト教の本質**』（Das Wessen des Christentums）を英訳して出版する。ちなみに彼女のペンネームは、このルイスのファーストネームから取ったものである。エリオットとルイスは、ルイスが妻帯者であったために、結婚せず、同棲生活を送った。

小説家としての出発はルイスに勧められ、故郷のウォリックシャーを舞台にした短編集『**牧師生活の情景**』（Scenes of Clerical Life, 1858）の出版から始まった。翌年には本格的な長編小説『**アダム・ビード**』（Adam Bede, 1859）を世に問うた。4人の男女が田園生活を背景に織りなす恋愛の失敗と結婚の物語である。これによって小説家としての地位を築き上げた。エリオットの創作意欲は高く、1860年には彼女の代表作の一つ『**フロス河の水車場**』（The Mill on the Floss）を出版した。フロス河の水車場のマギー（Maggie）とトム（Tom）は仲の良い妹と兄であった。マギーは父親に対立した弁護士の息子フィリップ（Philip）に愛されるが、トムの反対にあってその恋をあきらめる。その後、ゲスト（Stephen Guest）と恋愛関係に入り、それもトムに反対されたので、マギーはゲストと駆け落ちをする。しかし、途中で、社会的人間としての義務を思い出して考え直し、トムのもとへ戻る。兄からは家族の恥さらしとののしられ、家に入れてもらえず、知人の家に泊めてもらう。そうしたある日、フロス河が氾濫し、兄を気遣ったマギーは我が身の危険も顧みず、ボートを漕いで水車場にたどり着く。2人は和解する。しかし激しい濁流に飲み込まれ2人は固く抱き合ったまま、溺死するのであった。マギーとトムはエリオットと兄アイザック（Isaac）がモデルだと考えられており、この意味で、この作品は半自伝的作品である。

『**サイラス・マーナー**』（Silas Marner, 1861）は、無実の罪を負わされて人間不信に陥り、守銭奴となったサイラス（Silas）が捨て子エピー（Eppie）を養育していく過程において、人間性を回復し、「金」は「金」でも、金貨の「金」にではなく、エピーの「金」髪に生き甲斐を見出していくという感動的な物語である。ここまでが前期の作品である。

後期に入ると、1863年にイタリアのフィレンツェを舞台にした『**ロモラ**』（Romola）を、66年には、1830年代の選挙法改正を背景にして、急進論者のフェリックス（Felix）の恋愛と結婚を描いた『**フェリックス・ホルト**』（Felix Holt the Radical）、セルヴァンテスの小説をドラマ化した劇詩『**スペインのジプシー**』（Spanish Gypsy）を出し、つ

いに彼女の最高傑作『ミドルマーチ』(*Middlemarch, A Study of Provincial Life*) を71年から72年に8回に分けて刊行した。

『ミドルマーチ』は、その副題「地方生活の研究」(A Study of Provincial Life) が暗示しているように、選挙法改正に先立つ1830年代前後の、エリオットの故郷コヴェントリーが舞台である。理想的な生き方を求めるヒロイン、ドロシア・ブルック (Dorothea Brooke) は初老の宗教史研究家である牧師エドワード (Edward Cassaubon) と結婚するが、幻滅を感じる。彼の死後は彼の親戚のウィル (Will Ladislaw) と結婚する。これが本筋である。このほかに①青年医師と、市長の美しくはあるが愚かな娘との不幸な結婚、②その娘の兄と幼馴染みとの幸福な結婚、③偽善家の銀行員の悪事の暴露、といった3つのプロットが絡む、大作である。この作品は多数の人物に焦点があてられ、語り手は人物間を次々と移動する。これが**パノラマ小説**(**panoramic novel**) のテクニックである。ところでタイトル"Middlemarch"は"middle+march"と解せ、人間が理解しあえる理想への「行進」の「途上」を表現していると言って良いであろう。

『ダニエル・デロンダ』(*Daniel Deronda*, 1876) は、グウェンドレン・ハーレス (Gwendolen Harleth) の不幸な結婚と、ユダヤ人解放運動の活動家でユダヤ人であるダニエル・デロンダ (Daniel Deronda) が同じくユダヤ人の娘と結婚するという二つの物語が語られる。

1878年に同棲していたルイスが死亡し、エリオットは1880年春に約20歳年下のジョン・クロス (John Cross) と結婚したものの、その年の12月に彼女は死亡する。ルイスの墓の隣に埋葬された。

キャロル

キャロル(**Lewis Carroll, 1832-92**) は、本名は**ドドソン**(**Charles Lutwidge Dodgson**) だが、イングランド北西部チェシャー州の牧師の長男として生まれ、ラグビー校からオックスフォード大学のクライストチャーチ・コレッジに進学し、卒業後はそこの数学講師となる。かたわら「ルイス・キャロル」のペンネームで雑誌に投稿をしていた。同じコレッジの学寮長リデル (Liddell) の3人の娘たちと船遊びをしたときに即興の物語を語ってあげたことがあった。この話をもとにそれから3年後に『**不思議の国のアリス**』(*Alice's Adventures in Wonderland*, 1865) が完成し、挿絵画家**テニエル**(**Tenniell**) の挿絵つきの羊皮紙特製の初版本が、モデルとなったリデルの次女アリス (Alice) に贈呈された。

『不思議の国のアリス』は**ノンセンス**(**nonsense**) な話が詰まった**ノンセンス文学**(**nonsense literature**) である。岸辺でうとうとしていたアリスは白ウサギを追って、地下の世界に入る。身

体が大きくなったり小さくなったりするし、自分が流した涙で溺れそうにもなる。食べたり飲んだりするものによって身長がかってに伸縮する。猫が笑い、しかもその猫が消えても笑いだけが残る。最後にはハートのクィーンに首切りを宣告され、トランプの兵隊に襲われるなど、常識世界では到底考えられないことが起こる。

もう一つの特徴は言葉遊びが横行していることである。

たとえば「**かばん語**」(portmanteau words)がある。これは2語を1語にしてできた言葉である。

　　brilling（=boiling + things/dinner）
　　mimsy（=miserable+ flimsy）
　　mome（=from + home）
　　slithy（= slimy + lithe）
　　wabe（=way + before/behind/beyond）

掛詞、駄洒落（pun）も多い。
①「足し算（Addition）、引き算（Subtraction）、掛け算（Multiplication）、割り算（Division）」を一部換えて
→「**野心（Ambition）、動揺（Distraction）、醜怪（Uglification）、愚弄（Derision）**」
②'not'と'knot'が同音なのを利用して、会話を混乱させる。

『**鏡の国のアリス**』（*Through the Looking-Glass and What Alice Found There*, 1871）は、鏡によってすべてが現実の世界の正反対になった倒錯した世界を描くノンセンス作品である。

キャロルとならぶノンセンス作家に**リア**（Edward Lear, 1812-88）がいる。彼にはそのものずばり『**ノンセンスの本**』（*A Book of Nonsense*, 1845）がある。

ハーディ

ハーディ（Thomas Hardy, 1840-1928）は、イングランド南西部ドーセットシャー（Dorsetshire）で石工の息子として誕生した。16歳で建築家の弟子になり、22歳でロンドンの建築事務所に入ったものの、ロンドン大学の夜間講座でギリシャ語・ラテン語・フランス語を学んでいるうちに、建築家になることを断念し、文筆で生活を立てることにした。処女出版作品は『**窮余の策**』（*Desperate Remedies*,1871）である。翌年には故郷の田園村落を舞台にした『**緑樹の陰で**』（*Under the Greenwood Tree*, 1872）を、さらにその翌年には『**青い眼**』（*A Pair of Blue Eyes*, 1873）を出版した。1874年には『**狂乱の群れを離れて**』（*Far From the Madding Crowd*）が出た。この羊飼いとその彼女の愛と嫉妬の物語は『**スペクテーター**』（*The*

96

Spectator）誌をはじめとして多くの雑誌で好評で、これによってハーディの作家としての道は確実となった。この作品以降、彼の作品は、故郷ウェセックスとその周辺を舞台としていることから「**ウェセックス小説**」（Wessex novels）と称されることがある。

『**エセルバータの手**』（*The Hand of Ethelberta*, 1876）、『**帰郷**』（*The Return of the Native*, 1878）、『**ラッパ隊長**』（*The Trumpet-Major*, 1880）、『**熱のない人**』（*A Laodicean*, 1881）、『**塔上の二人**』（*Two on a Tower*, 1882）、『**カスターブリッジの町長**』（*The Mayor of Casterbridge*, 1886）、『**森林地の人々**』（*The Woodlanders*, 1887）、『**ダーバヴィル家のテス**』（*Tess of the d'Urbervilles: A Pure Woman*, 1891）、『**日陰者ジュード**』（*Jude the Obscure*, 1895）、『**恋の霊**』（*The Well-Beloved*, 1897）が続々と出版されていった。短編集としては『**ウェセックス物語**』（*Wessex Tales*, 1888）、『**貴婦人の群れ**』（*A Group of Noble Dames*, 1891）、『**人生の小さな皮肉**』（*Life's Little Ironies*, 1894）、『**変わり果てた男**』（*A Changed Man and Other Stories*, 1913）、『**チャンドル婆さん**』（*Old Mrs Chundle and Other Stories*, 1929）がある。これらのうち3作品について触れることにしよう。

『**カスターブリッジの町長**』は、ハーディが「**性格と環境の小説**」（novels of character and environment）と呼ぶ作品に属する。ちなみに、ハーディは自作を3種類に分類している。他の2つの種類は「ロマンスとファンタジー」（romances and fantasies）と「**創意の小説**」（novels of ingenuity）である。『**カスターブリッジの町長**』の主人公マイケル・ヘンチャード（Michael Henchard）は酩酊の末に妻を水夫ニューソン（Newson）に売る。酔いが醒めたマイケルはこのことを後悔し、禁酒を誓い、その後小麦商人として真面目に暮らし、20年後には町長になる。マイケルはニューソンが死亡したものと思い込んでいて、妻とその連れ子と一緒に幸せに暮らしていた。ところが長年の片腕であったファーフレイ（Farfrae）と争い、町長の職を失う。運命は彼に冷たくはたらき、死んだと思っていたニューソンが突然出現し、連れ子を連れ去る。絶望して流浪の旅に出たマイケルはエグドン・ヒース（Egdon Heath）で死ぬ。ダーウィン（Charles Robert Darwin, 1809-82）の「**適者生存**（the survival of the fittest）」の思想、つまり「**ダーウィニズム**」（Darwinism）がうかがえる悲劇的小説である。

『**ダーバヴィル家のテス**』も同じく「性格と環境の小説」に属する。父親が名家の縁者であると聞かされたために、その名家が持つ農場へ奉公に出された娘テス（Tess）は、その名家の息子アレック（Alec）に犯されて妊娠し、子供を産むが、その子供は産まれてまもなく死亡する。テスは秘密のうちに埋葬する。そして別な酪農農場で乳搾りとして働きに出かけたところ、そこで農業見習いに

きていた牧師の息子エンジェル (Angel Clare) に愛を告白され、結婚する運びとなる。結婚前夜、テスは過去を告白する。しかしエンジェルはテスの過去に衝撃を受け、彼女を許すことができずに、彼女を捨ててブラジルに去る。残されたテスはアレックの誘いを受けて、同棲する。そうしているうちにブラジルからエンジェルが帰国する。テスはアレックを刺し殺し、エンジェルと逃避行を続けるが、ストーンヘンジで捕まり、処刑台上で生命を断たれる。

いかに努力しようとも宇宙には悪意に満ちた無慈悲な見えない意志、つまり「**内在する意志**」(Immanent Will) が存在し、いくら努力しても人間にはどうすることが出来ないという、決定論的な悲観主義の哲学をハーディは持っていたのである。

『**日陰者ジュード**』は、どこまでも暗い悲劇的な作品だ。主人公のジュード (Jude Fawley) は辺鄙な田舎に住む孤児である。知識欲に燃えるジュードは、石工の見習いをしながらも勉学に励む。肉感的な娘アラベラ (Arabella) の誘惑に負け、彼女と結婚するものの、喧嘩別れをする。その後、学都クライストミンスター (Christminster) へ行くが、大学からは拒絶される。いとこで知性があり、精神力が強いスー (Sue Bridehead) と同棲し、落ち着いた生活ができたと思っているところへ、喧嘩別れをしたアラベラが帰国し、ジュードとの間にできた子供リトル・ファザー・タイム (Little Father Time) をジュードに押し付ける。ところがこのリトル・ファザー・タイムは、ジュードとスーの間にできた子供たちを殺し、自殺することになる。ジュードはアラベラと自堕落な生活をし、最後には病死する。「肉と精神」が戦い、「理想の人生と運命による悲惨な実生活」が対立する。ここにも「**内在する意志**」(Immanent Will) が確実に存在しているのだ。

この作品は『テス』同様に世間の強い批判を浴びた。"Jude the Obscure"をもじって"Jude the Obscene"(不埒なジュード) という言い方もされた。このためハーディはこの作品を持って小説家としての筆は折ることにし、これ以降は詩作に専念したのである。

ジェイムズ

本章を去る前に19世紀と20世紀をまたぐ2人の異質な小説家を紹介することにしよう。一人はアメリカ人でありながらイギリスに帰化した**ジェイムズ** (Henry James, 1843-1916) である。哲学者を父に、心理学者を兄に持つジェイムズは、深い伝統を誇りながらも内面的に腐敗堕落しているヨーロッパと素朴なアメリカを対比させる国際テーマを取り扱い、作中人物の心理を追って行く。代表作に『**デイジー・ミラー**』(*Daisy Miller*, 1879)、

『ある婦人の肖像』(*The Portrait of a Lady*, 1881)、『鳩の翼』(*The Wings of the Dove*, 1902)、『大使たち』(*The Ambassadors*, 1903) それに『黄金の杯』(*The Golden Bowl*, 1904) などがある。

コンラッド

もう一人は、ポーランド人の船乗りでありながら、英語を学び、37歳からイギリス小説家となった**コンラッド** (Joseph Conrad, 1857-1924) である。船員生活の体験を活かし、異国を舞台に設定した作品を世に送った。海洋作家と簡単に言い切れない、奥の深い作家である。代表作に『ロード・ジム』(*Lord Jim*, 1900) と『闇の奥』(*Heart of Darkness*, 1902) がある。『ロード・ジム』は遭難にあって乗客を見捨てた船員が最終的には英雄的な死を遂げる、罪滅ぼしの物語である。『闇の奥』は、コンゴの奥地で象牙売買に従事していたクルツ (Kurz) という、もと文明人だった男が狂気の中で一生を終えたのを、コンゴからロンドンに戻ったばかりの語り手が思い出しながら語る。コンラッドは悪に対する感覚が鋭く、悪を社会や自然の中にではなく、人間の心の中に認める。だからこそ彼は現代小説の先駆者と評されるのである。

原文で愉しもう

1.

"But you must make sure, Eppie," said Silas, in a low voice—"you must make sure as you won't ever be sorry, because you've made your choice to stay among poor folks, and with poor clothes and things, when you might ha' had everything o' the best."

His sensitiveness on this point had increased as he listened to Eppie's words of faithful affection.

"I can never be sorry, father," said Eppie. "I shouldn't know what to think on or to wish for with fine things about me, as I haven't been used to. And it 'ud be poor work for me to put on things, and ride in a gig, and sit in a place at church, as 'ud make them as I'm fond of think me unfitting company for 'em. What could *I* care for then?"

Nancy looked at Godfrey with a pained questioning glance. But his eyes were fixed on the floor, where he was moving the end of his stick, as if he were pondering on something absently. She thought there was a word which might perhaps come better from her lips than from his.

"What you say is natural, my dear child—it's natural you should cling to those who've brought you up," she said, mildly; "but there's a duty you owe to your lawful father. There's perhaps something to be given up on more sides than one. When your father opens his home to you, I think it's right you shouldn't turn your back on it."

"I can't feel as I've got any father but one," said Eppie, impetuously, while the tears gathered. «I've always thought of a little home where he'd sit i' the corner, and I should fend and do everything for him: I can't think o' no other home. I wasn't brought up to be a lady, and I can't turn my mind to it. I like the working-folks, and their victuals, and their ways. And,» she ended passionately, while the tears fell, "I'm promised to marry a working-man, as'll live with father, and help me to take care of him."

Godfrey looked up at Nancy with a flushed face and smarting dilated eyes. This frustration of a purpose towards which he had set out under the exalted consciousness that he was about to compensate in some degree for the greatest demerit of his life, made him feel the air of the room stifling.

"Let us go," he said, in an under-tone.

"We won't talk of this any longer now," said Nancy, rising. "We're your well-wishers, my dear—and yours too, Marner. We shall come and see you again. It's getting late now."

In this way she covered her husband's abrupt departure, for Godfrey had gone straight to the door, unable to say more.

（George Eliot, *Silas Marner*, Chapter 19）

◆エピー（Eppie）はマーナー（Marner）を実父のように慕い、結婚相手にはマーナーと同居し、世話をしてくれる男性を選ぶという。マーナーの喜びはいかほどであろうか。

2.

Feeling sideways they encountered another tower-like pillar, square and uncompromising as the first; beyond it another and another. The place was all doors and pillars, some connected above by continuous architraves.

"A very Temple of the Winds," he said.

The next pillar was isolated; others composed a trilithon; others were prostrate, their flanks forming a causeway wide enough for a carriage; and it was soon obvious that they made up a forest of monoliths grouped upon the grassy expanse of the plain. The couple advanced further into this pavilion of the night till they stood in its midst.

"It is Stonehenge!" said Clare.

"The heathen temple, you mean?"

"Yes. Older than the centuries; older than the d'Urbervilles! Well, what shall we do, darling? We may find shelter further on."

But Tess, really tired by this time, flung herself upon an oblong slab that lay close at hand, and was sheltered from the wind by a pillar. Owing to the action of the sun during the preceding day, the stone was warm and dry, in comforting contrast to the rough and chill grass around, which had damped her skirts and shoes.

"I don't want to go any further, Angel," she said, stretching out her hand for his. "Can't we bide here?"

"I fear not. This spot is visible for miles by day, although it does not seem so now."

"One of my mother's people was a shepherd hereabouts, now I think of it. And you used to say at Talbothays that I was a heathen. So now I am at home."

He knelt down beside her outstretched form, and put his lips upon hers.

"Sleepy are you, dear? I think you are lying on an altar."

"I like very much to be here," she murmured. "It is so solemn and lonely—after my great happiness—with nothing but the sky above my face. It seems as if there were no folk in the world but we two; and I wish there were not—except 'Liza-Lu."

Clare thought she might as well rest here till it should get a little lighter, and he flung his overcoat upon her, and sat down by her side.

"Angel, if anything happens to me, will you watch over 'Liza-Lu for my sake?" she asked, when they had listened a long time to the wind among the pillars.

"I will."

"She is so good and simple and pure. O, Angel—I wish you would marry her if you lose me, as you will do shortly. O, if you would!"

　　　（Thomas Hardy, *Tess of the d'Urbervilles : A Pure Woman*, Chapter 58）

　◆アレック（Alec）を殺害してエンジェル（Angel）と逃げてきたテス（Tess）はストーンヘンジに辿り着く。逮捕、処刑を覚悟したテスは、妹のライズ＝ルー（'Liza-Lu）と結婚してくれとエンジェルに頼む。テスは、「純粋な女」（a pure woman）でありながら、「**内在する意志**」が働き、理不尽にもヴィクトリア朝の道徳規範によって罪人にされたのである。

知識の小箱

George Eliot: 男性のペンネーム

19世紀にいたっても女性の地位は低く、女性の作品だというだけで過小評価される傾向にあった。そのために女性であってもペンネームを男性名にしている者は少なくない。ブロンテ姉妹も例外ではなかった。彼女たちはそれぞれの姓名のイニシャルを元にして、男性の名前、あるいは女性とは取られにくい名前をペンネームとしてを用いたのである。シャーロットは Currer Bell, エミリは Ellis Bell, アンは Acton Bell というペンネームを使って三人の合作詩集を出している。その詩集のタイトルは *Poems by Currer, Ellis, and Acton Bell* である。

フランス文学に目を転じれば、ジョルジュ・サンド（George Sand）がいる。彼女の本名は Amandine Aurore Lucile Dupin なのだが、男性名の George（フランス語では「ジョルジュ」という発音になる）を使用したのである。また女性名にしないで、イニシャルだけにして女性であることを隠す方法もある。ごく最近の例としてはハリーポッター（Harry Potter）シリーズの作家ローリング（**J.K.Rowling**）がいる。名前を全部綴れば、Joanne Kathleen Rowling である。本の対象が男の子なので、女性が書いたと思われないようにとの出版社の忠告で J. K. とした。

第XII章
テニソン
Alfred Tennyson

ヴィクトリア朝時代・詩と散文（19世紀―20世紀）

〈詩の世界〉

ロマン主義時代のあとを受けて、**ヴィクトリア朝時代**（the Victorian Age）は想像力を尊んで理想を追求するのではなく、現実に目を向ける、功利的・実証的な時代になった。そのために詩的創造力に欠ける時代であったのは否めないことである。ダーウィンの進化論と科学の進歩によってこれまでのキリスト教信仰が問われ、伝統的秩序と科学的合理精神を調和させながらいかに生きて行くかが求められるようになった。そのような問題に苦悩したのがこの時代の詩人たちである。

テニソン

ヴィクトリア朝時代を代表する詩人としては**テニソン**（Alfred Tennyson, 1809-92）を挙げることができる。1850年にワーズワースの後を継いで桂冠詩人となり、『**国王牧歌**』（Idylls of the King, 4 vols, 1859）で名声を確立し、1884年に男爵に叙せられた。

ケンブリッジ大学時代の親友**ハラム**（Arthur Henry Hallam, 1811-33）が1833年ウィーンで客死し、そのことが大作『**イン・メモリアム**』（In Memoriam A. H. H, 1850）を執筆する動機となった。妹の許婚だったハラムの不慮の死にあって、詩人はしばらく放心状態になるが、およそ17年の葛藤の末に精神的な希望を持ち、神の愛と人間への希望の光を見出した。これは**哀歌**（elegy）である。詩形は '**In Memoriam' stanza** と呼ばれる4行連の連作で、弱強4詩脚でabbaと韻を踏む（「原文で愉しもう」の引用を参照）。ヴィクトリア女王をはじめ、科学と信仰のあいだで揺れる人々に強く訴えた。『国王牧歌』はマロリーの『アーサー王の死』の書き直しである。全12巻1万行を越え、無韻詩（blank verse）で詠われている。1864年には『**イノック・アーデ**

ン』(*Enoch Arden*)を出版する。船乗りのイノックは、遠洋航海に出て、長く帰らないために、彼の妻は彼の友人と再婚し、子供までもうける。そうしたところへイノックが帰ってくるのだが、妻が幸福な生活を送っているのを見て、そっと姿を消す、という物語詩である。感動的な内容ゆえに発売後たちまち6万部を売りつくした。桂冠詩人でありながら、テニソンの真髄はこの詩や『イン・メモリアム』のような叙情性豊かな詩にあると言えるだろう。

ブラウニング

テニソンに並ぶヴィクトリア朝時代の代表的な詩人が**ブラウニング**(Robert Browning, 1812-89)である。ただ、2人の特徴は対照的である。テニソンが叙情性ゆたかな美しい韻律に乗せて詠ったのに対して、ブラウニングは難渋で固くるしい言葉を使った。しかし、「ヴィクトリアリズム」、すなわち人間性に対する信頼と楽天主義を有している点では共通している。

ブラウニングの最初の成功作は『ピッパが行く』(*Pipa Passes*, 1841)である。その中の"God's in Heaven/All's right with the world"を上田敏が『海潮音』で「神、そらに知らしめす、／すべて世は事も無し」と訳しているように、ブラウニングの特徴は神を信じ、人間の進歩を疑わない単純なほどの楽天主義である。

しかし、そのような楽天家でありながら、ブラウニングはまた人間の内面を探り、人間心理の深い襞を描きだすのが得意であった。それを容易にしたのが「**劇的独白**」(dramatic monologue)という、語り手が独白でその心情を述べることで事件や状況を演劇的に提示する彼独自の手法である。『**男と女**』(*Men and Women*, 1855)がこの手法を用いた最初の詩集で、その後『**登場人物**』(*Dramatis Personae*, 1864)、『**指輪と本**』(*The Ring and the Book*, 1868-9)と続いた。『指輪と本』はブラウニングの主著で、フィレンツェに滞在中にブラウニングが見つけた本を基にして書いた詩である。これは夫が妻ポンピリアを殺害した物語で、その事件をさまざまな人物がそれぞれの観点から語る構造になっている。しかしこの詩の欠点はきわめて難解なことである。

テニソンとブラウニングの他にこの時代を象徴する詩人として、ラファエロ前派に属する**ロセッティ**(Dante Gabriel Rossetti, 1828-82)、ロセッティの妹の**クリスティーナ・ロセッティ**(Christina Rossetti, 1830-94)、**モリス**(William Morris, 1834-96)、**スウィンバーン**(Algernon Charles Swinburne, 1837-1909)らがいる。

〈散文の世界〉
ラム

19世紀のイギリスには小説が隆盛になっただけでなく、小説以外に

も数多くの散文が発表された。例えば、ワーズワースやコールリッジと親しい交友関係にあった**ラム**（Charles Lamb, 1775-1834）には『**エリア随筆集**』（*Essays of Elia*, 1823）という**エッセイ**（essay）集がある。古風で優雅な文体にイギリス人らしいユーモアと哀感を交えながら青春時代の思い出・友人知人・愛読書・ひいきの俳優などを語っている。

エッセイ

イギリス文学においてエッセイは、フランスの**モンテーニュ**（Michel Eyquem de Montaigne, 1533-92）の『**随想録**』（*Les Essais*, 1580, 1588）の影響を受けて**ベーコン**（Francis Bacon, 1561-1626）が始めたものが最初である。ベーコンには『**随想集**』（*The Essays*, 1597）がある。「**エッセイ**」（essay）は、元来はフランス語の動詞 "essayer" から派生した名詞であるので、「試み」（attempt, trial）を意味していて、筆者の考えを自由な題材のもとで読者にわかりやすく伝える文学形式である。これが「**イギリス的ユーモア**」（English humour）に合致し、イギリス文学特有の形式とみなされるようになった。ラムの『エリア随筆集』はイギリス・エッセイ文学の最高峰に位置する。ところで、"Elia" の由来については諸説あるが、"a lie"（嘘）の **anagram**（語句の綴り換え。ある語の綴りの順番を変えて他の意味を表す言葉にすること）だとの興味深い説がある。

ラムには姉メアリー（Mary）と共同で、シェイクスピアの作品のうち20編を、わかりやすいように彼らの時代の英語に書き換えて、シェイクスピアの楽しみを若者たちへ伝えようとした入門書『**シェイクスピア物語**』（*Tales from Shakespeare*, 1807）もある。

同じエッセイストには**ハズリット**（William Hazlitt, 1778-1830）がいて、彼は『**シェイクスピア劇登場人物論**』（*The Characters of Shakespeare's Plays*, 1817-18）や『**茶話**』（*Table Talk*, 1821-22）などを書いた。さらに『**アヘン吸引者の告白**』（*Confession of an English Opium Eater*, 1821）というアヘン中毒者の体験を綴った**ド・クウィンシー**（Thomas De Quincey, 1795-1881）もいる。彼にはワーズワースやコールリッジを語った『**英国湖水詩人回想録**』（*Reminiscences of the English Lake Poets*, 1834）もある。

カーライル

スコットランドの石工の息子として生まれながら、のちに軽薄なヴィクトリア社会に叱責を加えた文人がいる。**カーライル**（Thomas Carlyle, 1795-1881）である。ドイツ・ロマン主義の影響の跡が認められる『**衣装哲学**』（*Sartor Resartus, Taylor Repatched*, 1833-4）は、架空の手記の形をとった彼の精神の歴史である。前半では、社会の諸制度・事象は精神がまとう仮の衣装だとする論を展開し、当時の社会を批判する。後半では、いかに彼が信仰

上の懐疑に陥り、どのようにしてそれから脱出したかを語る。産業革命の進展に伴い、物質至上主義になり、精神の劣化が顕著になってきた社会を憂慮し、その不公平を糾弾し、「英雄」による秩序の回復を求めて『**英雄崇拝論**』(*Our Heroes, Hero-Worship, and the Heroes in History*, 1841) を著し、次いで『**過去と現在**』(*Past and Present*, 1843) を世に放った。

ニューマン

　ニューマン (John Henry Newman, 1801-90) は、俗界を超越する教会の性格を守ろうと 1833 年に**オックスフォード運動** (the Oxford Movement) を起こした。『**わが生涯の弁明**』(*Apologia pro Vita Sua*, 1864) が彼の主著で、カトリック教に改宗するに至った心の軌跡を克明に記している。

アーノルド

　スポーツのラグビーを産み出した学校として有名なラグビー校の校長を父に持つ**アーノルド** (Matthew Arnold, 1822-88) は、『**批評試論**』(*Essays in Criticism*, 1865, 1888, 1910) によって文芸評論を行った。第 2 集のワーズワース論では「**人生の批評としての詩**」("poetry as criticism of life") という表現を用い、詩すなわち「芸術」が人生には欠くべからざる存在であることを主張した。ここから彼のいわゆる「**教養**」(culture) 観が生じてくる。1869 年出版の『**教養と無秩序**』(*Culture and Anarchy*) でアーノルドは、望ましい完全な人間完成が「教養」によってなされるべきだと主張し、時代を担っていたブルジョワを長年イスラエル人を圧迫したペリシテ人 (Philistines) にたとえ、彼らの教養のない実利主義的な生き方を批判した。

ラスキン

　アーノルドが教養主義を重視した一方、**ラスキン** (John Ruskin, 1819-1900)、それに**ペーター** (Walter Horatio Pater, 1839-94) は美を重視した。ギリシャの昔から「真・善・美」こそが人間の理想として目指すべき普遍的価値であると考えられてきた。すなわち認識のうえで真なるものと、倫理のうえで善なるもの、それに美学のうえで美しいものが理想だとされてきたのである。しかし、産業革命によって物質主義的傾向が強まると、それまでの真・善・美の概念が変化し、従来の真が真であったり、従来の善が善であったりとは考えられなくなる事態が生じた。そうした状況下にあってラスキンは美を追求した。その成果がイギリス・ロマン派画家**ターナー** (J.M.W.Turner, 1775-1851) こそ、自然の真実を詩的に描いた最高の風景画家だとして、彼の芸術を弁護した『**近代画家論**』(*Modern Painters*, 1843) である。『近代画家論』は第 5 巻 (1860 年) まで出版された。他に、ゴシック様

式の価値を説き、国民の宗教性と美的感受性の高さは、偉大な石造建築によって示されると述べる『建築の7燈』(*The Seven Lamps of Architecture,* 1849)と『ヴェネツィアの石』(*Stones of Venice,* 3vols, 1851-3) がある。

ペーター

ペーターは、ラスキンのちょうど20歳年下で、ラスキンの後継者であるが、芸術至上主義の考えを持ち、**唯美主義**(aestheticism)、すなわち「**芸術のための芸術**」(art for art's sake)を唱えた。彼は**ラファエロ前派**(Pre-Raphaelite Brotherhood)(本章の「知識の小箱」を参照)のメンバーたちとも親交を結び、彼らの芸術運動を支持し、芸術における内容と形式、手段と目的の一致を重視した。それを明白に述べたのが彼の主著『ルネッサンス史研究』(*Studies in the History of the Renaissance,* 1873)(第2版では『ルネッサンス——芸術と詩の研究』(*The Renaissance: Studies in Art and Poetry*)と改題)である。彼は非常に細かなところまで注意を払った散文を書き、完璧な文章表現を求めた。なお、「教養小説」に属する『享楽主義者マリウス』(*Marius the Epicurian,* 1885)という小説も書いている。

ワイルド

19世紀を締めくくるのは世紀末作家**ワイルド**(Oscar Wilde, 1854-1900)である。アイルランド生まれのワイルドはラスキンの芸術観やペーターの唯美主義の強い影響を受けた。アイルランドのトリニティ・コレッジからオックスフォード大学のモードリン(Magdalen)コレッジに移り、そこを卒業するとロンドンへ出てダンディな姿で街を闊歩し衆人の目を集め、詩や演劇を創作した。

『意向論』(*Intentions,* 1891)は4つの評論を収録した、芸術至上主義を重視する彼の考えを吐露した評論集である。1895年から97年にかけて同性愛のためにレディング(Reading)の刑務所に投獄されたときの手記を『深淵より』(*De Profundis*)としてまとめ、これは没後の1905年に出版された。彼の芸術至上主義的な生き方の弁明書である。

ワイルドの代表作は小説の『ドリアン・グレイの肖像』(*The Picture of Dorian Gray,* 1891)である。美貌の青年ドリアン(Dorian)は快楽に身を任せた放埒な日々を送るが本人の顔は全く年を取らず、若さを保ったままである。これに反し、彼を描いた肖像画は彼が堕落するのと比例して、ますます年を取り、醜悪になって行く。そのことに堪えられなくなったドリアンが、その肖像画にナイフを突き刺す。しかし、その瞬間に胸を刺されたのはドリアン自身であった。それまで若かったドリアンは老醜な年を取った死体として横たわり、肖像画は永遠の美を回復して微笑むのであった。

このような「芸術のための芸術」を体現した作品があるかと思えば、自己犠牲を厭わない、心優しい人物が登場する『**幸福な王子**』(*The Happy Prince and Other Tales*, 1888)のような童話集もワイルドにはある。しかし、彼の本領は舞台にあったと言えるだろう。ロマン主義の時代にはすぐれた劇が創られなかったが（それはあまりに主観的で叙情的であったためだろう）、ワイルドがイギリス演劇を生き返らせたのだ。
　1891年にフランス語で書かれ1893年に出版（英訳は1894年）された『**サロメ**』(*Salomé*)は、聖書での話を題材にした戯曲で、ヘロデ王の後妻の娘サロメ(Salomé)が獄中につながれている予言者ヨハネの首を求める。なんとサロメはその生首にキスをするのだ。それを見た王はサロメの殺害を命じるという話である。ビアズレー(Aubrey Beardsley, 1872-98)が挿絵を描いていて、世紀末文学の代表作である。なお、ビアズレーは世紀末を代表する季刊雑誌『**イエロー・ブック**』(*The Yellow Book, 1894-97*)の絵画部主任であった。
　『**ウィンダミア夫人の扇子**』(*Lady Windermere's Fan*, 1892)は、幼いときに育児放棄して捨てた子であるウィンダミア夫人(Lady Windermere)を男の誘惑から救おうとする、彼女の母親の母性愛を扱った喜劇で、粋な会話が全編に満ちている。『**真面目が大事**』(*The Importance of Being Earnest*, 1895)は「真面目」の意味を持つ "Earnest" という名の人物の恋愛をめぐる駄洒落喜劇である。ワイルドの戯曲は**風習喜劇**(comedy of manners)(p.34を参照)の側面を持っている。

原文で愉しもう

1.
NEW YEAR'S EVE

　Every man hath two birth-days: two days, at least, in every year, which set him upon revolving the lapse of time, as it affects his mortal duration. The one is that which in an especial manner he termeth *his*. In the gradual desuetude of old observances, this custom of solemnizing our proper birth-day hath nearly passed away, or is left to children, who reflect nothing at all about the matter, nor understand any thing in it beyond cake and orange. But the birth of a New Year is of an interest too wide to be pretermitted by king or cobbler. No one ever regarded the First of January with indifference. It is that from which all date their time, and count upon what is left. It is the nativity of our common Adam.

Of all sounds of all bells—(bells, the music nighest bordering upon heaven)—most solemn and touching is the peal which rings out the Old Year. I never hear it without a gathering-up of my mind to a concentration of all the images that have been diffused over the past twelvemonth; all I have done or suffered, performed or neglected—in that regretted time. I begin to know its worth, as when a person dies. It takes a personal colour....

(Charles Lamb, *Essays of Elia*)

◆新年を迎えての新鮮な気持ちが良く表現されていて、味わい深い。

2.

CXXX

Thy voice is on the rolling air;
I hear thee where the waters run;
Thou standest in the rising sun,
And in the setting thou art fair.

What art thou then? I cannot guess;
But tho' I seem in star and flower
To feel thee some diffusive power,
I do not therefore love thee less:

My love involves the love before;
My love is vaster passion now;
Tho' mix'd with God and Nature thou,
I seem to love thee more and more.

Far off thou art, but ever nigh;
I have thee still, and I rejoice;

I prosper, circled with thy voice;
I shall not lose thee tho' I die.

（Alfred Tennyson, *In Memoriam*）

◆ハラム（Hallam）をこの世で失っても、詩人の心には彼が今なお生きている。'In Memoriam' stanza と呼ばれる4行連。弱強4詩脚でabbaと韻を踏む。

3.

The year's at the spring,
And day's at the morn;
Morning's at seven;
The hill-side's den-pearled;
The lark's on the wing;
The snail's on the thorn;
God's in His heaven
All's right with the world !

（Bobert Browning, *Pippa Passes,* Part 1, 'Pipa's Song'）

◆神の恩寵と人間の進歩を信じる、明るい楽天主義が感じられる。

知識の小箱

ラファエロ前派（**Pre-Raphaelite Brotherhood**）とはイタリア・ルネッサンス期のラファエロ以前の、技巧に走らず、形式主義でなかった時代の理想に立ち返ろうとする芸術家たちを指す。画家のハント（**William Hunt, 1927-10**）、ミレイ（**John Millais, 1827-1910**）、ロセッティ（**Dante Gabriel Rossetti, 1828-82**）らが主唱した。機関誌は『ジャーム』（*The Germ*）である。
モリス（**William Morris, 1834-96**）はラファエロ前派で最も際立った活躍をしている。アーサー王伝説を扱った『グイニヴィア女王の弁護』（*The Defence of Guenevere*, 1858）、それに大長編詩『地上の楽園』（*The Earthly Paradise*, 1868-70）といった詩作もあるが、それ以外に染色・織物・壁紙・建築・室内装飾などの工芸にも秀でていて、芸術と生活を一致させようとした美術工芸運動「アーツ・アンド・クラフト運動」（**Arts and Crafts Movement**）を起こした。彼は「モダンデザインの父」と呼ばれる。

第XIII章
フォースター
E. M. Forster

現代小説の発展（20世紀）

　20世紀はヴィクトリア女王の崩御で幕を開けた。1837年から続いたヴィクトリア朝は64年にもおよぶ統治の末、1901年にその終焉を迎えたのである。女王の死とともに、繁栄の時代は終わるのではないのかと国民は不安に思ったことであろう。これは杞憂とは言えなかった。1899年から1902年にかけて大英帝国は南アフリカのオランダ系移住農民ボーア（オランダ語では「ブール」と発音する）人を鎮圧するために、彼らのトランスヴァール共和国およびオレンジ自由国と戦争を行った。いわゆる**ボーア戦争**（the Boer War）（**ブール戦争**とも言う）である。イギリスは結果的には勝利した。しかし、そのために払った代価は大きかった。20万人にもおよぶ大軍を動員し、2万人の戦死者を出したのである。大英帝国の植民地化政策は、曲がり角を迎えていたのである。

　1901年からは**エドワード7世**（Edward VII）が10年間イギリスを統治した。この王は庶民の人気も高く、彼の治世下ではヴィクトリア朝時代の繁栄の余韻を愉しむほどの余裕が残っていた。世紀末の退廃的雰囲気は消え去り、比較的健全な社会だった。エドワード7世の王位を**ジョージ5世**（George V）が1910年から受け継ぎ、第1次世界大戦が勃発した1914年までを「**エドワード7世時代**」（Edwardian）と呼ぶ。

　しかし、ジョージ5世は第1次世界大戦をはさむ困難な時期に在位し、イギリスの国際的地位は下落の道をたどることとなる。イギリスは戦いに勝ちはしたものの、大きな痛手をおった。世界の中心は「日の沈むことのない」イギリスからアメリカへ移ったのである。このような時代背景を持つ、20世紀初頭のイギリス文学の状況をこれから見て行くことにしよう。本章では小説を対象とする。

「エドワード7世時代」の小説家3人組

　世紀をまたいだジェイムズとコンラッドはいずれも外国人でありながらイギリスへ帰化した作家であったが、彼らの後に続いたエドワード7世時代の小説家3人組は生粋のイギ

リス人であった。すなわち**ウェルズ**（Herbert George Wells, 1866-1945）、**ベネット**（Arnold Bennett, 1867-1931）、それに**ゴールズワージー**（John Galsworthy, 1867-1933）である。彼らはブルジョワ市民階級を主軸にしたホイッグ党が掲げる自由主義を信じ、社会の不正に不満の声はあげても、人間の進歩、前進を信じていた。

ウェルズ

ウェルズは一時理科の教師をしたこともあり、『**タイム・マシン**』（*The Time Machine*, 1895）、『**透明人間**』（*The Invisible Man*, 1897）、『**月世界最初の訪問者**』（*The First Man in the Moon*, 1901）、『**世界戦争**』（*The War of the Worlds*, 1898）、『**空中戦争**』（*The War in the Air*, 1908）などの科学と関わりのある「**科学小説**」（Science Fiction）を書き、**SFの元祖**と言われる。彼は自然科学の明るい未来を確信し、社会の進歩を信じた。『**トーノ・バンゲイ**』（*Tono-Bungay*, 1909）も薬学と関係を持っている点で科学小説と言えなくもない。これは主人公が「トーノ・バンゲイ」（Tono-Bungay）というイカサマ売薬で大儲けした話で、人間喜劇をパノラマとしてとらえたバルザックの作品のように、19世紀末のイギリス社会をうまく描写した写実的小説である。

ベネット

ベネットはイングランド中部スタフォードシャーの出身で、彼の故郷の町は陶器製造の中心であった。彼の作品に出くる「**5市**」（Five Towns）は、その故郷のことである。1902年から10年間のパリ生活で**ゾラ**（Émile Zola, 1840-1902）、**ゴンクール兄弟**（Edmond Louis Antoine Huot de Goncourt, 1822-96; Jule Alfred Huot de Goncourt, 1830-70）、**モーパッサン**（Guy de Maupasssant, 1850-93）らの自然主義文学の強い影響を受けた。それは彼の出世作『**老女物語**』（*The Old Wives' Tales*, 1908）の中に窺い知ることができる。モーパッサンが『**女の一生**』（*Une Vie*, 1883）で貴族の娘1人の一生を追ったのに対し、ベネットはコンスタンス（Constance）とソファイア（Sophia）の姉妹2人の一生をモーパッサン流にできるだけ写実的に、そしてゾラ流に客観的に描いた。

ゴールズワージー

貴族にまでのぼりつめたフォーサイト（Forsyte）家を描いた『**フォーサイト年代記**』（*The Forsyte Chronicle*, 1922, '29, '30）が**ゴールズワージー**の代表作である。1886年から1926年の長きに渡って書かれている。この作品の意図は、因習と形式主義からの解放を求め、精神の自由に価値を置き、物質主義を批判することであった。だが、時間とともにその批判の切っ先が鈍くなっている。1932年、ゴールズワージーはこの作品によってノーベル文学賞を授与された。

〈第1次世界大戦（1914年―18年）以降の小説家〉
モーム

　第1次世界大戦は、イギリス国民にとってこれまでの世界観を大きく変える歴史的事象であった。過去との絆が断たれ、幻滅・失望・虚無・不満が訪れ、将来への確かな足取りが踏めなくなった。そうした中で作品を発表したのが人気作家の**モーム**（W. Somerset Maugham, 1874-1965）である。『**人間の絆**』（*Of Human Bondage*, **1915**）は自伝的色彩の濃い作品である。吃音に悩んでいたモームは、その欠陥を主人公フィリップ（Philip）の足の悪さに変換して物語を書き進めた。フィリップは画家修業をするが、自分の才能のなさに気付き、医学生になる。しかし、女給のミルドレッド（Mildred）と爛れた関係になり虚無的な生活を送る。結局フィリップは元患者の娘サリーと幸せな結婚をするのだが、「人生に意味などあるものか」（"Life had no meaning," "There was no meaning in life," *Of Human Bondage*, Chapter 106）という虚無的な結論に達するのである。ゴーギャン（Paul Gauguin, 1848-1903）をモデルにした『**月と6ペンス**』（*The Moon and Sixpence*, **1919**）にしても、一天才画家が根なし草のような生活を送る物語となっている。

ローレンス

　ローレンス（David Herbert Lawrence, 1885-1930）はノッティンガムシャー（Nottinghamshire）の炭坑夫の息子として生まれた。彼はノッティンガム大学時代の恩師のドイツ人妻**フリーダ**（Frieda）を愛し、2人は1912年、イギリスを逃れ、フリーダの出身地ドイツ、そしてイタリアへと駆け落ちをした。第1次世界大戦が勃発した1914年に、2人は正式に結婚した。大陸滞在中の1913年、自伝的要素の強い『**息子と恋人**』（*Sons and Lovers*, **1913**）を出版した。主人公のポール（Paul）は**エディプス・コンプレックス**（Oedipus Complex）（男の子が母親に抱く無意識的な性的感情）のために母親以外の女性を愛せない。『**虹**』（*The Rainbow*, **1915**）は3代にわたる男女の愛情生活を描く。出版直後に発禁となった。ローレンスの特徴は、これまでタブー視されていた性の問題に取り組んだことである。彼にとって肉体的接触は汚らわしく忌むものではなく、相手と心を通わすことのできる有効な手段であった。エゴの強い男女は、相手を支配しようとする烈しい戦いの末に、肉体的接触によって神秘的な合一感を得ることができるというのが彼の見解である。『**恋する女たち**』（*Women in Love*, 1916年執筆了, 1920年出版）は『虹』の続編である。ローレンスの性の哲学は『**チャタレー夫人の恋人**』（*Lady Chatterley's Lover*, **1928**;

無削除版1960年）で最高到達点に達する。第1次世界大戦で性的不能になった夫を持つチャタレー夫人は、性の充足感を猟場の番人から得る。この作品はその猥褻性をめぐり長い裁判闘争が続き、無削除版が出版されたのは初版から32年後であった。しかし、現代の目から見るとなぜ猥褻だと誤解されたのか、その理由がわからないほどである。ローレンスの真意は、資本主義文明によって損なわれた人間性を取り戻すことにあった。それを実現するために、原始的生命を得ることができる理想的な性関係を求めたのである。

フォースター

フォースター（Edward Morgan Forster, 1879-1970）はケンブリッジ大学卒業後、雑誌発刊に加わり執筆活動をはじめるが、第1次大戦中はエジプトで非戦闘員として軍務についた経験がある。彼はイギリス市民階級の自由主義・民主主義が因習的・偽善的であることを看破して、それを批判し、そのことを冷笑的な文体を用いて描いた良心的な知性人である。『**ハワーズ・エンド**』（*Howards End*, 1910）は、ブルジョワ知識人の内面生活と外面生活の激しい戦いを描く。後者が負け、前者と調和する。作品中の「**ただ結びつけよ**」（"Only connect"）がこの作品のモットーとして全篇に鳴り響く。

『**インドへの道**』（*A Passage to India*, 1924）は、「20世紀のイギリスの小説、さらにイギリス小説史全体のなかでも屈指の名作」（小野寺健評）である。イスラム教の「回教寺院」、「洞窟」、ヒンズー教の「神殿」の3部から成る。イギリスとインド、イギリスの役人とインド独立主義者、東洋と西洋、キリスト教徒と異教徒、ヒンズー教とイスラム教、合理主義者と神秘主義者の相互理解の可能性をさぐる規模の大きい作品である。

フォースターにはこの2作品の他に、自伝的小説『**果てしなき旅**』（*The Longest Journey*, 1907）、直感的な洞察力を持つイタリア人と因習的なイギリス人が対立する『**天使も踏むを恐れるところ**』（*Where Angels Fear to Tread*, 1905）、『**眺めのいい部屋**』（*A Room with a View*, 1908）というイタリアを背景にした小説がある。さらには小説論『**小説の諸相**』（*Aspects of the Novel*, 1927）もある。そこでは、小説の最初から最後まで変化しない「**フラットな登場人物**」（a flat character）と変化・成長していく「**ラウンドな登場人物**」（a round character）を区別している点が特に注目すべき事項である。また

『アビンジャーの収穫』（*Abinger Harvest*, 1936）や『民主主義に万歳二唱』（*Two Cheers for Democracy*, 1951）などの評論もある。没後には、公表を控えていた同性愛小説『モーリス』（*Maurice*, 1971）が出版された。

〈1920年代の小説家たち〉
ジョイス

フォースターの『インドへの道』が出版された1920年代は優れた小説が誕生した時代であった。まず、「**意識の流れ**」（'stream of consciousness'）（p.59を参照）という手法を取り入れた**ジョイス**（James Joyce, 1882-1941）の『**ユリシーズ**』（*Ulysses*, 1922）がある。題名の「ユリシーズ」はホメーロスの『オデュッセイア』（*Odyssey*）の主人公 *Odyssey* のラテン語名である。この作品は1904年**6月16日木曜日午前8時から夜中過ぎまでの主人公の一日**を描く。従来の**教養小説**（Bildungsroman）が持っていた直線的な時間の流れがここでは拒否され、語り手の意識次第で時間が分断される。また、語りも1人称の語りと3人称の語りと自由に変わる。

この作品に先立つ1914年には、ジョイスは生まれてから大学を卒業するまでいたダブリンを背景にした、最初の短編集『**ダブリンの人々**』（*Dubliners*）を出し、その翌年には半自叙伝小説『**若き日の芸術家の肖像**』（*A Portrait of the Artist as a Young Man*）を出版した。これは『ユリシーズ』とは全く異なる、典型的な**教養小説**である。

1939年には1922年から17年の歳月を費やして執筆した『**フィネガンの通夜**』（*Finnegans Wake*）を出版した。これはダブリンのパブ経営者アーウィッカー（Earwicker）の一夜の夢物語で、過去・現在・未来の時間区分を取払った反復する円環時間の中で、個人も普遍も、意識の主体も客体も渾然一体と化す「**意識の流れ**」の手法を極端に押し進めた作品である。ジョイスは多言語にわたる造語で言葉遊びをし、その造語の中に人種・神話・心理上の象徴を詰め込む。そのために彼の作品はきわめて難解な文学作品となっている。

ウルフ

ジョイスの「意識の流れ」の手法を用いて**ウルフ**（Virginia Woolf, 1882-1941）は『**ダロウェイ夫人**』（*Mrs. Dalloway*, 1925）と『**灯台へ**』（*To the Lighthouse*, 1927）を出版した。『ダロウェイ夫人』もジョイスの『ユリシーズ』と同じく6月のある日という設定になっている。自宅で主催するパーティを前にしたダロウェイ夫人の一日を、彼女の意識に沿いながら、そしてフラッシュバックの手法によって過去と現在を交差させながら描いている。『灯台へ』もやはり「意識の流れ」の手法を用いるが、時間の流れを構成の上でも反映させた作品で、彼女の最高傑作と評価されている。『**波**』（*Waves*, 1931）は、

これといったプロットがなく、幼いときからの友人である男女3人ずつ6人の子供から大人への成長が、6人の**内的独白**（interior monologue）によって語られる。心理主義的小説技巧の極致を示す散文詩に近い小説である。

ウルフは、作家・芸術家・哲学者（ケンブリッジ大学出身者が大半）をロンドンのブルームズベリーの自宅に招いて芸術論をたたかわせた。このグループを、その場所にちなんで**ブルームズベリー・グループ**（Bloomsbury Group）という。すでに触れたフォースターはその構成員の一人であるし、次に触れる**マンスフィールド**（Katherine Mansfield, 1888-1923）も同様である。しかし、この知的エリート集団に反感を持つ者もいて、先に触れたローレンスはその一人だった。

ウルフはフェミニストでもあり、女性も独立した自分の部屋を持つべきだという考えから『**私だけの部屋**』（A Room of One's Own, 1929）というフェミニズム論説集も出版している。

マンスフィールド

マンスフィールドはニュージーランドの富裕家に生まれ、ロンドンのクィーンズ・コレッジを卒業後、1912年に**批評家マリー**（John Middleton Murry, 1889-1957）と結婚し、夫が編集する雑誌に評論や書評を寄稿する一方、掌編を執筆した。彼女はチェーホフ（Anton Pavlovich Chekhov, 1860-1904）の信奉者であった。そしてチェーホフ張りの透徹した観察眼で人間を見て、彼女特有の鋭敏な感受性で人の心を読み取り、印象主義の手法でそれを言葉に紡いだ。そのためにイギリスのチェーホフとまで言われている。『**ドイツの宿で**』（In a German Pension, 1911）はドイツで温泉療養中の体験に基づく13編からなる短編集である。そのほとんどが意思疎通の失敗を扱う。『**園遊会その他**』（The Garden Party and Other Stories, 1922））は「園遊会」を含む珠玉の短編集である。

〈カトリック作家〉

イギリスではローマカトリック教は差別され、迫害されてきた。しかし、1829年に**カトリック教徒解放法**（Catholic Emancipation Act）が成立して事態は好転に向かい、**ニューマン**（John Henry Newman, 1801-90）は1833年に**オックスフォード運動**（the Oxford Movement）を起こし（p.106を参照）、間もなくローマカトリックに改宗した。時代が進むにつれローマカトリック教会はかつてのように人間性を圧迫するものではなく、プロテスタントのように近代思想を克服するものとして理解されるようになってきた。特に第2次世界大戦後はそうである。

チェスタートン

チェスタートン（Gilbert Keith Chesterton, 1874-1936）は1922年にローマカトリックに改宗した。彼は、カト

リック司祭を探偵にした**ブラウン神父**（Father Brown）**シリーズの『ブラウン神父の童心』**（*The Innocence of Father Brown*, 1911）でよく知られる。

グリーン

グリーン（Graham Greene, 1904-91）は1926年にローマカトリックに改宗した。彼には、イギリス南東海岸のリゾート地ブライトンに蠢く少年ギャング団の犯罪を描きながら人間界の正と邪、本質的な善と悪を対比させた**『ブライトン・ロック』**（*Brighton Rock*, 1938）、乱れた生活をしていてとても聖職者と思えないカトリック僧侶の奇跡と政治権力を対比させた**『力と栄光』**（*The Power and the Glory*, 1940）、これ以降は第2次世界大戦後の作品になるが、カトリック教徒にとっては最大の悪である自殺を扱った**『事件の核心』**（*The Heart of the Matter*, 1948）、第2次世界大戦中の空爆下における一組の男女の不倫を題材にし、神に対する憎悪は信仰の裏返しの表現だという作者グリーンの思いを表現した**『情事の終わり』**（*The End of the Affairs*, 1951）などの宗教的な作品がある。**『第三の男』**（*The Third Man*）は映画のための脚本として1950年に書かれた。

ウォー

ウォー（Evelyn Waugh, 1903-66）は1930年にローマカトリックに改宗した。改宗前の**『大転落』**（*Decline and Fall*, 1928）は、罪のないどじな大学生が放校・投獄・出獄・そして復学と、世の中の荒波に翻弄されていく人生を辛辣に描き、人間性の底流にある愚劣さをえぐり出す。**『卑しい肉体』**（*Vile Bodies*, 1930）は享楽的な生活に溺れる若者を描く。これらの作品に対して**『回想のブライズヘッド』**（*Brideshead Revisited*, 1945）は、その序文でこの作品の主題が「性格はさまざまでもきわめて親密な一群の人々にたいする神の恩寵の働き」（"the operation of divine grace on a group of diverse but closely connected characters"）（小野寺健訳）だと作者自身が明言しているように、宗教をテーマの軸に据えており、これまでの作風を大きく変えたものだ。語り手のライダー（Charles Ryder）は、カトリックの旧家の次男であるセバスチャン（Sebastian）をオックスフォード大学時代の友として持っていて、その旧家があるブライズヘッドで青春の一時期を過ごしたことがあった。その回想がこの作品の中心となっている。**『ラヴド・ワン』**（*The Loved One*, 1948）は、アメリカ西部で人間と動物の両方の葬儀を請け負う葬儀屋を題材にした、滑稽きわまりない風刺小説で、死の尊厳と直面できなくなったアメリカ商業主義を揶揄している。

〈ディストピア（逆ユートピア）小説〉
ハックスリー

スペインでは1936年、フランコ将

軍の率いる反乱軍が人民政府打倒をめざしてマドリードに向かって進軍した。ドイツ、イタリア、ポルトガルはフランコ将軍を支持し、一方当時のソヴィエト連邦（現在のロシア連邦）は人民政府を支持し、それぞれ武器・弾薬・軍隊を送った。イギリスとフランスは不干渉政策を採った。しかし、イギリス国民の中には人民政府応援のために義勇軍を組織して戦う者も現れた。そうした参加者に知識人もいたのである。**ハックスリー**（Aldous Huxley, 1894-1963）は平和運動に身を投じた。思想転向を明白に示したのが小説『**ガザに盲いて**』（*Eyeless in Gaza*, 1936）である。『**すばらしい新世界**』（*Brave New World*, 1932）では科学と機械文明に人間性が圧殺される**ディストピア**（逆ユートピア）の世界を描いた。

オーウェル

オーウェル（George Orwell, 1903-50）は、特派員としてカタロニアの人民戦線派に加わり負傷した。しかし、戦争の醜さ、共産軍の裏切りや残虐行為を目の当たりにし、精神的な傷を受けた。そうした戦争体験を描いた『**カタロニア賛歌**』（*Homage to Catalonia*, 1937）では、共産党員が主義の異なる者をいかに排除するかを告発する。彼の共産主義に対する厳しい見方は変わることなく、第2次世界大戦後には寓意物語（fable）の『**動物農場**』（*Animal Farm*, 1945）、それに『**1984年**』（*Nineteen Eighty-Four*, 1949）を出版し、絶対主義がいかに理想とかけ離れたものであるかを喝破した。特に『1984年』はスターリン主義による統治がユートピアではなく、ディストピアをもたらすことを予言した未来小説である。

原文で愉しもう

1.

 "Pray, Mr. Fielding, what induced you to speak to me in such a tone?"
 "The news gave me a very great shock, so I must ask you to forgive me. I cannot believe that Dr. Aziz is guilty."
 He slammed his hand on the table. "That— that is a repetition of your insult in an aggravated form."
 "If I may venture to say so, no," said Fielding, also going white, but sticking to his point. "I make no reflection on the good faith of the two ladies, but the charge they are bringing against Aziz rests upon some

mistake, and five minutes will clear it up. The man's manner is perfectly natural; besides, I know him to be incapable of infamy." "It does indeed rest upon a mistake," came the thin, biting voice of the other.

"It does indeed. I have had twenty-five years' experience of this country"—he paused, and "twenty-five years" seemed to fill the waiting-room with their staleness and ungenerosity—" and during those twenty-five years I have never known anything but disaster result when English people and Indians attempt to be intimate socially. Intercourse, yes. Courtesy, by all means. Intimacy— never, never. The whole weight of my authority is against it. I have been in charge at Chandrapore for six years, and if everything has gone smoothly, if there has been mutual respect and esteem, it is because both peoples kept to this simple rule. Newcomers set our traditions aside, and in an instant what you see happens, the work of years is undone and the good name of my District ruined for a generation. I— I —can't see the end of this day's work, Mr. Fielding. You, who are imbued with modern ideas— no doubt you can. I wish I had never lived to see its beginning, I know that. It is the end of me. That a lady, that a young lady engaged to my most valued subordinate— that she— an English girl fresh from England— that I should have lived—"

(E. M. Forster, *A Passage to India*, Chapter 17)

◆これは、イギリス人のアデラ (Adela) が洞窟で性的暴行を加えられたと思い込み、インド人のアジィズ博士 (Dr Aziz) を告発した事件を巡る、地方長官タートン (Collector Turton) とガヴァメント・カレッジの学長フィールディング (Fielding) とのやり取りである。インド人と付き合うのは宜しいが、親密になるのは絶対にいけない、とタートンは断言する。

2.

Napoleon was now never spoken of simply as "Napoleon." He was always referred to in formal style as "our Leader, Comrade Napoleon," and the pigs liked to invent for him such titles as Father of All Animals, Terror of Mankind, Protector of the Sheep-fold, Ducklings' Friend, and the like. In his speeches, Squealer would talk with the tears rolling down his cheeks of Napoleon's wisdom the goodness of his heart, and the deep love he bore to all animals everywhere, even and especially the unhappy animals who still lived in ignorance and slavery on other farms. It had become usual to give Napoleon the credit for every successful achievement and every stroke of good fortune. You would often hear one hen remark to another, "Under the guidance of our Leader, Comrade Napoleon, I have laid five eggs in six days"; or two cows, enjoying a drink at the pool, would exclaim, "Thanks to the leadership of Comrade Napoleon, how excellent this water tastes!" The general feeling on the farm was well expressed in a poem entitled Comrade Napoleon, which was composed by Minimus and which ran as follows:

Friend of fatherless!
Fountain of happiness!
Lord of the swill-bucket! Oh, how my soul is on
Fire when I gaze at thy
Calm and commanding eye,
Like the sun in the sky,
Comrade Napoleon!

(George Orwell, *Animal Farm*, Chapter 8)

◆全員が平等であるはずの動物農場に「官僚制」が確立し、ディストピアの世界となってしまった。

3.

Ours is essentially a tragic age, so we refuse to take it tragically. The cataclysm has happened, we are among the ruins, we start to build up new little habitats, to have new little hopes. It is rather hard work: there is now no smooth road into the future: but we go round, or scramble over the obstacles. We've got to live, no matter how many skies have fallen.

This was more or less Constance Chatterley's position. The war had brought the roof down over her head. And she had realized that one must live and learn.

She married Clifford Chatterley in 1917, when he was home for a month on leave.... Constance, his wife, was then twenty-three years old, and he was twenty-nine.

　　His hold on life was marvellous. He didn't die, and the bits seemed to grow together again. For two years he remained in the doctor's hands. Then he was pronounced a cure, and could return to life again, with the lower half of his body, from the hips down, paralysed for ever.
　　　　　　　　　　　　(D. H. Lawrence, *Lady Chatterley's Lover*, Chapter 1)

　◆第1次世界大戦は大地の上だけでなく、人間の肉体にも大きな傷跡を残した。下半身不随の身となって帰還した夫を持つチャタレー夫人の今後は多難である。

知識の小箱

オーウェルと村上春樹

『1984年』のタイトルは、その執筆年と関係があると言ったら笑われるだろうか。この作品の執筆年は1948年であった。オーウェルは最後の2桁の数字を入れ替えて1984年としたのである。もし執筆年が1949年であったなら、『1994年』というタイトルになっていたかもしれない。

ところで、この作品の出版から約60年後に村上春樹は、日本を舞台にして、オウム真理教を暗示する新興宗教が支配する現代にこの作品世界を置き換えた。それが『1Q84』である。当然村上春樹は『1984年』を念頭においていたのだろう。彼は『1Q84』のBOOK3発表時のインタビューで、以下のように言っている。

　　僕が本当に描きたいのは物語の持つ善き力です。オウムのように閉じられた狭いサークルの中で人々を呪縛するのは物語の悪しき力です。それは人々を引き込み、間違った方向に導いてしまう。小説家がやろうとしているのは、もっと広い意味での物語を人々に提供し、その中で精神的な揺さぶりをかけることです。何が間違いなのかを示すことです。僕はそうした物語の善き力を信じている。

オーウェルは第2次世界大戦が終了して、これからは社会主義、共産主義こそが理想の主義だと言われはじめていたその当時の風潮を敏感に感じ取りつつも、むしろそのような時代の風潮とは反対に、社会主義や共産主義がもたらすであろう全体主義の恐ろしさを表現した。それが21世紀の現代において村上春樹の『1Q84』によって、「さきがけ」という「狭いサークル」の新興宗教に姿を変えた全体主義として描写されることになったのである。

第XIV章
エリオット
Thomas Stearns Eliot

20世紀の詩と劇

〈詩〉

ホプキンズ

　ホプキンズ（Gerard Manley Hopkins, 1844-89）は、19世紀の詩人であるが、生前、詩を広く世に発表していなかった。彼の詩が人々に紹介されたのは、20世紀に入って、友人の**ブリッジズ**（Robert Bridges, 1844-1930）が編集した1918年出版の詩集によってである。したがって本章で取り扱うことにしよう。

　ホプキンズはオックスフォード運動を起こしたニューマン（p.132を参照）に感化されて、1866年にローマカトリックに改宗、1868年にはイエズス会士となった。『**ドイッチランド号の遭難**』（*The Wreck of the Deutschland*, 1873）は、実際にあった海難事故をモチーフとして『タイムズ』紙の記事をもとに、海難事故で命を失った5人のカトリック尼僧たちの姿を中心に描く。これ以降、ホプキンズは創作したソネットを「**恐怖のソネット**」（'terrible sonnets'）と呼ぶ。これらのソネットは、神から疎外され、現実との苦しい闘いを強い

られる詩人の魂の記録である。彼を特徴づけているのは、韻律（ミーター）ではなく、強勢（ストレス）を基本とした（したがってある意味では古英詩にもとした。p.127を参照）独特の「**スプラング・リズム**」（sprung rhythm）と言われるその作詩法である。これは、「脚」（foot）ではなく、ストレスあるいはビート（beat）の数によって1行を規定するもので、日常会話・散文・童謡に似たこのリズムはきわめて自然に響き、効果的であった。これについては「**原文で愉しもう**」の引用文1.を参考にしてほしい。

イェイツ

　「20世紀最大の詩人」との評判が高い**イェイツ**（William Butler Yeats, 1865-1939）はアイルランドの出身である。1887年にロンドンへ出てきて、象徴派の運動に加わった。『**オシアンの放浪**』（*The Wanderings of Ossian and Other Poems*, 1889）は初期の詩集で、そのタイトル詩「**オシアンの放浪**」（"The Wanderings of Ossian"）はアイルランドの古伝説に登場するオシアン（Ossian）が

ひとりの娘に連れられ「常若の島」・「恐怖の島」・「忘却の島」を巡り、3世紀ののちに故国アイルランドに帰り、アイルランドの守護聖人聖パトリック（St. Patrick）に会う、という内容を持つ初期の代表作で、その異教的象徴性が注目された。「**イニスフリーの湖島**」（"The Lake Isle of Innisfree," 1890）は故国の湖の島を思っての詩である。1893年にはアイルランドの民話・伝説を調査し、物語集『**ケルトの薄明**』（*The Celtic Twilight*）を出版した。

1912年にアメリカの詩人**パウンド**（Ezra Pound, 1885-1972）と知り合い、彼との4年間の交流からそれまでのロマン的な詩人から、人間の生活を象徴的手法で描く現代的な詩人作家へと変貌を遂げた。こうして『**責任**』（*Responsibility*, 1914）と『**クールの白鳥**』（*The Wild Swans at Coole*, 1917）などの詩集が誕生したのである。詩劇『**鷹の井戸にて**』（*At the Hawk's Well*, 1917）は日本の能を詩劇の理想と考えたところから産まれた作品である。

1922年、ノーベル文学賞を受賞し、その後も『**塔**』（*The Tower*, 1928）などの詩集を次々と発表して行った。

エリオット

エリオット（Thomas Stearns Eliot, 1888-1965）はアメリカのミズーリー州セント・ルイスに生まれ、ハーヴァード大学、フランスのソルボンヌ大学を卒業後、イギリスへ渡ってオックスフォード大学に学び、フランス文学・ギリシャ哲学・インド哲学・サンスクリット語・心理学などを修め、1914年に卒業した後は学校教師を経て、ロイド銀行の行員となった。詩作はハーヴァード大学在学中から行っていた。

エリオットがイェイツの知人であるパウンドと初めて会ったのは1914年である。パウンドはエリオットの『**荒地**』（*The Waste Land*, 1922）の第1稿を大幅にカットし、分量を約半分に縮小させた。その結果、第1次世界大戦後の荒涼とした精神風景が断片的なイメージ群によって見事に捉えられることとなった。この詩集には聖杯（the Holy Grail）探求の物語が語られている。

その後はカトリックよりの英国国教会の信仰を奉じるようになり、そ

のことが『聖灰水曜日』(Ash-Wednesday, 1930)、『四つの四重奏』(Four Quartets, 1944)に窺える。詩劇としては『聖堂の殺人』(The Murder in the Cathedral, 1935)と『カクテル・パーティ』(Cocktail Party, 1949)がある。

18世紀前半は「ポープの時代」であったが (p.39を参照)、20世紀前半はエリオットが文学界に及ぼした影響を考えると「エリオットの時代」と呼ぶことができる。

〈30年代の詩人〉

1930年代は前章で触れたようにスペイン内乱に揺れた時代である。詩人の中にも直接・間接的にスペイン内乱と関わりを持つ者がいた。**オーデン** (Wystan Hugh Auden, 1907-73) と、彼のオックスフォード大学の同窓生たち、すなわち**スペンダー** (Stephne Spender, 1909-95)、**デイ・ルイス** (Cecil Day Lewis, 1904-72)、**マックニース** (Louis MacNeice, 1907-63)らはそうした詩人であった。彼らは「オーデン・グループ」と呼ばれる。

オーデン

オーデンの詩は30年代に最も読まれた。『詩集』(Poems, 1930)、『雄弁家たち』(The Orators, 1932)、『スペイン』(Spain, 1937)などの彼の初期の詩は政治的色彩が濃い。しかし、彼の立場は知的な傍観者の立場である。1939年アメリカに渡り、帰化した。その後は関心が政治から宗教に移り、アメリカ聖公会の信者となった。『新年の手紙』(New Year Letters, 1941)は、そのような転向を物語る詩集である。1947年にはニューヨークのある酒場を舞台にして、信仰を失った現代の不安を描いた『不安の時代』(The Age of Anxiety)を出した。1956年、オックスフォード大学の詩学教授に選任され、5年間の任期をつとめた。1972年、アメリカを引き上げ、オックスフォードに戻り、1973年9月ウィーンで客死した。

〈40年代の詩人〉
ディラン・トマス

オーデンの転向に象徴されるように30年代から40年代にかけては共産主義が理想の思想ではなくなりはじめ、人々は政治に幻滅を感じ、反動的に個人主義へと向かっていった。こうして40代の若い世代の詩人たちは**新ロマン主義** (New Romanticism)の方向へと傾いたのである。そのような時代の詩人がウェールズ出身の**ディラン・トマス** (Dylan Marlais Thomas, 1914-53)である。

ディラン・トマスは第2次世界大戦になるとBBC (英国放送協会) に入局し、放送関係の仕事についた。1934年に処女詩集『18篇の詩』(Eighteen Poems)を出す。ウェールズ人らしさを表す精力・感情・生命にあふれている。1942年には『**新詩集**』(New Poems)を、1946年には『**死と登場**』(Deaths and Entrances）を出版した。『死と登場』で「現代の吟遊詩人」としての名声が確立した。「生」と「死」を象徴的な手法で宇宙論的な次元に高め、そのために**「子宮と墓と子供時代」**（womb, tomb and childhood）**の詩人**と呼ばれる。50年代に入ってからは**『26篇の詩』**（Twenty-Six Poems, 1950）、**『田舎の眠り』**（In Country Sleep, 1952）、**『全詩集』**（Collected Poems, 1952）を発表した。

〈演劇〉
ショー

19世紀末ワイルドによって息を吹き返したイギリス演劇は、20世紀に入ると、ワイルドの2年後に生まれた、同じアイルランド出身の**ショー**（George Bernard Shaw, 1856-1950）によってさらに活発になり、完全に生命力を回復した。**『男やもめの貸家』**（Widower's House, 1902）は、スラム街の貸家の家主とそこに住む女たちを描いた社会諷刺劇で、社会と経済の搾取メカニズムを人々に理解させようとする。**『人と超人』**（Man and Superman, 1903）はショー独自の**「生命の力」**（Life Force）をテーマとしている。女性の母性本能は、進化の原動力である「生命の力」の表れで、生を持続させるために恋愛・結婚をして優秀な子孫を産む、というのが彼の考えである。この作品は、この哲学が一組の男女によって証明される4幕物の喜劇である。

イギリスは階層社会であり、その階層によって話し言葉のアクセントが異なる。これを逆手に取り、アクセントを矯正すれば、下層階級の花売り娘を伯爵令嬢に変身させることができるのではないかと言語学者が考え、その壮大な実験をするのが5幕喜劇**『ピグマリオン』**（Pygmalion, 1912）である。その他、代表作の1つの**『メトセラ時代へ帰れ』**（Back to Methuselah, 1922）は、エデンの園から西暦31,920年までの世界を5部に分けて描く。理想的な人間社会を実現するためにはメトセラ時代のように900歳まで生きなければならない。そのように長生きしようと努め、実際そうなればダーウィンの適者生存の理論に従い、長寿人間だけの世界となり、理想社会が建設できるだろうという内容である。創造的進化論者としてのショーの面目躍如である。1925年にノーベル文学賞を受賞した。

〈近代アイルランド劇〉

アイルランドに目を転じると、19世紀の半ば頃から古代ケルト人の神話・伝説が研究され、それに刺激されてアイルランドの国民文学を樹立しようという機運が1890年代に高まった。これが**「アイルランド文芸復興運動」**（Irish Renaissance）である。イェイツらはアイルランド演劇の復興に努力し、1904年**「アビー座」**（Abbey Theatre）を創設し、そこを本拠地として演劇活動を行った。イェイツはすでに触れ

たように『鷹の井戸にて』のような詩劇を書いたが、そうした中にあって注目すべき戯曲を世に出したのはシング(John Millington Synge, 1871-1909)であった。

シング

1898年パリにきていた**シング**はイェイツに出会った。イェイツの勧めにしたがってアイルランド西海岸のアラン島に渡り、島人の暮らしをつぶさに観察した。そこから生まれたのが悲劇の『海へ駆けゆく人々』(*Riders to the Sea*, 1904)であり、喜劇の『西の国のプレイボーイ』(*The Playboy of the Western World*, 1907)であった。

オケイシー

オケイシー(Sean O'Casey, 1880-1964)はアイルランドの貧しい家庭に生まれ、波止場人足や道路人足として労働するうちに、組合運動と民族独立に関心を抱いた。その経歴が作品に現れている。『ガンマンの影』(*The Shadow of a Gunman*, 1923)はアイルランド独立戦争時代の話で、革命熱の犠牲となって倒れる少女ミニー・パウエル(Minnie Powell)を描く。『ジュノーと孔雀』(*Juno and the Paycock*, 1924)もアイルランドの内乱が背景となっている。これは3幕物の悲劇である。堅実な主婦のジュノー(Juno)は、孔雀(Paycock)というニックネームを持つ大酒飲みで、生活無能力者の夫ジャック(Jack)が娘と息子のいる家庭を崩壊しようとするのを止めさせ、家族をまとめようとするが、遺産贈与の噂が舞い込んで、結局一家離散の悲劇に終わる。

原文で愉しもう

1.

I CAUGHT this morning morning's minion, king-
   dom of daylight's dauphin, dapple-dawn-drawn Falcon, in his riding
Of the rolling level underneath him steady air, and striding
High there, how he rung upon the rein of a wimpling wing
In his ecstacy! then off, off forth on swing,   5

As a skate's heel sweeps smooth on a bow-bend: the hurl and gliding

Rebuffed the big wind. My heart in hiding
Stirred for a bird,—the achieve of, the mastery of the thing!
Brute beauty and valour and act, oh, air, pride, plume, here
　Buckle! AND the fire that breaks from thee then, a billion　　10
Times told lovelier, more dangerous, O my chevalier!

　No wonder of it: shéer plód makes plough down sillion
Shine, and blue-bleak embers, ah my dear,
　Fall, gall themselves, and gash gold-vermillion.
　　　（Gerard Manley Hopkins,"The Windhover: To Christ our Lord"）

　◆朝日を浴びて大空に飛翔する鷹にキリストを見ている。ところで、この14行詩のソネットにはスプリング・リズムが用いられている。伝統的な英詩はtonightのように弱強（あるいは強弱）の2音節で1脚（foot）を形成する韻律（meter）型式であるのに対し、ホプキンズのは強勢（stress）を軸にしてリズムを構成する詩型である。4－5行を例に取ってみよう。／は強勢（stress）のある箇所を示す。

　　High there, how he rung upon the rein of a wimpling wing
　　In his ecstacy! then off, off forth on swing,

　また、頭韻（alliteration）や類韻（assonance）でリズムを調整する。この2行では"wimpling wing"と"off, off"が頭韻を踏んでいる。「類韻」とは不完全な母音の押韻のことである。例えば、"man"と"can"は母音が同一なので普通の押韻となるが、"map"と"cat"演場合は、母音が同一でないので不完全な押韻であり、したがって「類韻」となる。ホプキンズのこの詩ではこの「類韻」は見られない。

2.

I will arise and go now, and go to Innisfree,
And a small cabin build there, of clay and wattles made;
Nine bean-rows will I have there, a hive for the honey-bee,
And live alone in the bee-loud glade.

And I shall have some peace there, for peace comes dropping slow,

Dropping from the veils of the morning to where the cricket sings;
There midnight's all a glimmer, and noon a purple glow,
And evening full of the linnet's wings.

I will arise and go now, for always night and day
I hear lake water lapping with low sounds by the shore;
While I stand on the roadway, or on the pavements grey,
I hear it in the deep heart's core.
　　　　　　（William Butler Yeates, "The Lake Isle of Innisfree"）

◆都会にいるからこそ故郷は懐かしい。そして恋しい。

3.

APRIL is the cruellest month, breeding
Lilacs out of the dead land, mixing
Memory and desire, stirring
Dull roots with spring rain.
Winter kept us warm, covering　　　　　　　　　　5
Earth in forgetful snow, feeding
A little life with dried tubers.
Summer surprised us, coming over the Starnbergersee
With a shower of rain; we stopped in the colonnade,
And went on in sunlight, into the Hofgarten,　　　　10
And drank coffee, and talked for an hour.
Bin gar keine Russin, stamm' aus Litauen, echt deutsch. [I am not Russian at all, I am a German from Lithuania.
And when we were children, staying at the archduke's,
My cousin's, he took me out on a sled,
And I was frightened. He said, Marie,　　　　　　　15
Marie, hold on tight. And down we went.
In the mountains, there you feel free.
I read, much of the night, and go south in the winter.
　　　　　　（Thomas Stearns Eliot, *The Waste Land*）

◆本書p.12の『カンタベリー物語』の序詞の冒頭部分と似ていることに気づいたことだろう。そうである、『カンタベリー物語』の序詞の本歌取なのである。春の息吹を感じさせるチョーサーの雰囲気と何と異なることだろう。

知識の小箱

ショーの『ピグマリオン』と『マイ・フェア・レディ』
ショーの戯曲のタイトルとなっている「ピグマリオン」とは、ギリシャ神話にでてくるキプロスの王で、彫刻家である。象牙で造った女の子に魅せられ、愛と美の女神アフロディーテに願い出て、その像に生命を与えてもらって結婚した。
この神話を基にしてショーは、音声学者のヒギンズ博士（Dr. Higgins）が下町の花売り娘ライザ（Liza）のロンドン訛を矯正して、淑女に仕立て上げる物語に変えたのである。しかし、ギリシャ神話とは異なり、ライザは博士とは結婚せず、ほかの青年と結婚する。ところが、ハリウッドで映画化されるとベクトルはまたもやギリシャ型に戻る。すなわちでギリシャ神話でみられたようなハッピーエンドに変更された。博士とライザは結婚するのである。
ところでなぜ『**マイ・フェア・レディ**』（***My Fair Lady***）なのだろうか。実はここには大きな仕掛けが隠されている。ロンドンではロンドン訛があり、これをコックニー（cockney）というが、この訛の一つの特徴に [ei] を [ai] と発音することがある。例えば、[deit] と発音する "date" を [dait] と発音するのだ。そうするとコックニーの [ai] は [ei] が正しい英語の発音というになる。この音変換をこのタイトルの "My" に当てはめたらどうなるか。[mai] は本来 [mei] の音であったはずだから、これをその音に該当する単語で表記すれば "May" となるだろう。そうすると "My Fair Lady" は "May Fair Lady" でなければならない。そして２語からなる "May Fair" を合わせて一語にすると "Mayfair" となる。Mayfair はロンドンのウェスト・エンド（中央部西より）の高級住宅街である。こう考えてくると、Mayfair をコックニー訛で「マイフェア」と発音していた女の子が、その訛を矯正してメイフェア（Mayfair）に住めるような淑女に変身するということをこのタイトルは暗示していることになる。実にウィットに富んだ命名ではないだろうか。

第XV章
オズボーンからリークルズへ
from John Osborne to Beth Reekles

第2次世界大戦以降の文学

〈怒れる若者たち〉
(Angry Young Men)

　1945年第2次世界大戦は連合国軍の勝利をもって終結した。しかし勝利国となったにもかかわらず、経済不安、とくにポンド危機のためにイギリス国民の耐乏生活は止むことがなかった。海外のかつての植民地は次々と独立していったし、米ソの2大強国の間に挟まれて、かつての勢力を失っていた。そうした中、1952年に26歳の若きエリザベス2世が即位し、国民は新しい時代の息吹きを感じた。社会保障制度が充実し、最低限の生活が保証されるようになった。こうした生活は一見好ましいようにも見えるが、しかし若さをもてあます、活力にあふれた若者たちにとってはぬるま湯に浸かっているような、いらだちを感じさせるものであった。飢えはしないかもしれないが、栄光とはほど遠い生活に行き場のない怒りを若者たちは感じるようになっていったのである。ロンドンの生まれで俳優でもあった劇作家の**オズボーン**(John Osborne, 1929-94)は、そのような時代の風を感じて、1956年に戯曲『**怒りをこめて振り返れ**』(*Look Back in Anger*)を上演した。

オズボーン

　『**怒りをこめて振り返れ**』の主人公のジミー・ポーター(Jimmy Porter)は「石造り」の名門オックスブリッジ(オックスフォード大学とケンブリッジ大学を合わせて、こう呼ぶ)の卒業生ではなく、戦後に創立された「赤煉瓦大学」(red-brick university)の卒業生であるために、正当な評価をされず、高等教育を受けたのにも関わらず、マーケットで駄菓子を売り、狭いアパートに妻と住んでいる。憂さをはらすために行うのは妻へのDV(家庭内暴力)だ。この演

劇はイギリス社会に大きなショックを与え、その影響力は大きかった。ここから「**怒れる若者たち**」(Angry Young Men) という流行語が全英に、いや全世界に広がったのである。『**ルター**』(*Luther*, 1961) は16世紀のドイツ、『**私のための愛国者**』(*A Patriot For Me*, 1965) は20世紀のオーストリアが背景になっているが、いずれも主人公たちはジミーと同じく社会に馴染めず、満足とはほど遠い人生を送る。『**落ちて行くのを見ろ**』(*Watch It Come Down*, 1975) では、引退した映画監督と小説家の妻が田舎の駅を改造した家に住んでいる。2人は不倫問題でしっくり行っていないのだが、ある日突然その家が崩壊し、それとともに2人の結婚も終わりを告げる。古い価値観が新しい価値観によって滅ぼされるのだ。オズボーンのテーマに揺るぎのないことが見て取れる。

ベケット

アイルランドにも時代を画する劇作家が登場した。**ベケット**（Samuel Beckett, 1906-89）である。先輩作家のジョイスに似て、ベケットもアイルランドから直接1952年にフランスへ渡り、そこで英語を教えたり、ジョイスの秘書をつとめたりして、各地を転々とした。1937年以降はフランスに腰を落ちつかせた。『**ゴドーを待ちながら**』(*Waiting for Godot*) のフランス語版を1952年に出版し（上演は翌年の1953年）、それから2年後に英語版を出版した。ウラディミール（Vladimir）とエストラゴン（Estragon）の2人の浮浪者が田舎道の枯れ木の下で、ゴドー（Godot）という名の人物を待ち、そのあいだ意味のない奇妙な会話を際限なく続けるだけの、およそ演劇らしくない演劇だ。Godotは神（God）かもしれないし、枯れ木はその形から十字架かもしれない。しかしはっきりしたことは明示されない。無・意味（nonsense）を伝える演劇であり、したがって**不条理劇**（Theatre of the Absurd）と称される所以である。『**終盤戦**』(*Endgame*, 1957) は1幕物の戯曲で4人の登場人物で演じられ、やはり不条理劇である。これも最初はフランス語で書かれ、のちに英語版が出た。

ベケットのその後の戯曲には『**クラップの最後のテープ**』(*Krapp's Last Tape*, 1959) と『**幸福な日々**』(*Happy Days*, 1961) がある。

ピンター

ピンター（Harold Pinter, 1930-2008）の劇も不条理劇である。『**誕生パーティ**』(*The Birthday Party*, 1957) ではある下宿人が2人の部外者に拉致される。しかし、なぜそうされるかの理由は観客にも作中人物にも説明されない。この意味で**反リアリズム的**（anti-realstic）な演劇なのだ。『**管理人**』(*The Caretaker*, 1960) も何の説明もされない。2人の兄弟が浮浪者を家に連れてきて一緒

に暮らすうちに、この浮浪者に管理人になるように求めるが、思ったようにはいかないという内容ではあるが、複雑なプロットはない。以下『過去の追憶』(*Remembrance of Things Past*, 2000)まで32篇の演劇を世に出した。彼の戯曲の特徴は、2005年にノーベル文学賞を受賞したときの受賞理由「劇作によって日常の中に潜在する危機を晒しだし、抑圧された密室に突破口を開いた」に的確に表現されていると言えるだろう。彼の戯曲には喜劇性もあり、「**ピンター様式**」(Pinteresque)という造語ができた。

〈その他の劇作家〉

T. S. エリオットは詩人として高名であるが、劇作家でもある。彼には、3つの詩劇、すなわち『**寺院の殺人**』(*Murder in the Cathedral*, 1935)、『**家族再会**』(*The Family Reunion*, 1939)それに『**カクテル・パーティ**』(*Cocktail Party*, 1950)がある。

〈50年代の詩人たち〉

50年代の文学活動の中心は上で触れてきた演劇にあったが、詩においても社会的安定志向とあいまって**新しい動き**(movement)が、20年代前半生まれの大学を出た文人たちによって始められた。彼らとその周辺は、グループとして**ザ・ムーヴメント派**(The Movement)と呼ばれた。また、**リリー**(John Lyly, 1554-1606)や**ピール**(George Peele, 1557-96)などのルネッサンス期のオックスブリッジ出身の劇作家が**大学才人**(University Wits)と呼ばれていたのにならい、「**新・大学才人**」(New University Wits)とも呼ばれる。彼らの特徴は、T. S. エリオットに代表される実験的モダニズムを英詩伝統の破壊者とみなし、ディラン・トマスらの新ロマン主義的情緒過多を嫌い、知性とウィットに富んだ古典主義的な詩を求め、ハーディをモデルにした。

「ザ・ムーヴメント」を代表する詩人は**フィリップ・ラーキン**(Philip Larkin, 1922-85)である。それを決定づけたのは詩集『**騙されること、より少なき人**』(*The Less Deceived*, 1955)である。1964年には詩集『**聖霊降臨祭の結婚式**』(*Whitsun Weddings*, 1964)を出した。

テッド・ヒューズ(Ted Hughes, 1929-)には『**雨の中の鷹**』(*The Hawk in the Rain*, 1957)がある。彼は動物や鳥を題材にした自然詩を得意とする。

トム・ガン(Thom Gunn, 1929-2004)も「ザ・ムーヴメント」に属していたが、アメリカにわたってからはこの一派の詩人たちとは離れて行った。

なお、この一派に属する女性詩人に**ジェニングズ**(Elizabeth Jennings, 1925-)がいる。『**物の見方**』(*The Way of Looking*, 1955)でサマーセット・モーム賞を受賞した。

〈50年代以降の詩人〉
ヒーニー

ヒーニー（Seamus Heaney, 1939- ）はアイルランド出身で、イェイツに次ぐ最大のアイルランド詩人として、1995年にはノーベル文学賞を受賞した。『暗闇への扉』（*Door into the Dark*, 1969）、『北』（*North*, 1975）、『事物を見る』（*Seeing Things*, 1991）、『水準器』（*The Spirit Level*, 1996）はいずれもアイルランドの農業・神話・政治などの過去について触れた作品である。素朴な村人を描いたオランダの画家**ブリューゲル**（Brueghel, 1525?-69）の絵を思わせるようなところがある。2006年には『**郊外線と環状線**』（*District and Circle*, 2006）でT.S.エリオット賞を受賞した。やはり故郷の野原と沼地から生じた詩集である。

マルドゥーン（Paul Muldoon, 1951- ）は北アイルランド出身で、ヒーニーに師事する。詩集には『**なぜブラウンリーは発ったか**』（*Why Brownlee Left*, 1980）や『**マドック**』（*Madoc: A Mystery*, 1990）がある。アイルランドとイギリス、アメリカとの屈折した緊張関係を題材とする。現在、オックスフォード大学詩学教授。

ダッフィ（Carol Ann Duffy, 1955- ）はグラスゴー出身で『**マンハッタン売却**』（*Selling Manhattan*, 1987）は17世紀にオランダがイギリスにマンハッタン島を売却した歴史的事実にもとづく詩集である。ほかに『**合間**』（*Mean Time*, 1993）という詩集もある。口語による劇的独白（dramatic monologue）の手法に優れ、個人的題材を取り上げながら現代の病める社会問題への批判を行う。

アーミティッジ（Simon Armitage, 1963- ）はヨークシャー出身らしく、その地方の方言を巧みに活かして、政治問題を取り上げる。詩集に『**拡大焦点にせよ**』（*Zoom!*, 1989）や『**若造**』（*Kid*, 1992）、『**クラウド・クックー・ランド**』（*Cloud Cuckoo Land*, 1997）がある。

〈小説家たち〉

戦後のイギリス小説において**女性の活躍**はめざましいものがあった。**マードック**（Iris Murdoch, 1919-99）、**スパーク**（Muriel Spark, 1918-2006）、**レッシング**（Doris Lessing, 1919- ）が50年代に活躍し、60年代に入ると**オブライエン**（Edna O'Brien 1932- ）、**ドラブル**（Margaret Drabble, 1939- ）、70年代では**ヒル**（Susan Hill, 1942- ）が活躍した。80年代は**アニータ・ブルックナー**（Anita Brookner, 1928- ）、90年代は**ドラブルの姉のバイアット**（A. S. Byatt, 1938- ）、2000年に入ってからは**ウォーターズ**（Sarah Waters, 1966- ）、**マンテル**（Hilary Mantel, 1952- ）らがイギリス最高の文学賞であるブッカー賞を受賞している。このうちマードック、レッシング、ドラブルに的を絞ることにしよう。

マードック

マードックはアイルランドの出身

で、オックスフォード大学で哲学を学び、卒業後はセント・アンズ・コレッジの研究員となるかたわら、小説を書き始める。彼女は、すでに触れたオズボーンと同じ「怒れる若者たち」(Angry Young Men)(p.131を参照)の一人である。処女作は『網のなか』(*Under the Net*, 1954)である。これは作家志望のジェイク・ドナヒュー(Jake Donaghue)が作家としての出発を自覚するまでの過程を哲学的要素とピカレスク(悪漢)小説の要素を組み合わせて辿る滑稽小説である。

『砂の城』(*Sandcastle*, 1957)は、妻子持ちの教師ビル・モー(Bill Mor)と、彼が勤める学校の元校長の肖像画を描きにきた若いレイン・カーター(Rain Carter)との恋愛を描く。二人の関係は、ビルの妻の思案によって、砂で築いた城のように崩れる。

ブッカー賞受賞作『海よ、海』(*The Sea, the Sea*, 1978)では、今は隠退した俳優が数十年ぶりにかつての恋人と再会するものの彼女を連れ去っていくことは、彼女に反対されて、できない。

マードックの小説は心理学的探偵小説と言われることがあり、その特徴は高度にパターン化された象徴的構造の中にコミカルで、突飛で、しかし不気味な出来事を混ぜながら複雑で洗練された性関係を描くことにある。

レッシング

レッシングは、銀行員であった父親がペルシャ駐在となってからペルシャで1919年に生まれ、5年後には家族がアフリカ(現在のジンバブエ共和国)へ移住して農業経営をはじめた。15歳で学校を止めてからは子守り、速記タイピスト、電話交換手などの仕事についた。二度の結婚を経験し、1949年末に子供を連れてイギリスへ渡り、1950年『草原は歌う』(*The Grass Is Singing*)を出版した。白人農場経営者の妻と黒人の使用人との複雑な関係を題材にして人種問題を扱っている。『マーサ・クウェスト』(*Martha Quest*, 1952)から『4つの門を持つ都市』(*Four Gated City*, 1969)までの5部作は『暴力の子供たち』(*Children of Violence*)と名づけられ、マーサの成長をたどる**教養小説**(Bildungsroman)である。

しかし、レッシングの代表作は『黄金の手帳』(*The Golden Notebook*, 1962)である。「自由な女」(Free Women)と題された章が5章、それに「黄金の手帳」(The Golden Notebook)という1章で構成されている。「自由な女」は4つないしは5つの「手帳」からなり、「黒い手帳」は作家がローデシアで過ごした時代の回想であり、「赤い手帳」には共産党経験が書かれ、「黄色の手帳」は毎日の日記であり、「青い手帳」では小説が書かれている。そして「黄色い手帳」で全体を統合す

るという工夫がなされている。ヒロインの作家アンナ・ウルフ（Anna Wulf）は創作が順調に進まないだけでなく、個人生活にも、政治との関わりにもうまく行かず、挫折寸前までくるが、徐々に分裂した自己から立ち直る。女性解放運動の画期的な作品とされる。

ドラブル

ドラブルはヨークシャーのシェフィールドに生まれ、ケンブリッジ大学を卒業後、女優を志し、ロイヤル・シェイクスピア・カンパニー（Royal Shakespeare Company）に入る。結婚して第一子を妊娠中に『夏の鳥籠』（*A Summer Bird Cage*, 1963）を出版する。これは、自分は一体何をしたいのか、家族（特に姉妹）関係がどうあるべきか、結婚とは何なのかをわからずに悶々とした生活を送っている、オックスフォード大学を出たばかりのサラ（Sarah）とその姉ルイーズ（Louise）の物語である。これと同じ1人称の語りで若い母親のあり方を描いたのが2作目の『ギャリックの年』（*The Garrick Year*, 1964）である。

ドラブルの名声を確実にしたのは第3作『碾臼（ひきうす）』（*The Millstone*, 1965）だ。これは25歳のロザムンド・ステーシー（Rosamund Stacey）がエリザベス朝の詩人について博士論文を書いているときに、たった一度の間違いで妊娠し、未婚の母となり、生まれてきた娘オクテイヴィア（Octavia）を育てて行く中で、社会性を獲得し、一人の社会人として生きていく物語である。女性の生き方を人々が模索していた60年代の社会状況に合致し、大評判となった。このタイトルは「マタイによる福音書」（18章6節）「しかし、わたしを信ずるこれらの小さな者の一人をつまずかせる者は、大きな石臼を首に懸けられて、深い海に沈められる方がましである。」から出ている。石臼＝碾臼が「重荷」としての、ロザムンドの娘オクテイヴィアを暗示するのは確かであろう。しかし、ロザムンドが女性として自立できるようになるのは娘オクテイヴィアがいればこそであり、このことを考慮すれば娘は「重荷」であるとともに、ロザムンドに新しい人生を始めさせるための原動力になっていると解釈することが可能だ。ドラブルはこの作品によって「母性を描く作家」（the novelist of maternity）と呼ばれることとなった。

『黄金のエルサレム』（*Jerusalem the Golden*, 1967）はドラブルとしてははじめての3人称の語りによる作品で、続く『滝』（*The Waterfall*, 1969）は1人称と3人称の語りが併用されている。ともに1人の女性の生き方を探る作品である。

その後は、「母性を描く作家」のレッテルを剥がすかのように『針の目』（*The Needle's Eye*, 1972）では政治と社会の問題を取り扱い、『黄金の領域』（*Realms of Gold*, 1975）では老人問題

を、『氷河時代』（The Ice Age, 1977）は不動産ブームを、『中間地帯』（The Middle Ground, 1980）では中年にさしかかろうとする女性の問題を取り扱うなど、作品世界はさまざまであった。

　ドラブルは21世紀に入っても作家活動を続け、夫と子供に見放され、離婚されたヒロインが6人の女性友達を集ってポンペイやナポリへの海外旅行に出かけ憂さを晴らす『7姉妹』（The Seven Sisters, 2002）、韓国の皇太子妃と250年後にこの皇太子妃の手記を読んだイギリス人女性の人生をたどる『深紅の女王』（The Red Queen, 2004）、北海のオーンマス（Ornemouth）で子供時代をすごした2人の男がそこの大学から名誉学位を授与されることになり、そのためにそこへ行く旅の道中でこれまでの30年にわたる人生を振り返る『海夫人』（The Sea Lady, 2006）を出版している。2011年にはそれまでの約50年にわたる偉大な文学的功績により「ゴールデンペン賞」を授与された。

　男性陣としては50年代には**ウィルソン**（Angus Wilson, 1913-91）、**ゴールディング**（William Golding, 1911-93）、**ウェイン**（John Wain, 1925-94）、60年代には**バージェス**（Anthony Burgess, 1917-93）や**ファウルズ**（John Fowles, 1926-2005）がいる。

ゴールディング

　このうち、**ゴールディング**は人間の心の奥に潜む「悪」を作品の主題とする。その典型的な作品が『蝿の王』（Lord of the Flies, 1954）である。ヴィクトリア朝の冒険小説 **R. M. バランタイン**（R. M. Ballantyne, 1825-94）の『珊瑚礁』（Coral Island, 1857）をパロディ化したものである。『珊瑚礁』では船で難破した少年たちが辿りついた珊瑚礁で力を合わせて逆境を克服していくのに反して、『蝿の王』では、未来の第X次世界大戦中に戦時下のイギリスから飛行機で脱出した少年たちが、敵の攻撃を受けて、ある無人島に不時着するが、時の経過とともに少年たちは暴力化し、聖書にある「蝿の王」（Beelzebub）、つまり人間の奥底に潜む根源的な悪が吹き出てきて、互いを殺戮し合うのである。いわばこれはディストピア（Dystopia）、つまり逆ユートピア物語なのである。

ファウルズ

　ファウルズの処女作は心理的なスリラー物語の『収集家』（The Collector, 1963）である。市役所の職員で蝶の収集家であるフレデリック・クレッグ（Frederick Clegg）は美術学生のミランダ・グレイ（Miranda Grey）を、田舎の一軒家に幽閉する。ミランダが死亡し、フレデリックは新しい獲物を探しにでかけるところで物語が終わる。3部構成で、1部と3部をフレデリックが、2部を幽閉されているミランダが語る。

　ファウルズをファウルズたらしめ

ているのは『**フランス軍中尉の女**』（*The French Lieutenant's Woman*, 1969）である。ここには二つの時間が存在する。一つは1867年。場所は、イングランド南西部のライム・レジスである。もう一つはこの1867年の出来事を読者にある語り手が語る20世紀である。19世紀の時間では、主人公の考古学者チャールズ・スミソン（Charles Smithson）が地元のアーネスティナ・フリーマン（Ernestina Freeman）と婚約していながら、フランス軍中尉の女（実は娼婦だった）とされる女セアラ・ウッドラフ（Sarah Woodruff）を波止場で見た時から彼女の虜となり、彼女を追うが、セアラはチャールズから逃げる。セアラを追うことを諦めたチャールズはアーネスティナとの結婚を決意する。

ところがこれまでの物語はチャールズが列車の中で想像しただけのことで、それを語り手が「小説的仮説」として語ったということになっている。したがって結末としては①セアラとの再会、②セアラをチャールズが拒絶し、セアラも部屋を出て行く彼を引き止めない、の二通りが考えられる、という。つまり、一つの結論へ収束するのではなく、ダブルエンディングになっているのである。従来の統一的な視点、語りの焦点がここには存在しない。新しい型の小説の誕生である。

70年代には**ジョン・バージャー**（John Peter Berger, 1926- ）、80年代には**チヌア・アチェベ**（Chinua Achebe, 1930- ）、90年代には**マイケル・オンダーチェ**（Michael Ondaatje, 1943- ）、**グレアム・スウィフト**（Graham Colin Swift, 1949- ）が活躍し、それぞれブッカー賞を授与された。21世紀に入った現在で、イギリスの代表的な作家としてその名を挙げることのできるのは、ポストモダン的な手法を用いる**ジュリアン・バーンズ**（Julian Barnes, 1946- ）である。彼は2011年に『**終わりの感覚**』（*The Sense of an Ending*）でブッカー賞を受賞した。4度目の候補での受賞である。

バーンズ

『**終わりの感覚**』の語り手のトニー（Tony）には、高校時代の友人エイドリアン（Adrian）と大学時代の女友達ヴェロニカ（Veronica）がいた。彼女と別れて一年後、ヴェロニカに横恋慕していたエイドリアンは彼女と結婚するが、その一年後に自殺をする。時は流れ、60代になったトニーは弁護士からセーラ・フォード（Sarah Ford）という女性（ヴェロニカの母親であることがわかる）が500ポンドと日記を贈呈したいという手紙を受け取る。その日記はエイドリアンのもので、現在ヴェロニカが所有しているという。トニーはヴェロニカに日記の引き渡しを求めるが、拒否される。そのため直接ヴェロニカに会いに出かける。ヴェロニカは、日記は燃やしたといい、その代わりに若かりし頃にトニーがエイドリ

アンに宛てた嫉妬に狂った手紙を寄越す。自分のことを語らないヴェロニカであるが、トニーが彼女の生活している界隈を探索しているとエイドリアンそっくりの、知的障害者らしい男を見つける。ヴェロニカとエイドリアンの間にできた息子ではないか、とトニーは想像するのであった。

〈イギリス文学から英語文学へ〉

　ブッカー賞の受賞者リストから明らかなことは作者が英国人とは限らないことである。すなわち、**チヌア・アチェベ**は、ナイジェリア出身のイボ人である。**ナイポール**（Vidiadhar Surajprasad Naipaul, 1932- ）は旧イギリス領西インド諸島トリニダード島出身で、インド人の家系の生まれである。**ゴーディマー**（Nadine Gordimer, 1923- ）は南アフリカの作家であり、**クッツェー**（John Maxwell Coetzee, 1940- ）も南アフリカの出身だし、**ケアリー**（Peter Carey, 1943- ）はオーストラリア、**ラシュディー**（Sir Salman Rushdie, 1947- ）はインドのボンベイ（ムンバイ）出身である。ブッカー賞はイギリス連邦およびアイルランド国籍の作者を対象にしているのだが、実態はその範囲を越えている。つまりイギリス文学を対象にした賞ではなく、英語で書かれた作品が対象になっているのである。2000年の受賞者は**アトウッド**（Margaret Atwood, 1939- ）だが、彼女はカナダのオタワ出身である。このように現代のイギリス文学はこれまでの国という枠を現実的には超えて、英語で書かれた文学に変質しているのだ。日本からもすぐれた英語文学者が登場している。**カズオ・イシグロ**（1954- ）である。

カズオ・イシグロ

　カズオ・イシグロは長崎に生まれ、5歳でイギリスに渡り、1983年に帰化した。『遠い山なみの光』（*A Pale View of Hills*, 1982）と『浮世の画家』（*An Artist of the Floating World*, 1986）は戦後の日本を描いた作品である。イシグロを有名にしたのは『日の名残り』（*The Remains of the Day*, 1989）で、イギリスの館の老執事（butler）の回想物語である。伝統的価値観と現代的価値観のせめぎ合い、人間の尊厳と義務を見事な文体で綴る。ブッカー賞を受賞した。

　その後は、『**充たされざる者**』（*The Uncosolated*, 1995）、『**わたしたちが孤児だったころ**』（*When We Were Orphans*, 2000）、『**わたしを離さないで**』（*Never Let Me Go*, 2005）、『**夜想曲集：音楽と夕暮れをめぐる五つの物語**』（*Nocturnes*, 2009）を出した。

　『**充たされざる者**』はライダー（Rider）というピアニストが中央ヨーロッパと思われる都市に演奏をするために招かれて滞在した数日間が綴られる。彼は救世主として「木曜日の夕べ」で演奏するように招かれたのだが、演目や日程がわからない。イシグロは自分のことをリアリズムの小説

家とは二度と呼ばせないと言い、冗漫な語りを用いて荒唐無稽な夢のような話を書いたという。

『わたしたちが孤児だったころ』は有能な探偵クリストファー・バンクス（Christopher Banks）の両親探しの物語である。10歳の頃に失踪していなくなった両親を探しに日中戦争が始まったばかり（1937年）の上海に向かう。しかし、そこは幼い頃の記憶にある楽しい上海ではなくなっていた。両親の行方もわからない。試行錯誤の末に1958年に時間は飛び、ようやくクリストファーは施設にいる母親と再会できた。しかし母親は息子を認知できず、クリストファーが自分の幼いときの呼び名パフィン（Puffin）を出し、今までほおっておいた自分を許して欲しいと言うと、母親はパフィンという名は認知したが、どうして許す必要があるのか分からないという返事をする。これでクリストファーは母親が常に自分を愛してくれていたのだという確信を持つのであった。

『わたしを離さないで』は臓器提供とクローン人間をテーマにした重い作品である。31歳の介護人であるキャシー（Kathy）はヘールシャム寄宿学校（Hailsham）時代から今までの人生を回想する。ヘールシャムは臓器提供者となる予定の子供たちが学ぶ特殊な施設であった。キャシーの同級生ルース（Ruth）とトミー（Tommy）は成人となってから臓器提供して亡くなった。そしてトミーを見送ったキャシーにも臓器提供要請の通知が来た。

イシグロの作品を特徴づけているのは回想の形式を取っていることである。過去を回想し、失われた機会を懐かしむ。そこに見えるのは燦々と光り輝く光景ではなく、過去というオブラートに包まれた、薄暗い光景である。色彩に富む、印刷したてのきらびやかな画面ではなく、時の流れとともにセピア色に変じた画面である。イシグロの小説は、最終ページを読み終えて、もう一度その作品世界に思いを馳せずにはいられない不思議な文学だ。

リークルズ

本書を締めくくるのには**リークルズ**（Beth Reekles, 1996- ）を紹介するのが最適であろう。彼女は、本名をエリザベ・リークス（Elizabeth Reeks）といい、ウェールズのニューポート出身の高校生で、2013年現在17歳である。15歳のときから小説を書き始め、それをワットパッド（Wattpad）に載せたところ、

大ブレイクし、ついに大手出版社のランダム社が彼女の作品を出版することとなった。それがアメリカの高校生を題材にしたラブロマンス『**キッシング・ブース**』(*The Kissing Booth*, 2013) である。イギリスの『タイムズ』紙によれば、リークルズは「**iPad世代のディケンズ**」(a Dickens of the iPad generation) とのことである。今後のイギリス文学は、

このようにインターネットを活用した新しい媒体によって、新しい書き手が現れ、新しい様式で書かれることが進んで行くであろう。文学の危機が語られている現代であるが、それがリークルズのような若い書き手によって克服され、人々に潤いと喜びを与えてくれることになるだろう。新しい時代の文学が到来しつつある。

原文で愉しもう

1.

'And how is your little baby?' she went on, 'she's been so ill, hasn't she? I was so worried about you both, and I was glad when she came back again safe and sound. She's quite well again now, is she?'

'Oh yes, quite well,' I said, then added for good measure, 'I just have to be careful with her, that's all.'

'Oh yes, of course,' said the woman knowingly, as though she knew every detail of my afflictions.

'I must get off to the dentist's now,' I said, and started to edge away; this precipitated a renewed flow of invitation from them both, who begged me to come in for a drink, to come and join the party when I get back. So astonished was I that I think I might have accepted had I not been conscious that my hair inside my hat was still wet from its washing, for I doubted if they would continue to take me to their bosoms if I confronted them with it. So I said Good night and thanked them for their kindness, and they wished me a Merry Christmas, and I wished them one, and so we parted. As I went down the remaining floors in the lift, I wondered why they had been so obliging, and the thought crossed my mind that they must both have been a little drunk; but it occurred to me later that it was largely the fact that I had asked them a favour that had so warmed their demeanor. I had admitted need, and there is no prospect so warming as the sight of another's need, when we can supply it without effort to ourselves. I do not belittle their kindness, for they were kind, and the woman had been genuinely concerned about Octavia, though how or why she had interested herself in the matter I cannot imagine; for it is true that ever after this evening they treated me with the greatest kindliness and consideration, asking after the baby and my work, and even buying a copy of my book and asking me to autograph it for them when it finally emerged, though sixteenth century poetry can hardly have been their favourite reading matter.

(Margaret Drabble, *The Millstone*)

◆学問一筋で社会を知らなかったロザムンドは、娘の病気を機に、周囲の人とも血の通ったお付き合いができるようになっていく。

2.

But, just like any other sixteen-year-old boy's room, the floor was littered with T-shirts and underpants and stinky stocks; a half-eaten sandwich festered next to the Apple Mac, and empty cans were strewn over almost every surface.

I launched myself on to Lee's bed, loving the way it bounced.

We'd been best friends since we were born. Our moms both knew each other from college and I only lived a ten-minute walk away now. Lee and I had grown up together. We might as well have been twins: freakishly, we were born on the same day.

He was my best friend. Always had been and always will be. Even if he did another hell out of me sometimes.

He turned up just at that moment, holding two opened bottles of orange soda, knowing I'd have drunk his at some point anyway.

'We need to decide what we're doing for the carnival,' I said.

'I know,' he said, messing up his dark brown hair and crunching up his freckled face. 'Can't we just do a coconut thing? You know, when they throw balls and try to knock the coconuts off?'

　I shook my head in wonder. 'That's what I was thinking.'

　'Of course it is.'

　I smirked a little. 'But we can't. It's already taken.'

（Beth Reekles, *The Kissing Booth*）

◆高校生らしい男女の会話が生き生きと再現されている。

知識の小箱

現代のブロンテ姉妹

マーガレット・ドラブルは、シャーロット、エミリ、アンのブロンテ3姉妹と並べて評されることが多い。姉のアントニア・スーザン・バイアット（**Dame Antonia Susan Byatt, 1938-** ）は、1990年『抱擁』（**Possession: A Romance**）でブッカー賞を受賞した、ドラブルと肩を並べる大御所である。妹のヘレン・ラングドン（**Helen Langdon**）は素晴らしい業績を誇る美術評論家である。こうしたことからドラブル3姉妹は「現代のブロンテ姉妹」と呼ばれる。

ドラブルの『滝』はシャーロット・ブロンテの『ジェイン・エア』を意識して書かれている。随所に『ジェイン・エア』関連語が見られるが、そうした中にあって主人公が「ジェイン・グレイ」（Jane Gray）と命名されているのは興味深い。なぜならば、ファーストネームの 'Jane' は『ジェイン・エア』（**Jane Eyre**）の「ジェイン」から、セカンドネームの 'Gray' はアン・ブロンテの『アグネス・グレイ』（**Agnes Grey**）の1字違いではあるが、同音の 'Gray' から来ている、つまりブロンテ姉妹が使用した名前を譲り受けている節があるからだ。ドラブルが「現代のブロンテ姉妹」であることを意識させる命名の仕方である。

イギリス文学略年表

西暦	イギリス文学	歴史・文化的背景
375		ゲルマン民族大移動始まる。
410		ローマ軍 Britain 島から撤退
449		Anglo-Saxon 人、Britain 島を侵略
8世紀初期	*Beowulf*	
787		Dane 人、Britain 島侵入
871		Alfred 大王即位
1016		Dane 王 Canute、England 征服
1042		Edward the Confessor（最後の Anglo-Saxon 系）即位（～1066）
1066		Norman Conquest, William I 即位
1170		Oxford 大学創立
1215		John 王、Magna Carta 署名
1228		Cambridge 大学創立
1337-1453		百年戦争
1353		Boccaccio, *Decameron*
1362	W. Langland, *Piers the Plowman*	
1375	*Pearl, Sir Gawain and the Green Knight*	
1385	G. Chaucer, *Troilus and Criseyde*	
1387	G. Chaucer, *The Canterbury Tales*	
1390	Gower, *Confessio Amantis*	
1399		Henry IV 即位。Lancaster 朝開始（～1461）
1400		世阿弥『花伝書』
15世紀中頃		Gutenberg、最初の活字印刷
1461		Edward IV 即位。York 朝開始（～85）
1476		Caxton, Westminster に印刷所開設
1485	Malory, *Le Morte Darthur*	Henry VII 即位。Tudor 朝開始（～1603）
1492		Columbus、アメリカ発見
1516	T. More, *Utopia*	

西暦	イギリス文学	歴史・文化的背景
1534		Henry VIII, Church of England 設立
1577	Holinshed, *Chronicles*	
1558		Elizabeth 女王、即位（〜1603）。
1580	P. Sidney, *Astrophel and Stella*	
	University Wits 活躍	Montaigne, *Les Essais*
1588		スペインの無敵艦隊を破る
1590	P. Sidney, *Arcadia*,	
	E. Spenser, *The Faerie Queene*	
1597	F. Bacon, *The Essays*	
1599	T. Dekker, *The Shoemaker's Holiday*	
1602	W. Shakespeare, *Hamlet*	オランダ東インド会社設立
1606	B. Jonson, *Volpone*	
1611	*The Authorized Version of the Bible*	
	Beaumont&Fletcher, *The Maid's Tragedy*	
1620		Pilgrim Fathers, Mayflower 号で米新大陸に移住
1633	J. Donne, *Songs and Sonets*	
	G. Herbert, *The Temple*	
1649		清教徒革命
1660		王制復古
1665		ロンドン、疫病大流行
1667	J. Milton, *Paradise Lost* （初版）	
1668	J. Dryden, *An Essay of Dramatic Poesy*	
1672	J. Dryden, *Marriage-à-la-Mode*	
1678	J. Bunyan, *The Pilgrim's Progress*	
1688		名誉革命
1689		権利章典（Bill of Rights）により立憲王制の確立
1700	W. Congreve, *The Way of the World*	
1709		版権法令の確立
1711	Addison と Steele、*The Spectator* を創刊	
	A. Pope, *An Essay on Criticism*	

西暦	イギリス文学	歴史・文化的背景
1712	A. Pope, *The Rape of the Lock*	
1719	D. Defoe, *Robinson Crusoe*	
1721		R. Walpole イギリス最初の首相となる
1726	J. Swift, *Gulliver's Travels*	
	J. Thomson, *The Seasons*（〜 30）	
1731	T. Gray, "An Elegy Written in a Country Churchyard"	
1733	A. Pope, *An Essay on Man*	
1737		劇場検閲法制定
1739		対スペイン戦争
1740	S. Richardson, *Pamela*	
1749	H. Fielding, *Tom Jones*	
1755	S. Johnson, *English Dictionary*	
1756-63		英仏7年戦争
1760	L. Sterne, *Tristram Shandy*	
1765	H. Walpole, *The Castle of Otranto*	
1767		イギリス産業革命
1776		アメリカ、独立宣言
1789		フランス革命
1794	A. Radcliff, *The Mysteries of Udolpho*	
1798	Wordsworth & Coleridge, *Lyrical Ballads*	
1799	A. Radcliffe, *The Mysteries of Udolpho*	
1801		イギリス、アイルランド併合
1805	W. Wordsworth, *The Prelude*	
1807		イギリス、奴隷売買禁止
1812	G. Byron, *Childe Harold's Pilgrimage*	英米戦争（〜 1814）
1813	J. Austen, *Pride and Prejudice*	
1817	G. Byron, *Manfred*	イギリス船、浦賀に来航
1819	J. Keats, 'Ode to a Nightingale'	
	G. Byron, *Don Juan*（〜 24）	
1820	P. B. Shelley, *Prometheus Unbound*	
1823	C. Lamb, *The Essays of Elia*	
1829		カトリック教徒解放法

西暦	イギリス文学	歴史・文化的背景
1832		第一次選挙法改正案
1833	T. Carlyle, *Sartor Resartus* （〜 34）	オックスフォード運動
1834		新救貧法
1836	C. Dickens, *Pickwick Papers*	イギリス経済恐慌始まる
1837	C. Dickens, *Oliver Twist*	ヴィクトリア女王即位（〜 1901）
1840		イギリス、New Zealand を併合
		アヘン戦争（〜 42）
1847	C. Brontë, *Jane Eyre*	
	E. Brontë, *Wuthering Heights*	
	W. M. Thackeray, *Vanity Fair*	
1849	C. Dickens, *David Copperfield*	
1850	A. Tennyson, *In Memoriam*	
1851	J. Ruskin, *Stones of Venice* （〜 53）	ロンドンで万国大博覧会開催
1853		ペリー、浦賀来航
1854	C. Dickens, *Hard Times*	クリミア戦争（〜 56）
1855	R. Browning, *Men and Women*	
1856		イギリス国王、インドを直轄
1859	C. Darwin, *On the Origin of Species*	
1865	L. Carroll, *Alice's Adventures in Wonderland*	
1871	G. Eliot, *Middlemarch*	
	L. Carroll, *Through the Looking-Glass*	
1872	T. Hardy, *Under the Greenwood Tree*	福沢諭吉『学問のすすめ』
1883		G. de Maupassant, *Une Vie*
1891	T. Hardy, *Tess of the d'Urbervilles*	
	O. Wilde, *The Picture of Dorian Gray*	
1893	O. Wilde, *Salomé*	
1894	A. Beardsley, *The Yellow Book* （〜 97）	日清戦争
1895	H. G. Wells, *The Time Machine*	
1896		ボーア戦争（〜 1902）
1900	J. Conrad, *Lord Jim*	
1901		ヴィクトリア女王没、エドワード 7 世即位
1902	*The Times Literary Supplement* 創刊	

西暦	イギリス文学	歴史・文化的背景
1903	G. B. Shaw, *Man and Superman*	
	J. M. Synge, *The Playboy of the Western World*	
	G. B. Shaw, *Pygmalion*	
1912	J. Joyce, *Dubliners*	
1913	D. H. Lawrence, *Sons and Lovers*	
1914		第一次世界大戦（〜 18）
1915	S. Maugham, *Of Human Bondage*	
1917	W. B. Yeats, *At the Hawk's Well*	ロシア革命
1920		国際連盟成立
1922	T. S. Eliot, *The Waste Land*	アイルランド自由国の成立
	J. Galsworthy, *The Forsyte Chronicle*	
	J. Joyce, *Ulysses*	
1923	S. O'Casey, *The Shadow of a Gunman*	
1924	E. M. Forster, *A Passage to India*	
1925	V. Woolf, *Mrs. Dalloway*	
1927	V. Woolf, *To the Lighthouse*	
1928	D. H. Lawrence, *Lady Chatterley's Lover*	
	W. B. Yeats, *The Tower*	
1932	A. Huxley, *Brave New World*	
1936		エドワード 8 世、シンプソン夫人と結婚、王位放棄。ジョージ 6 世即位
1937		Ireland 自由国、エール（Eire）と国名改称
1939	J. Joyce, *Finnegans Wake*	
1940	G. Greene, *The Power and the Glory*	
1941		真珠湾攻撃
1945	G. Orwell, *Animal Farm*	
1948	G. Greene, *The Heart of the Matter*	
1949	G. Orwell, *Nineteen Eighty-Four*	北アイルランド共和国独立
1951		日米安保条約調印
1952	S. Beckett, *Waiting for God*	エリザベス 2 世即位
1954	W. Golding, *Lord of the Flies*	
	I. Murdoch, *Under the Net*	

イギリス文学略年表

西暦	イギリス文学	歴史・文化的背景
1956	J. Osborne, *Look Back in Anger*	
1957	T. Hughes, *The Hawk in the Rain*	
	H. Pinter, *The Birthday Party*	
	S. Beckett, *Endgame*	
1960	H. Pinter, *The Caretaker*	
1962	D. Lessing, *The Golden Notebook*	
1963	M. Drabble, *A Summer Bird Cage*	
1965	J. Fowles, *The Collector*	
1969	J. Fowles, *The French Lieutenant's Woman*	
1971	M. Drabble, *The Millstone*	貨幣制度を10進法に変える
1978	I. Murdoch, *The Sea, the Sea*	
1979		サッチャー、イギリス初の女性宰相となる
1981		チャールズ皇太子、ダイアナ・スペンサーと結婚
1982	Ishiguro. *A Pale View of Hills*	
1989	Ishiguro. *The Remains of the Day*	
2005	Ishiguro, *Never Let Me Go*	
2011	J. Barnes, *The Sense of an Ending*	ウィリアム王子、ケイト・ミドルトンと結婚
2013	B. Reekles, *The Kissing Booth*	

文学用語集

A

agnosticism〔不可知論〕神の存在を否定するわけではないが、その存在を知ることが出来る、ということには否定的な見方。

allegory〔寓意物語〕人物や場所が比喩的な意味を持つ物語。

alliteration〔頭韻〕OE（古英語）、ME（中英語）の詩の特徴的技法。同音の子音、あるいは同音また異音の母音を繰り返すこと。

amour courtois〔宮廷恋愛〕英語では'courtly love'。既婚の貴婦人（Lady）を若い騎士（Knight）が愛し、崇拝する。

anagram〔語句の綴り換え〕ある語の綴りの順番を変えて他の意味を表す言葉にすること。

Angry Young Men〔怒れる若者たち〕1950年代の、過去のイギリス文化に不満を持ち、現状の生活に苛立ちを覚えた若い人々。

antithesis〔対句表現〕1文の中で意味が反対の章句を対照的に置くこと。

Arts and Crafts Movement〔アーツ・アンド・クラフト運動〕芸術と生活を一致させようとして、1860年頃 William Morris が提唱した運動。

Augustan Age〔オーガスタン時代〕ギリシャ・ローマの古典を重視した17世紀末から18世紀前半のイギリス文学の時期。

B

ballad〔バラッド〕伝承的に歌われる簡潔な叙情的な物語詩。abab と押韻し、奇数行が弱強4歩格（iambic tetrameter）、偶数行が弱強3歩格（iambic trimeter）の形を持つ。19世紀ロマン派の詩人には意識的にこの詩形を用いたものがいた。

Bildungsroman〔教養小説〕主人公の人間形成の過程を描いた小説。

blank verse〔ブランク・ヴァース（無韻詩）〕脚韻のない、弱強5歩格（iambic pentameter）の、英語で最も特徴的な詩形。

Byronism〔バイロニズム〕バイロンが作品で描き、また彼自身が行動で示した反社会性・反道徳性。

C

caesura〔行間中止〕詩の行中の、特に意味の切れ目による休止。

chorus〔コーラス〕古代ギリシャ劇に登場する合唱隊。歌と踊りで物語の筋などの紹介をする。

Classicism〔古典主義〕形式の簡素・均整・調和・抑制を重んじる。特に18世紀において実践された。

comedy〔喜劇〕軽くて楽しい筋を持ち、結婚や和解などのハッピーエンドとなる。

comedy of humours〔気質喜劇〕体液（humour）を戯画的に誇張した類型的人物を登場させる喜劇。

comedy of manners〔風習喜劇〕社会生活の風俗・因襲などの愚かさを取り上げた喜劇。

conceit〔奇想〕奔放な機知と想像力に富んだ表現。17世紀の形而上詩人が好んで用いた。

couplet〔二行連句〕同じ韻とリズムを持った2行。

D

defamiliarization〔異化作用〕常日頃見慣れたものを異なった視点から見直すこと

によって生じる、異常で鮮やかな効果。
Dissociation of Sensibility〔感情と思考の分裂〕思想と感情が分離して、ばらばらな状態になったこと。
dramatic monologue〔劇的独白〕語り手が独白でその心情を述べることで事件や状況を演劇的に提示する方法。
dream-vision〔夢物語〕詩人が寓意的な人物や出来事を語る中世詩の長編詩。
Dystopia〔逆ユートピア〕ユートピア（理想郷）とは正反対の空間。

E

elegy〔哀歌〕人の死を悲しむギリシャの牧歌哀歌の形。または瞑想の詩。
epic〔叙事詩〕英雄の功績を讃える荘重体の長い物語詩。
epistolary novel〔書簡体小説〕書簡のやりとりで構成される小説。
essay〔エッセイ〕「試み」(attempt,trial) を意味するが、筆者の考えを自由な題材のもとで読者にわかりやすく伝える文学形式。

F

fable〔寓意物語〕特定の抽象的な観念が具体的動物に形象化されている物語。
fiction〔フィクション〕作者の想像力によって作り上げられた虚構の物語。劇や物語詩も虚構の作品だが、フィクションとは呼ばない。Novel（長編小説）を指す場合もある。
flat character〔フラットな登場人物〕小説の最初から最後まで性格が変化しない登場人物。この反対は「ラウンドな登場人物」(a round character)。
foot〔詩脚〕強音節 (stressed, accented syllable) と弱音節 (unaccented syllable) が組み合った、1つの単位。

G

Gothic novels〔ゴシック小説〕中世のゴシック建築の古城を舞台にした怪奇物語。
governess novel〔ガヴァネス小説〕住み込みの女性家庭教師 (governess) を主人公にした小説。

H

heroic couplet〔英雄対韻句〕各行が弱強5歩格 (iambic pentameter) で、aa/bb/cc/dd/…と2行重ねて脚韻を踏む。
heroic play〔英雄劇〕王政復古期に特に流行した演劇で、主人公が「名誉」と「愛」の間にあって去就に悩む。

I

iambic pentameter〔弱強5歩格〕弱強 (iambus) の脚 (foot) が1行に5つある詩形。
idyll〔牧歌〕「田園詩」とも訳される。田園生活を主題とした叙述的で感傷的な短詩。pastoral よりも漠然とした意味で使用される。
Immanent Will〔内在する意志〕いかに努力しようとも逆らえない、宇宙に存在する悪意に満ちた無慈悲な見えない意志。
'In Memoriam' stanza〔イン・メモリアム スタンザ〕4行連の連作で、弱強4詩脚 (iambic tetrameter) で abba と韻を踏む。
interior monologue〔内的独白〕聞き手のいない、言葉として発せられない、人物の内面的感情・思考を表現する語り。
invocation〔インヴォケーション（霊感の祈り）〕詩神の霊感を祈ることば。
Irish Renaissance〔アイルランド文芸復興運動〕アイルランドの国民文学を樹立しようという運動。
irony〔反語〕実際の描写の裏に、それとは反対の意味を含ませた表現。

K

kenning〔ケニング（代称）〕ある名詞を複合語または語群で遠回しに表現する技法で、古英語（OE）での詩に見られる。

L

Latinism〔ラテン語法〕ラテン語が英語の文法と文体に及ぼした影響。
lyric〔抒情詩〕個人的感情・情緒・思考を個人的な形で表現した詩。

M

masque〔仮面劇〕ギリシャの野外劇・中世宮廷の仮装舞踏会・イタリアの仮装劇などが混合してできた演劇で、イギリスではエリザベス朝から1630年頃に流行。
Metaphysical poetry〔形而上詩〕ジョン・ダンを代表とする、知性に重きを置き、奇想天外な比喩を用いた17世紀の詩人たちの詩。
metre〔歩格〕詩の行における音節の長短、または強弱の組み合わせの形式。
Middle English, ME〔中英語〕1100年から1500年頃の英語。
mock-epic, or mock-heroic〔疑似英雄詩〕叙事詩（epic）のスタイルと慣例を使用して、平凡些細な対象をパロディー化して茶化す詩。

N

naturalism〔自然主義〕フランス作家エミール・ゾラが述べた悲観的な自然観。人間は遺伝と環境によって支配され、個人の自由意志の入り込む余地はない、と考える。
negative capability〔消極的能力〕自己を空しくして、対象のなかに没入し、そこから偉大な創造を勝ち得る力。キーツが弟たちに宛てた手紙で用いた言葉。
neo-classicism〔新古典主義〕1660年頃から1780年頃まで、ギリシャ・ローマの文学・芸術の伝統が重視され・模倣された文化的風潮。理知的で、形式を重んじ、論理的。
New University Wits〔新・大学才人〕1920年代前半生まれの大学を出た文人たち。彼らとその周辺は、グループとしてザ・ムーヴメント派（The Movement）とも呼ばれた。
nonsense literature〔ノンセンス文学〕正常な意味をなさない文学。
novel〔小説〕日常的に使用する言語を用いた散文による文学作品。イギリスでは18世紀に始まる。

O

ode〔オード〕元来は古代ギリシャ劇の中で合唱隊（コーラス）が歌う詩歌。のちには技巧的で不規則な韻律型を持ち、荘重な主題・感情・文体の叙情詩をさす。
Oedipus Complex〔エディプス・コンプレックス〕男の子が母親に抱く無意識的な性的感情。反対に女の子が父親に対する性的愛情は、エレクトラ・コンプレックス（Electra Complex）という。
Old English, OE〔古英語〕700年（450年という説もある）から1150年頃の英語。Northmbrian, Mercian, Kentish, West-Saxonの4方言に分かれる。
ottava rima〔8行連〕オッタヴァ・リマ。一連（スタンザ）が弱強5歩格（iambic pentameter）の8行からなり、ababbccと韻を踏む詩形。

P

parable〔寓意物語〕『新約聖書』においてキリストがするたとえ話。

paradox〔逆説〕一見矛盾しているようだが、実は鋭く真実をついている表現。

parody〔パロディ〕原作を模倣・戯画化して嘲笑した文学。

pastoral〔牧歌〕素朴で理想的な田園生活を歌う詩。

pastoral elegy〔牧歌哀歌〕牧歌的世界における哀歌。

pastoral romance〔牧歌ロマンス〕牧歌的世界における恋愛物語。

panoramic novel〔パノラマ小説〕多数の人物に焦点があてられ、語り手が人物間を次々と移動する形式の小説

Petrarchan (Italian)〔ペトラルカ（イタリア）形式〕14 行からなる弱強 5 歩格 (iambic pentameter) の定型詩で、abba/abba/cdc/dcd と押韻する。

picaresque novel〔ピカレスク（悪漢）小説〕悪漢ではあるが愛すべき人物を主人公とした小説。

plot〔プロット〕物語の中の出来事を特定の順序に再構成したもので、かならずしも時間通りになっているわけではないが、因果関係を示してある。

Poet Laureate〔桂冠詩人〕終身任命の、宮内官としての年俸を支給されるイギリスの詩人。

poetic diction〔詩語〕詩に特有な言葉やその用法。

portmanteau words〔かばん語〕2つ、またはそれ以上の単語が混交して 1 語になった新造語。

Pre-Raphaelite Brotherhood〔ラファエロ前派〕イタリア・ルネッサンス期のラファエロ以前の、技巧に走らず、形式主義でなかった時代の理想に立ち返ろうとする芸術家たち。

prose〔散文〕韻律によって拘束されない言語表現。

pun〔駄洒落〕言葉遊び。2つの意味を持った語や言い回し、同音異義語を用いて行う。

R

realism〔リアリズム（写実主義）〕人生をありのままに、主観感情を交えずに表現する手法。

Restoration Comedy〔レストレーション・コメディ〕王政復古期の、享楽的で、不道徳な喜劇。

rhyme〔韻〕各行の終わりに同音を繰り返す手法。

romance〔ロマンス〕韻文で書かれた中世騎士の武勇物語。

Romantic Revival〔ロマン復興運動〕18 世紀末から 19 世紀初頭における、反古典主義運動。

round character〔ラウンドな登場人物〕物語の進行とともに性格の変化を感じさせる登場人物。この反対は、「フラットな登場人物」(a flat character)。

S

satire〔風刺〕社会の悪・不正を指摘し、その矯正を図る表現、およびそうした特徴を持つ作品。

scop〔吟遊詩人〕『ベーオウルフ』を口誦して伝えた宮廷の職業的吟遊詩人。

Shakespearean sonnet〔シェイクスピア形式〕14 行からなる弱強 5 歩格 (iambic pentameter) の定型詩で、abab cdcd efef gg と押韻する。

sonnet〔ソネット（14行詩）〕14 行からなる弱強 5 歩格 (iambic pentameter) の定型詩。

Spenserian stanza〔スペンサー連〕弱強 5 歩格 8 行に弱強 6 歩格 1 行を加えた 9 行で 1 連 (stanza) を構成する。押韻は ab/ab/bc/bc/c

sprung rhythm〔スプラング・リズム〕ホプキンズの詩法で、「脚」(foot) ではなく、ストレスあるいはビート (beat) の数によって 1 行を規定する韻律。

stanza〔スタンザ（連）〕詩は数行のグループが数個集まって構成される。そのグループのひとつ、ひとつを指す。
stream of consciousness〔意識の流れ〕心をよぎる観念・心象・情緒をそのままの順序で伝える技法。

T

terza rima〔3行連〕テルツァ・リマ。3行の連からなり、各行は弱強5歩格（iambic pentameter）で aba/bcb/cdc と、各連の第2行が次の連の第1行および第3行と韻を踏む
The Movement〔ザ・ムーヴメント派〕1950年代の若い詩人たちの一派。
Theatre of the Absurd〔不条理劇〕無・意味（non sense）を伝える演劇。
three unities〔三一致の法則〕1) 筋が「初めあり、中あり、終わりある」一つの筋にまとまっている、2) 事件が1日の24時間以内に収まっている、3) 場所は上演時間内に移動可能な範囲である、
tragedy〔悲劇〕立派な人格を持った人物が判断の誤りから、苦悩し、不幸に陥る文学様式。喜劇（comedy）に対立する概念。

U

University Wits〔大学才人〕リリー（John Lyly, 1554-1606）やピール（George Peele, 1557-96）などのルネッサンス期のオックスブリッジ出身の劇作家たち。
Utopia〔ユートピア〕理想郷。"eu (good) +topos (place)" すなわち「すばらしい場所」と "ou (no) +topos (place)" すなわち「どこにも存在しない場所」という2つのギリシャ語の言葉遊びからなる。

W

wit〔機知〕気の利いた言葉の使い方。それができる才人をも指す。17世紀の形而上詩では、逆説と奇知に富んだ表現を指す。

153

索引

ア

アーツ・アンド・クラフト運動（Arts and Crafts Movement）110
アーノルド（Matthew Arnold, 1822-88）31, 106
　『教養と無秩序』（Culture and Anarchy）106
　「サーシス」（"Thyrsis"）31
　『批評試論』（Essays in Criticism, 1865, 1888, 1910）106
アーミティッジ（Simon Armitage, 1963- ）133
　『拡大焦点にせよ』（Zoom!, 1989）133
　『クラウド・クックー・ランド』（Cloud Cuckoo Land, 1997）133
　『若造』（Kid, 1992）133
哀歌（elegy）16, 72, 103
アイスキュロス（Aeschylus, 525-456B.C.）72
iPad世代のディケンズ（a Dickens of the iPad generation）140
アイルランド文芸復興運動（Irish Renaissance）125
アチェベ（Chinua Achebe, 1930- ）137-138
アディソン（Joseph Addison, 1672-1719）49
　『スペクテーター』（The Spectator, 1711-12）49
　『タトラー』（The Tatler, 1709-1711）49
アトウッド（Margaret Atwood, 1939- ）138
アビー座（Abbey Theatre）125
アメリカ独立宣言（The Unanimous Declaration of the Thirteen United States of America）62
アルフリック（Ælfric, 955-1020）6
アルフレッド大王（Alfred the Great, 849?-899）6
アングリア（Angria）87
『アングロ・サクソン年代記』（Anglo-Saxon Chronicle）6
アン女王（Queen Anne, 在位1702-14）39, 46

イ

イェイツ（William Butler Yeats, 1865-1939）122-123, 125-126, 133
　「イニスフリーの湖島」（"The Lake Isle of Innisfree," 1890）123
　『オシアンの放浪』（The Wanderings of Ossian and Other Poems, 1889）122
　『ケルトの薄明』（The Celtic Twilight. 1893）123
　『責任』（Responsibility, 1914）123
　『鷹の井戸にて』（At the Hawk's Well, 1917）123, 126
　『塔』（The Tower, 1928）123
『イエロー・ブック』（The Yellow Book, 1894-97）108
異化作用（defamiliarization）48
怒れる若者たち（Angry Young Men）130-131, 134
イギリス近代小説の父 53, 55
イギリス国教会（Anglican Church）12, 15, 31, 34, 44, 47
イギリス小説の起源 45
イギリス批評文学の父 35
意識の流れ（stream of consciousness）59, 115
イシグロ、カズオ（1954- ）138-139
　『浮世の画家』（An Artist of the Floating World, 1986）138
　『遠い山なみの光』（A Pale View of Hills, 1982）138
　『日の名残り』（The Remains of the Day, 1989）138
　『充たされざる者』（The Unconsoled, 1995）138
　『夜想曲集：音楽と夕暮れをめぐる五つの物語』（Nocturnes, 2009）138
　『わたしたちが孤児だったころ』（When We Were Orphans, 2000）138-139
　『わたしを離さないで』（Never Let Me Go, 2005）138-139
イン・メモリアム スタンザ（'In Memoriam' stanza）103, 110
インヴォケーション（霊感の祈り）（invocation）32

ウ

ウィチャリー（William Wycherley, 1640-1716）30
　『田舎女房』（The Country Wife, 1675）30
ウィリアム1世（William I）8
ウィリアム3世（William III）46
ウィルソン（Angus Wilson, 1913-1991）136
ウェイン（John Wain, 1925-1994）9, 136

154

ウェストブルック（Harriet Westbrook）72
ウェセックス小説（Wessex novels）97
ウェブスター（John Webster, 1580?-1625）28
　　『白魔』（The White Devil, 1609?）28
　　『モールフィ公爵夫人』（The Duchess of Malfi, 1614）28
ウェルギリウス（Vergilius, 70-10 B.C.）11, 15, 17
　　『アエーネイス』（Aeneas, 執筆39-19B.C.）15, 17
ウェルズ（Herbert George Wells, 1866-1945）112
　　『空中戦争』（The War in the Air, 1908）112
　　『月世界最初の訪問者』（The First Man in the Moon, 1901）112
　　『世界戦争』（The War of the Worlds, 1898）112
　　『タイム・マシン』（The Time Machine, 1895）112
　　『透明人間』（The Invisible Man, 1897）112
　　『トーノ・バンゲイ』（Tono-Bungay, 1909）112
ウォー（Evelyn Waugh, 1903-66）117
　　『卑しい肉体』（Vile Bodies, 1930）117
　　『回想のブライズヘッド』（Brideshead Revisited, 1945）117
　　『ラヴド・ワン』（The Loved One, 1948）117
ウォーターズ（Sarah Waters,1966- ）133
ヴォーン（Henry Vaughan, 1622-95）30
　　「隠遁」（"The Retreat"）30
　　「再生」（"Regeneration"）30
ウォルポール（Horace Walpole, 1717-97. イギリス首相をつとめたロバートの息子）63
　　『オトラント城』（The Castle of Otranto, 1765）63
ウォルポール（Robert Walpole, 1676-1745）56
ウルフ（Virginia Woolf, 1882-1941）59, 88, 115-116
　　『ダロウェイ夫人』（Mrs. Dalloway, 1925）115
　　『灯台へ』（To the Lighthouse, 1927）115
　　『波』（Waves, 1931）115
　　『私だけの部屋』（A Room of One's Own, 1929）116

エ

英詩の父（the father of English poetry）11
英雄劇（heroic play）34
英雄対韻句（heroic couplet）13, 34, 40
『エコノミスト』（The Economist）誌 93
エサリッジ（Sir George Etherege, 1635?-91）30
　　『流行紳士』（The Man of Mode, or Sir Fopling Flutter, 1676）30

エッジワース（Maria Edgeworth, 1767-1849）89
　　『立派なフランス人ガヴァネス』（The Good French Governess, 1801）89
エッセイ（essay）49, 105
『エッダ』（Edda）5
エディプス・コンプレックス（Oedipus Complex）113
エドワード6世（Edward VI, 在位1547-1553）15
エドワード7世（Edward VII）111
エラスムス（Desiderius Erasmus, 1466?-1536）11
エリオット（Thomas Stearns Eliot, 1888-1965）29, 122-124, 132-133
　　『荒地』（The Waste Land, 1922）123
　　『カクテル・パーティ』（Cocktail Party, 1950）124, 132
　　『家族再会』（The Family Reunion, 1939）132
　　『聖堂の殺人』（The Murder in the Cathedral, 1935）124
　　『聖灰水曜日』（Ash-Wednesday, 1930）124
　　『四つの四重奏』（Four Quartets, 1944）124
エリオット、ジョージ（George Eliot, 1819-80）93-95
　　『アダム・ビード』（Adam Bede, 1859）94
　　『サイラス・マーナー』（Silas Marner,1861）94
　　『スペインのジプシー』（Spanish Gypsy, 1866）94
　　『ダニエル・デロンダ』（Daniel Deronda, 1876）95
　　『フェリックス・ホルト』（Felix Holt the Radical, 1866）94
　　『フロス河の水車場』（The Mill on the Floss）94
　　『牧師生活の情景』（Scenes of Clerical Life, 1858）94
　　『ミドルマーチ』（Middlemarch, A Study of Provincial Life, 1871-72）95
　　『ロモラ』（Romola, 1863）94
エリザベス1世（Elizabeth I, 在位1558-1603）15-17
演劇（drama）6, 27, 30, 34-35, 104, 107-108, 125, 130-132

オ

王政復古（the Restoration）27, 30-31, 33-34, 39, 45
王党派叙情詩人（Cavalier lyrists）28, 38
オーウェル（George Orwell, 1903-50）118, 121
　　『カタロニア賛歌』（Homage to Catalonia, 1937）118
　　『1984年』（Nineteen Eighty-Four, 1949）118, 121
　　『動物農場』（Animal Farm, 1945）118, 120

オースティン（Jane Austen, 1775-1817） 80-83, 92-93
　『エマ』（*Emma*, 1815） 81-82
　『エリナーとマリアンヌ』（*Elinor and Marianne*） 81
　『自負と偏見』（*Pride and Prejudice*, 1813） 81-82
　『説得』（*Persuasion*, 1817） 81-82
　『第一印象』（*First Impressions*） 81
　『ノーサンガー僧院』（*Northanger Abbey*, 1817） 81-82
　『分別と多感』（*Sense and Sensibility*, 1811） 81
　『マンスフィールド・パーク』（*Mansfield Park*, 1814） 81
　『ワトソン家』（*The Watsons*, 未完） 81
オーデン（Wystan Hugh Auden, 1907-73） 124
　『詩集』（*Poems*, 1930） 74, 124
　『新年の手紙』（*New Year Letters*, 1941） 124
　『スペイン』（*Spain*, 1937） 124
　『不安の時代』（*The Age of Anxiety*, 1956） 124
　『雄弁家たち』（*The Orators*, 1932） 124
オーデン・グループ 124
オード（ode） 72, 74-75
オケイシー（Sean O'Casey, 1880-1964） 126
　『ガンマンの影』（*The Shadow of a Gunman*, 1923） 126
　『ジュノーと孔雀』（*Juno and the Paycock*, 1924） 126
オズボーン（John Osborne, 1929-1994） 130-131, 134
　『怒りをこめて振り返れ』（*Look Back in Anger*, 1956） 130
　『落ちて行くのを見ろ』（*Watch It Come Down*, 1975） 131
　『ルター』（*Luther*, 1961） 131
　『私のための愛国者』（*A Patriot For Me*, 1965） 131
オックスフォード運動（the Oxford Movement） 106, 116, 122
オブライエン（Edna O'Brien 1932- ） 133
オンダーチェ（Michael Ondaatje, 1943- ） 137

カ

カーライル（Thomas Carlyle, 1795-1881） 105
　『衣装哲学』（*Sartor Resartus, Taylor Repatched*, 1833-4） 105
　『英雄崇拝論』（*Our Heroes, Hero-Worship, and the Heroes in History*, 1841） 106
　『過去と現在』（*Past and Present*, 1843） 106
ガヴァネス小説（governess novel） 88-89

『ガウェイン卿と緑の騎士』（*Sir Gawain and the Green Knight*） 9
ガウェイン詩人 9
科学小説（Science Fiction） 112
囲い込み条例（the Enclosure Act） 46
カトリック教徒解放法（Catholic Emancipation Act） 116
仮面劇（masque） 31
カルー（Thomas Carew, 1595?-1639?） 28
カルペ・ディエム（Carpe diem） 38
ガン（Thom Gunn, 1929-2004） 132
感情と思考の分裂（Dissociation of Sensibility） 29

キ

キーツ（John Keats, 1795-1821） 16, 70, 72-75, 79
　「秋に寄せるオード」（"To Autumn," 1819） 74
　「アドネイス」（"Adonais," 1821） 31, 72
　「エンディミオン」（*Endymion*, 1818） 74
　「ギリシャの壺のオード」（"Ode on a Grecian Urn," 1819） 74
　『詩集』（*Poems by John Keats*, 1817） 74, 124
　「スペンサーに倣いて」（"An Imitation of Spenser," 1813） 74
　「聖アグネスの宵祭り」（"The Eve of St. Agnes," 1819） 75
　「怠惰に寄せるオード」（"Ode on Indolence," 1819） 75
　「つれなきたおやめ」（"La Belle Dame sans Merci," 1819） 75
　「ナイチンゲールに寄せるオード」（"Ode to a Nightingale," 1819） 75
　『ハイピアリアン』（*Hyperion*） 74
　『ハイピアリアン失墜』（*The Fall of Hyperion*） 74
　「プシュケに寄せるオード」（"Ode on Psyche," 1819） 75
　「メランコリーに寄せるオード」（"Ode on Melancholy," 1819） 75
議会派（Roundheads） 30
喜劇（comedy） 17-20, 27-28, 30, 34, 108, 112, 125-126, 132
擬似英雄詩（mock-epic, or mock-heroic） 40
気質喜劇（comedy of humours） 27, 34

奇想（conceit）29
機知（wit）29, 71, 84
キャクストン（William Caxton, 1422-91）11
逆説（paradox）29
逆ユートピア（Dystopia）26, 49, 117-118, 136
キャロル（Lewis Carroll, 1832-92）85, 95-96
　『鏡の国のアリス』（Through the Looking-Glass and What Alice Found There, 1871）96
　『不思議の国のアリス』（Alice's Adventures in Wonderland, 1865）95
宮廷恋愛（amour courtois）9
行間中止（caesura）40
強勢（stress）6, 122, 127
恐怖のソネット（'terrible sonnets'）122
教養小説（Bildungsroman）85, 107, 115, 134
近代リアリズム小説 47
『欽定英訳聖書』（The Authorized Version of The Bible）27
吟遊詩人（scop）4, 125

ク

寓意物語（allegory, fable, parable）45, 52, 118
クーパー（William Cowper, 1731-1800）63
クッツェー（John Maxwell Coetzee, 1940- ）138
クラショー（Richard Crashaw, 1613?-49）30
　『聖堂への階段』（Steps to the Temple）30
グリーン（Graham Greene, 1904-1991）117
　『事件の核心』（The Heart of the Matter, 1948）117
　『情事の終わり』（The End of the Affairs, 1951）117
　『第三の男』（The Third Man）117
　『力と栄光』（The Power and the Glory, 1940）117
　『ブライトン・ロック』（Brighton Rock, 1938）117
グリーン（Robert Greene, 1558?-92）18
グレイ（Thomas Gray, 1716-1771）63
　「墓畔の哀歌」（"An Elegy Written in a Country Churchyard," 1731）63
クロムウェル（Oliver Cromwell, 1599-1658）30-31, 33
グロリアーナ（栄光女王）（Gloriana）16-17

ケ

ケアリー（Peter Carey, 1943- ）138

桂冠詩人（Poet Laureate）28-29, 33-34, 66, 103-104
形而上詩人（Metaphysical poet）29, 31, 38
形而上詩（Metaphysical poetry）29, 31, 38
芸術のための芸術（art for art's sake）107-108
ゲーテ（Johann Wolfgang von Goethe, 1749-1832）71, 85
　『ウィルヘルム・マイスターの修行時代』（Wilhelm Meisters Lehrjahre, 1796）85
　『ファウスト』（Faust, 1808, 1831）71
劇場検閲法（Stage Licensing Act）56
劇的独白（dramatic monologue）104, 133
『結婚前祝歌』（Prothalamion, 1596）17
ケニング（代称）（kenning）7
ゲルマン民族の大移動 4

コ

口誦文学（oral literature）5
古英語（Old English, OE）4-6, 8, 13
ゴーディマー（Nadine Gordimer, 1923- ）138
コーラス（chorus）32-33, 72
ゴールズワージー（John Galsworthy, 1867-1933）112
　『フォーサイト年代記』（The Forsyte Chronicle, 1922, '29, '30）112
ゴールディング（William Golding, 1911-93）136
　『蠅の王』（Lord of the Flies, 1954）136
ゴールドスミス（Oliver Goldsmith, 1730-74）42
　『ウェイクフィールドの牧師』（The Vicar of Wakefield, 1766）42
　『女は身をかがめて勝負する』（She Stoops to Conquer, 1773）42
　「旅人」（"The Traveller," 1764）42
　「廃村」（"The Deserted Village," 1764）42
コールリッジ（Samuel Taylor Coleridge, 1772-1834）22, 57, 62, 65-67, 70, 75, 105
　『叙情歌謡集』（Lyrical Ballads, 1798）65-66
　「クブラ・カーン」（"Kubla Khan," 1810）67
　「クリスタベル姫」（"Christabel," 1816）68
　『文学的自叙伝』（Biographia Literaria, 1817）22
　「老水夫行」（"The Rime of the Ancient Mariner," 1798）67
国王至上法（Act of Supremacy）15

157

ゴシック小説（gothic novel） 63, 80, 82
古典主義（Classicism） 33, 39-40, 63-64, 132
ゴドウィン（William Godwin, 1756-1836） 72
ゴドウィン、メアリー（Mary Wollstonecraft Godwin, 1797-1851） 72
　『フランケンシュタイン』（Frankenstein, 1818） 72
コリンズ（William Collins, 1721-79） 63
ゴンクール兄弟（Edmond Louis Antoine Huot de Goncourt, 1822-96; Jule Alfred Huot de Goncourt, 1830-70） 112
コングリーヴ（William Congreve, 1670-1729） 30
　『世のならわし』（The Way of the World, 1700） 30
ゴンダル（Gondal） 87
コンラッド（Joseph Conrad, 1857-1924） 93, 99, 111
　『闇の奥』（Heart of Darkness, 1902） 99
　『ロード・ジム』（Lord Jim, 1900） 99

サ

ザ・ムーヴメント派（The Movement） 132
サウジー（Robert Southey, 1774-1843） 66-67
『さすらい人』（The Wanderer） 5
サッカレー（William Makepeace Thackeray, 1811-63） 89
　『虚栄の市』（Vanity Fair, 1847） 45, 89
サックリング（Sir John Suckling, 1609-41） 28
サリー伯（Henry Howard. Earl of Surrey, 1517?-47） 15
三一致の法則（three unities） 33, 35
3行連（terza rima） 73
散文（prose） 6, 10-11, 16, 31, 44, 63, 103-105, 107, 116, 122

シ

シェイクスピア（William Shakespeare, 1564-1616） 10, 15, 17-22, 26-27, 30, 35, 42, 75, 105, 135
　『アセンズのタイモン』（Timon of Athens, 1607-8） 19
　『アントニーとクレオパトラ』（Antony and Cleopatra, 1606-7） 19, 35
　『ヴィーナスとアドーニス』（Venus and Adonis, 1592） 18
　『ウィンザーの陽気な女房たち』（The Merry Wives of Windsor, 1600） 18
　『ヴェニスの商人』（The Merchant of Venice, 1595-6） 18-20
　『ヴェローナの2紳士』（The Two Gentlemen of Verona, 1593） 18
　『お気に召すまま』（As You Like It, 1599） 18, 26
　『オセロ』（Othello, 1604） 19-21
　『終わりよければすべてよし』（All's Well that Ends Well, 1604） 19
　『恋の骨折り損』（Love's Labour's Lost, 1593） 18
　『コリオレーナス』（Coriolanus, 1607-8） 19
　『以尺報尺』（Measure for Measure, 1604） 19
　『じゃじゃ馬馴らし』（The Taming of the Shrew, 1593） 18
　『十二夜』（Twelfth Night, 1601） 18, 26
　『ジュリアス・シーザー』（Julius Caesar, 1599） 18
　『ジョン王』（King John, 1596） 18
　『シンベリン』（Cymbeline, 1610） 19
　『ソネット集』（Sonnets, 1593-6） 15-16, 18-20
　『タイタス・アンドロニカス』（Titus Andronicus, 1592） 18
　『テンペスト』（The Tempest, 1611） 19, 22, 26
　『トロイラスとクレシダ』（Troilus and Cressida, 1600） 10, 18
　『夏の夜の夢』（A Midsummer Night's Dream, 1595-6） 18
　『ハムレット』（Hamlet, 1601） 18, 20-21
　『不死鳥と雉鳩』（The Phoenix and Turtle, 1601）（詩集） 18
　『冬の夜ばなし』（The Winter's Tale, 1611） 19
　『ペリクリーズ』（Pericles, 1608） 19
　『ヘンリー4世・第1部』（1 Henry IV, 1597） 18
　『ヘンリー4世・第2部』（2 Henry IV, 1598） 18
　『ヘンリー5世』（Henry V, 1598-9） 18, 20
　『ヘンリー6世』第1部（1 Henry VI, 1591-2） 18
　『ヘンリー6世』第2部（2 Henry VI, 1590-1） 18
　『ヘンリー6世』第3部（3 Henry VI, 1590-1） 18
　『ヘンリー8世』（Henry VIII, 1613） 11-12, 15, 19
　『マクベス』（Macbeth, 1606） 19-20, 22, 25-26
　『間違いの喜劇』（The Comedy of Errors, 1592-3） 18
　『無駄騒ぎ』（Much Ado about Nothing, 1597-8） 18
　『リア王』（King Lear, 1606） 19-21
　『リチャード2世』（Richard II, 1595） 18
　『リチャード3世』（Richard III, 1592） 18
　『ルークリースの陵辱』（The Rape of Lucrece, 1593-4） 18
　『ロミオとジュリエット』（Romeo and Juliet, 1595-6） 18-19

シェイクスピア形式（Shakespearean sonnet）　15, 20
ジェイムズ（Henry James, 1843-1916）　93, 98, 111
　『ある婦人の肖像』（The Portrait of a Lady, 1881）　99
　『黄金の杯』（The Golden Bowl, 1904）　99
　『大使たち』（The Ambassadors, 1903）　99
　『デイジー・ミラー』（Daisy Miller, 1879）　98
　『鳩の翼』（The Wings of the Dove, 1902）　99
ジェイムズ・ワット（James Watt, 1736-1819）　62, 111
ジェイムズ1世（James I）　27
ジェイムズ2世（James II）　33-34, 39
ジェイムズ6世（James VI）　27
ジェニングズ（Elizabeth Jennings, 1925- ）　132
　『物の見方』（The Way of Looking, 1955）　132
シェリー（Percy Bysshe Shelley, 1792-1822）　16, 31, 70-73, 79
　「アドネイイス」（"Adonais," 1821）　31, 72
　『縛めを解かれたプロメテウス』（Prometheus Unbound: A Lyrical Drama, 1820）　72-73
　「雲」（"The Cloud," 1820）　72
　『詩の弁護』（A Defence of Poetry, 執筆1821, 出版1840）　16, 73
　「自由に捧げるオード」（"Ode to Liberty," 1820）　72
　「西風に捧げるオード」（"Ode to the West Wind," 1819）　72-73, 79
　「ヒバリに寄す」（"To a Skylark," 1820）　72
　「無神論の必然性」（"The Necessity of Atheism"）　71
詩脚 foot　103, 110
詩語 poetic diction　66
自然主義 naturalism　112
シドニー（Sir Philip Sidney, 1553-86）　16
　『アーケイディア』（Arcadia, 執筆1586, 出版1590）　16
　『アストロフェルとステラ』（Astrophel and Stella, 執筆1580-84, 出版1591）　16
　『詩の弁護』（An Apologie for Poetrie, 1595）　16, 73
『ジャーム』（The Germ）　110
弱強5歩格（iambic pentameter）　13, 15-16, 34, 73
シュトラウス（David Friedrich Strauss）　93
　『イエス伝』（Das Leben Jesu）　93
ジョイス（James Joyce, 1882-1941）　59, 115, 131
　『ダブリンの人々』（Dubliners, 1914）　115
　『フィネガンの通夜』（Finnegans Wake, 1939）　115
　『ユリシーズ』（Ulysses, 1922）　115

『若き日の芸術家の肖像』（A Portrait of the Artist as a Young Man, 1915）　115
消極的能力（negative capability）　75
小説（novel）　6, 41-42, 44-49, 53-55, 57-58, 63, 80-85, 87-89, 92-95, 97-99, 104, 107, 111-118, 121, 131, 133-134, 136-139
ショー（George Bernard Shaw, 1856-1950）　125, 129
　「生命の力」（Life Force）　125
　『男やもめの貸家』（Widower's House, 1902）　125
　『ピグマリオン』（Pygmalion, 1912）　125, 129
　『人と超人』（Man and Superman, 1903）　125
　『メトセラ時代へ帰れ』（Back to Methuselah, 1922）　125
ジョージ1世（George I, 在位1714-27）　48
ジョージ5世（George V）　111
書簡体小説（epistolary novel）　54-55, 58
叙事詩（epic）　4-5, 16-17, 31-32, 40, 74
叙情詩（lyric）　5
処女王（the Virgin Queen）　15
ジョンソン（Ben Jonson, 1572-1637）　27-29, 34-35, 41-42, 62
　『ヴォルポーニ、あるいは狐』（Volpone, or the Fox, 1606）　28
　『寡黙な女』（Epicoene, or, The Silent Woman, 1609）　28
　『下生え』（Underwoods, 1640）　28
　『十人十色』（Every Man in His Humour, 1598）　27
　『森林』（The Forest, 1616）　28
　『だれもが気狂い沙汰』（Every Man out of His Humour, 1598）　27
　『錬金術師』（The Alchemist, 1610）　28
ジョンソン博士（Dr. Samuel Johnson, 1709-84）　34-35, 41-42, 62
　『英国詩人列伝』10巻（The Lives of the Poets, 10 vols., 1779-81）　42
　『英語辞典』（A Dictionary of the English Language, 2 vols, 1755）　41
　『逍遥者』（The Ramblers, 1750）　41
　『ラセラス』（Rasselas, Prince of Abyssinia, 1759）　41
　「ロンドン」（"London," 1738）　41
新救貧法（New Poor Law, 1834）　84
シング（John Millington Synge, 1871-1909）　126, 133-134, 140
　『海へ駆けゆく人々』（Riders to the Sea, 1904）　126

『西の国のプレイボーイ』(The Playboy of the Western World, 1907) 126
新古典主義(neo-classicism) 39, 62
『真珠』(Pearl) 9, 45
新・大学才人(New University Wits) 132
人民憲章運動(Chartism) 85
新ロマン主義(New Romanticism) 124, 132

ス

『水夫』(The Seafarer) 5
スウィンバーン(Algernon Charles Swinburne, 1837-1909) 104
スウィフト(Jonathan Swift, 1667-1745) 47-48
　『桶物語』(A Tale of a Tub) 47
　『ガリヴァー旅行記』(Travels into Several Remote Nations of the World in Four Parts by Captain Lemuel Gulliver, 1726) 48-49
　『書物戦争』(The Battle of the Books) 47
　『控えめな提案』(A Modest Proposal, 1729) 47
スウィフト、グレアム(Graham Colin Swift, 1949-) 137
スウェーデンボリ(Emanuel Swedenborg, 1688-1772) 64-65
スコット(Sir Walter Scott, 1771-1832) 87
スターン(Laurence Sterne, 1713-68) 58-59, 80
　『トリストラム・シャンディ』(The Life and Opinions of Tristram Shandy, 1760-67) 58
スタインベック(John Steinbeck, 1902-68) 26
　『月は沈みぬ』(The Moon is Down, 1942) 26
スタンザ(連)(stanza) 37
スチュアート王朝(Stuart) 27-28, 39
スティール(Richard Steele, 1672-1729) 49
　『ガーディアン』(The Guardian, 1713) 49
　『スペクテーター』(The Spectator, 1711-12) 49
　『タトラー』(The Tatler, 1709-1711) 49
スパーク(Muriel Spark, 1918-2006) 133
スプラング・リズム(sprung rhythm) 122, 127
『スペクテーター』(The Spectator) 49, 96
スペンサー(Edmund Spenser, 1552-99) 16-17
　『アストロフェル』(Astrophel, 1595) 16
　『結婚祝歌』(Epithalamion, 1595) 17
　『コリン・クラウト故郷へ帰る』(Colin Clouts Come Home Againe, 1595) 17
　『羊飼いの暦』(Shepheardes Calender) 16
　『妖精の女王』(The Faerie Queene, 1590-96) 16-17, 74
　『恋愛小曲集』(Amoretti, 1595) 17
スペンサー(Herbert Spencer, 1820-1903) 94
『エコノミスト』(The Economist) 93
スペンサー連(Spenserian stanza) 16, 70, 75-76
スペンダー(Stephne Spender, 1909-1995) 124
スマート(Christopher Smart, 1722-71) 63
スモーレット(Tobias Smollett, 1721-71) 57
　『ハンフリー・クリンカーの旅行』(The Expedition of Humphry Clinker, 1771) 58
　『ペリグリン・ピクルの冒険』(The Adventures of Peregrine Pickle, 1751) 58
　『ロデリック・ランダムの冒険』(The Adventures of Roderick Random, 1748) 57

セ

聖エドワード(Saint Edward, c.1003-66) 8
性格と環境の小説(novels of character and environment) 97
清教徒革命(the Puritan Revolution) 27, 30, 33-34
征服王ウィリアム(William the Conqueror) 8
セルカーク(Alexander Selkirk, 1676-1721) 46

ソ

ソネット(14行詩)(sonnet) 15-16, 18-20, 31, 122, 127
ゾラ(Émile Zola, 1840-1902) 112

タ

ダーウィニズム(Darwinism) 97
ダーウィン(Charles Robert Darwin, 1809-82) 97, 103, 125
「適者生存」(the survival of the fittest) 97, 125
ターナー(J.M.W.Turner, 1775-1851) 106
大学才人(University Wits) 18, 132

160

ダッフィ(Carol Ann Duffy, 1955-) 133
　『合間』(Mean Time, 1993) 133
　『マンハッタン売却』(Selling Manhattan, 1987) 133
ダン(John Donne, 1573-1631) 29
　『歌謡叙情詩選』(Songs and Sonets, 1633) 29
　「嘆くのを禁じる別れの歌」("A Valediction: Forbidding Mourning") 29

チ

チェスタートン(Gilbert Keith Chesterton, 1874-1936) 116
　『ブラウン神父の童心』(The Innocence of Father Brown, 1911) 117
チェスターフィールド伯(Earl of Chesterfield, 1694-1773) 41
チャールズ1世(Charles I) 27, 30
チャールズ2世(Charles II, 1630-85) 30, 33-34
チャップマン(George Chapman, 1559?-1634) 28
　『ブッシー・ダンブワ』(Bussy D'Ambois, 1604) 28
チューダー王朝(Tudor) 27
中英語(Middle English, ME) 8, 11, 13-14
チョーサー(Geoffrey Chaucer, 1340-1400) 8, 129
　『カンタベリー物語』(The Canterbury Tales、1387-1400) 10-12, 129
　『トロイルスとクリセイデ』(Troilus and Criseyde, c.1385) 10
　『バラ物語』(The Romaunt of the Rose) 10
　『ボイース』(Boece) 10

テ

デイ・ルイス(Cecil Day Lewis, 1904-72) 124
ディケンズ(Charles Dickens, 1812-70) 82-84, 86, 89, 140
　『エドウィン・ドルードの謎』(The Mystery of Edwin Drood, 1870) 83, 85
　『大いなる遺産』(Great Expectations, 1860-61) 85
　『オリヴァー・トゥイスト』(Oliver Twist, 1837-38) 83-84
　『クリスマス・ブックス』(Christmas Books,1843-49) 84-85
　『荒涼館』(Bleak House, 1852-53) 85
　『骨董屋』(The Old Curiosity Shop,1840-41) 84
　『互いの友』(Our Mutual Friend, 1864-65) 85
　『デイヴィッド・コパーフィールド』(The Personal History, Adventures, Experience and Observation of David Copperfield the Younger of Blunderstone Rookery,1849-50) 82, 84-85
　『ドンビー父子』(Dealings with the Firm of Dombey and Son,1846-48) 84
　『ニコラス・ニックルビー』(The Life and Adventures of Nicholas Nickleby, 1838-39) 84-85
　『二都物語』(A Tale of Two Cities, 1859) 85
　『ハード・タイムズ』(Hard Times, 1854) 85, 86
　『バーナビー・ラッジ』(Barnaby Rudge: A Tale of the Riots of Eighty, 1841) 84
　『ハンフリー親方の時計』(Master Humphrey's Clock, 1840-41) 84
　『ピクウィック・クラブ』(The Posthumous Papers of the Pickwick Club, 1836-7) 83
　『ボズのスケッチ集』(Sketches by Boz, 1836) 83
　『マーティン・チャズルウィット』(The Life and Adventures of Martin Chuzzlewit,1843-44) 84
　『リトル・ドリット』(Little Dorrit, 1855-57) 85
ディストピア(Dystopia) 136
デッカー(Thomas Dekker, 1572?-1632) 28
　『靴屋の祭日』(The Shoemaker's Holiday, 1599) 28
テニソン(Alfred Tennyson, 1809-92) 103-104
　『雨の中の鷹』(The Hawk in the Rain, 1957) 132
　『イノック・アーデン』(Enoch Arden, 1864) 103
　『イン・メモリアム』(In Memoriam A. H. H, 1850) 103-104
　『国王牧歌』(Idylls of the King, 4 vols, 1859) 103
デフォー(Daniel Defoe, 1660-1731) 44, 46-49, 53, 57
　『生粋のイギリス人』(The True-born Englishman, 1701) 46
　『モル・フランダース』(Moll Flanders, 1722) 57
　『ロビンソン・クルーソー』(Robinson Crusoe, 1719) 46, 53, 55

ト

ド・クウィンシー(Thomas De Quincey, 1795-1881) 105
　『アヘン吸引者の告白』(Confession of an English Opium Eater, 1821) 105
　『英国湖水詩人回想録』(Reminiscences of the English Lake Poets, 1834) 105

頭韻(alliteration) 6-7, 13, 16, 74, 127
トマス(Dylan Marlais Thomas, 1914-53) 124, 132
　『田舎の眠り』(In Country Sleep, 1952) 125
　「子宮と墓と子供時代」(womb, tomb and childhood)の詩人 125
　『死と登場』(Deaths and Entrances, 1946) 124-125
　『18篇の詩』(Eighteen Poems, 1934) 124
　『新詩集』(New Poems, 1942) 124
　『全詩集』(Collected Poems, 1952) 125
　『26篇の詩』(Twenty-Six Poems, 1950) 125
トムソン(James Thomson, 1700-48) 63
　『四季』(The Seasons, 1726-30) 63
ドライデン(John Dryden, 1631-1700) 11, 28, 33-35, 39
　「アブサロムとアキトフェル」("Absalom and Achitophel", 1681) 34
　『オーレング・ジーブ』(Aureng-Zebe, 1675) 35
　『グラナダ攻略』(The Conquest of Granada, 1670) 35
　『劇詩論』(An Essay of Dramatic Poesy, 1668) 35
　『すべて愛のため』(All for Love, 1677) 35
　『聖なる国王陛下に捧ぐ』("To His Sacred Majesty") 33
　『当世風結婚』(Marriage-à-la Mode, 1672) 34
　「雌鹿と豹」("The Hind and the Panther", 1687) 33
ドライデンの時代(the Age of Dryden) 33, 39
ドラブル(Margaret Drabble, 1939-) 133, 135-136, 142
　『海夫人』(The Sea Lady, 2006) 136
　『黄金のエルサレム』(Jerusalem the Golden, 1967) 135
　『黄金の領域』(Realms of Gold, 1975) 135
　『ギャリックの年』(The Garrick Year, 1964) 135
　『深紅の女王』(The Red Queen, 2004) 136
　『滝』(The Waterfall, 1969) 135, 142
　『中間地帯』(The Middle Ground, 1980) 136
　『7姉妹』(The Seven Sisters, 2002) 136
　『夏の鳥籠』(A Summer Bird Cage, 1963) 135
　『針の目』(The Needle's Eye, 1972) 135
　『碾臼(ひきうす)』(The Millstone, 1965) 135
　『氷河時代』(The Ice Age, 1977) 135
『ドン・キホーテ』(Don Quixote, 1605, 1616) 57

ナ

内在する意志(Immanent Will) 98, 102

内的独白(interior monologue) 116
ナイポール(Vidiadhar Surajprasad Naipaul, 1932-) 138
夏目漱石 82
　『文学論』 82

ニ

『ニーベルンゲンの歌』(Das Nibelungenlied) 5
ニューマン(John Henry Newman, 1801-90) 106, 116, 122
　『わが生涯の弁明』(Apologia pro Vita Sua, 1864) 106

ノ

ノルマン征服(Norman Conquest) 8
ノルマンディー公ギヨーム(Guillaume) 8
ノンセンス文学(nonsense literature) 95

ハ

バージェス(Anthony Burgess, 1917-93) 136
バージャー(John Peter Berger, 1926) 137
ハーディ(Thomas Hardy, 1840-1928) 26, 93, 96-98, 132
　『青い眼』(A Pair of Blue Eyes, 1873) 96
　『ウェセックス物語』(Wessex Tales, 1888) 97
　『エセルバータの手』(The Hand of Ethelberta, 1876) 97
　『カスターブリッジの町長』(The Mayor of Casterbridge, 1886) 97
　『変わり果てた男』(A Changed Man and Other Stories, 1913) 97
　『帰郷』(The Return of the Native, 1878) 97
　『貴婦人の群れ』(A Group of Noble Dames, 1891) 97
　『窮余の策』(Desperate Remedies, 1871) 96
　『狂乱の群れを離れて』(Far From the Madding Crowd, 1874) 96
　『恋の霊』(The Well-Beloved, 1897) 97
　『人生の小さな皮肉』(Life's Little Ironies, 1894) 97
　『森林地の人々』(The Woodlanders, 1887) 97
　『ダーバヴィル家のテス』(Tess of the d'Urbervilles: A Pure Woman, 1891) 97
　『チャンドル婆さん』(Old Mrs Chundle and Other Stories,

162

1929）97
『塔上の二人』(Two on a Tower, 1882) 97
『日陰者ジュード』(Jude the Obscure, 1895) 97-98
『ラッパ隊長』(The Trumpet-Major, 1880) 97
『緑樹の陰で』(Under the Greenwood Tree, 1872) 96
ハーバート(George Herbert, 1593-1633) 29
　『聖堂』(The Temple, 1633) 29
バーンズ(Julian Barnes, 1946-) 137
　『終わりの感覚』(The Sense of an Ending) 137
バイアット(A. S. Byatt, 1938-) 133, 142
　『抱擁』(Possession: A Romance, 1990) 142
バイロニズム(Byronism) 71
バイロン(George Gordon Byron, 1788-1824) 16, 70-73, 87
　『アバイドスの花嫁』(The Bride of Abydos, 1813) 70
　『海賊』(The Corsair, 1814) 70
　『邪宗門』(The Giaour, 1813) 70
　『チャイルド・ハロルドの遍歴』(Childe Harold's Pilgrimage, 1812, '16, '18) 70
　『ドン・ジュアン』(Don Juan, 1819-1824) 71
　『マンフレッド』(Manfred, 1817) 70
　『ララ』(Lara, 1814) 70
ハズリット(William Hazlitt, 1778-1830) 105
　『シェイクスピア劇登場人物論』(The Characters of Shakespeare's Plays, 1817-18) 105
　『茶話』(Table Talk, 1821-22) 105
ハックスリー(Aldous Huxley, 1894-1963) 26, 117-118
　『ガザに盲いて』(Eyeless in Gaza, 1936) 118
　『すばらしい新世界』(Brave New World, 1932) 118
バニヤン(John Bunyan, 1628-88) 44-45, 58
　『罪人に恩寵溢れる』(Grace Abounding to the Chief of Sinners, 1666) 45
　『聖戦』(The Holy War, 1682) 45
　『天路歴程』(The Pilgrim's Progress, 1678, 1684) 44-46, 52, 58
　『ミスター・バッドマンの生と死』(The Life and Death of Mr Badman, 1680) 45
ハノーヴァ(Hanover)王朝期 39
パノラマ小説(panoramic novel) 95
『ハムレット原話』(Ur-Hamlet) 21
バラッド(ballad) 75, 78
ハラム(Arthur Henry Hallam, 1811-33) 103, 110

バランタイン(R. M. Ballantyne, 1825-94) 136
『珊瑚礁』(Coral Island, 1857) 136
パロディ(parody) 40, 56, 136
ハロルド2世(Harold II) 8
飢餓の40年代(the Hungry Forties) 85
万国大博覧会(the Great Exhibition) 85
ハント(William Hunt, 1927-1910) 74-75, 110
　『エグザミナー』(The Examiner)誌 74

ヒ

ビアズレー(Aubrey Beardsley, 1872-98) 108
　『イエロー・ブック』(The Yellow Book, 1894-97) 108
ビード(The Venerable Bede, 673?-735) 6, 94
　『イギリス国民教会史』(Historia Ecclesiastica Gentis Anglorum) 6
ヒーニー(Seamus Heaney, 1939-) 133
　『暗闇への扉』(Door into the Dark, 1969) 133
　『郊外線と環状線』(District and Circle, 2006) 133
　『事物を見る』(Seeing Things, 1991) 133
　『水準器』(The Spirit Level, 1996) 133
ピール(George Peele, 1557?-96) 18, 132
ピカレスク(悪漢)小説(picaresque novel) 57, 134
悲劇(tragedy) 15, 17-20, 28, 30, 32-33, 97-98, 126
ヒューズ(Ted Hughes, 1929-) 132
　『雨の中の鷹』(The Hawk in the Rain, 1957) 132
ヒル(Susan Hill, 1942-) 9, 133
ピンター(Harold Pinter, 1930-2008) 131-132
　『過去の追憶』(Remembrance of Things Past, 2000) 132
　『管理人』(The Caretaker, 1960) 131
　『誕生パーティ』(The Birthday Party, 1957) 131
ピンター様式(Pinteresque) 132

フ

ファウルズ(John Fowles, 1926-2005) 136
　『収集家』(The Collector, 1963) 136
　『フランス軍中尉の女』(The French Lieutenant's Woman, 1969) 136
フィールディング(Henry Fielding, 1707-54) 56-58, 119

163

『シャミラ』(*An Apology for the Life of Mrs Shamela Andrews*, 1741) 56
『ジョーゼフ・アンドルーズ』(*The History of the Adventures of Joseph Andrews, and his friend, Mr. Abraham Adams Written in Imitation of The Manner of Cervantes, Author of Don Quixote*, 1742) 56
『トム・ジョーンズ』(*The History of Tom Jones, a Foundling*, 1749) 57, 82
風刺(satire) 34, 40-41, 43, 47-49, 71, 82, 86, 117
風習喜劇(comedy of manners) 34, 108
フォイエルバッハ(Ludwig Andreas Fuerbach) 94
　『キリスト教の本質』(*Das Wessen des Christentums*) 94
フォークナー(William Faulkner, 1897-1962) 26
　『響きと怒り』(*The Sound and the Fury*, 1929) 26
フォースター(Edward Morgan Forster, 1879-1970) 111, 114-116
　『アビンジャーの収穫』(*Abinger Harvest*, 1936) 115
　『インドへの道』(*A Passage to India*, 1924) 114-115
　『小説の諸相』(*Aspects of the Novel*, 1927) 114
　「ただ結びつけよ」("Only connect") 114
　『天使も踏むを恐れるところ』(*Where Angels Fear to Tread*, 1905) 114
　『眺めのいい部屋』(*A Room with a View*, 1908) 114
　『果てしなき旅』(*The Longest Journey*, 1907) 114
　『ハワーズ・エンド』(*Howards End*, 1910) 114
　『民主主義に万歳二唱』(*Two Cheers for Democracy*, 1951) 115
　『モーリス』(*Maurice*, 1971) 115
フォード(John Ford, 1586-1639) 10, 17-18, 28, 41, 44, 63, 71, 73, 95, 106-107, 112, 116-117, 122-124, 130, 133, 135, 137
　『あわれ彼女は娼婦』(*'Tis Pity She's a Whore*, 1633) 28
不可知論(agnosticism) 93
不条理劇(Theatre of the Absurd) 131
ブラウニング(Robert Browning, 1812-89) 104
　『男と女』(*Men and Women*, 1855) 104
　『登場人物』(*Dramatis Personae*, 1864) 104
　『ピッパが行く』(*Pipa Passes*, 1841) 104
　『指輪と本』(*The Ring and the Book*, 1868-9) 104
フラットな登場人物(a flat character) 114

ブランク・ヴァース(無韻詩)(blank verse) 32
フランス新古典主義(neo-classicism) 33
ブリッジズ(Robert Bridges, 1844-1930) 122
ブリューゲル(Brueghel, 1525?-69) 133
ブリン(Anne Boleyn) 12, 47, 115
ブルームズベリー・グループ(Bloomsbury Group) 116
プルタルコス(Plutarchus, 46?-12?) 19
　『対比列伝(プルターク英雄伝)』(*Parallel Lives of Illustrious Greeks and Romans*, 英訳は1579年) 19
ブルックナー(Anita Brookner, 1928-) 133
ブレイク(William Blake, 1757-1827) 62-65, 139
　『エルサレム』(*Jerusalem*, 1804-20) 65
　『詩的点描』(*Poetical Sketches*, 1783) 64
　『天国と地獄との結婚』(*The Marriage of Heaven and Hell*, 1790) 65
　『無垢と経験の歌』(*Songs of Innocence and of Experience*, 1794) 64-65
　「予言書」(*Prophetic Books*) 65
ブローン(Fanny Brawne) 75
ブロンテ、アン(Anne Brontë, 1820-49) 86-89, 102, 142
　『アグネス・グレイ』(*Agnes Grey*, 1847) 87, 89, 142
　『ワイルドフェル・ホールの住人』(*The Tenant of Wildfell Hall*, 1848) 87, 89
ブロンテ、エミリ(Emily Brontë, 1818-4) 80, 82, 86-89, 102, 142
　『嵐が丘』(*Wuthering Heights*) 83, 87-88
ブロンテ、シャーロット(Charlotte Brontë, 1816-55) 86-89, 102, 142
　『ヴィレット』(*Villette*, 1853) 87
　『教授』(*The Professor*, 1855) 87
　『ジェイン・エア』(*Jane Eyre*, 1847) 87-89, 142
　『シャーリー』(*Shirley*, 1850) 87-88
ブロンテ、パトリック(Patrick Brontë, 1777-1861) 86
ブロンテ、ブランウェル(Branwell Brontë, 1817-48) 86-87
ブロンテ、マライア(Maria Brontë, 1785-1821) 86

へ

『平家物語』 5

『ベーオウルフ』(Beowulf) 4-6, 13
ベーコン(Francis Bacon, 1561-1626) 105
　『随想集』(Essays, 1597) 105
ペーター(Walter Horatio Pater, 1839-94) 106-107
　『享楽主義者マリウス』(Marius the Epicurian, 1885) 107
　『ルネッサンス史研究』(Studies in the History of the Renaissance, 1873) 107
ベーン(Aphra Behn, 1640-89) 54
　『ある貴族とその妹との愛の手紙』(Love-Letters Between a Nobleman and His Sister, 1683) 54
ベケット(Samuel Beckett, 1906-1989) 10, 131
　『クラップの最後のテープ』(Krapp's Last Tape, 1959) 131
　『幸福な日々』(Happy Days, 1961) 131
　『ゴドーを待ちながら』(Waiting for Godot, 1952.　上演 1953年) 131
　『終盤戦』(Endgame, 1957) 131
ベックフォード(William Beckford, 1760-1844) 63
　『ヴァセック』(Vathek, 1786) 63
ペトラルカ(イタリア)形式 15
ベネット(Arnold Bennett, 1867-1931) 112
　『老女物語』(The Old Wives' Tales, 1908) 112
ヘリック(Robert Herrick, 1591-1674) 28, 38
ベン一家(Tribe of Ben) 28
ベンサム(Jeremy Bentham, 1748-1832) 86
ベンの息子たち(Ben's sons) 28
ヘンリー8世(Henry Ⅷ, 1491-1547) 11-12, 15, 19

ホ

ボエティウス(Boethius, 480?-524?) 10
　『頌歌』(Odes) 38
　『哲学の慰め』(De Consolatione Philosophiae) 10
ボーア戦争(the Boer War)(ブール戦争とも言う) 111
ポープ(Alexander Pope, 1688-1744) 39-41, 43, 62-63, 124
　『髪泥棒』(The Rape of the Lock, 1712) 40
　『愚人列伝』全4巻(The Dunciad, 4 vols, 1743) 40
　『人間論』(An Essay on Man, 1733-4) 40
　『批評論』(An Essay on Criticism, 1711) 40
ポープの時代(the Age of Pope) 39, 124

ボーモントとフレッチャー(Francis Beaumont, 1584?-1616)/John Fletcher, 1579-1625) 28
　『乙女の悲劇』(The Maid's Tragedy, 1611) 28
ボズウェル(James Boswell, 1740-95) 42
　『ジョンソン伝』(The Life of Samuel Johnson,1791) 42
牧歌(idyll) 16, 31, 39, 62, 72, 103
牧歌詩(pastoral) 39
牧歌哀歌(pastoral elegy) 31, 72
ボッカチオ(Boccaccio, 1313-75) 10, 75
　『デカメロン(十日物語)』(Decameron, 1353) 10
牧歌ロマンス(pastoral romance) 16
ホプキンズ(Gerard Manley Hopkins, 1844-89) 122, 127
　『ドイッチランド号の遭難』(The Wreck of the Deutschland, 1873) 122
ホメーロス(Homer) 5, 11, 17, 40, 115
　『イーリアス』(Iliad) 5, 17, 31, 40
　『オデュッセイア』(Odyssey) 5, 17, 31, 40, 115
ホリンシェッド(Holinshed) 19
　『年代記』(Chronicles, 1577) 19

マ

マーヴェル(Andrew Marvell, 1621-78) 30-31, 38
　「内気な恋人」("To his Coy Mistress") 30, 38
　「庭」("The Garden") 30
マードック(Iris Murdoch, 1919-1999) 133-134
　『網のなか』(Under the Net, 1954) 134
　『海よ、海』(The Sea, the Sea, 1978) 134
　『砂の城』(Sandcastle, 1957) 134
マーロウ(Christopher Marlowe, 1564-93) 15, 18
『マイ・フェア・レディ』(My Fair Lady) 129
マシンジャー(Philip Massinger, 1583-1640) 28
　『新借金返済法』(A New Way to Pay Old Debts, 1622) 28
マックニース(Louis MacNeice, 1907-63) 124
マリー(John Middleton Murry, 1889-1957) 116
マルドゥーン(Paul Muldoon, 1951-) 133
　『なぜブラウンリーは発ったか』(Why Brownlee Left, 1980) 133
　『マドック』(Madoc: A Mystery, 1990) 133
マロリー(Sir Thomas Malory, 1400?-71) 11, 103
　『アーサー王の死』(Le Morte Darthur, 1469-70) 11,

103
マンスフィールド（Katherine Mansfield, 1888-1923）　81, 116
　『園遊会その他』（The Garden Party and Other Stories, 1922）116
　『ドイツの宿で』（In a German Pension, 1911）116
マンテル（Hilary Mantel, 1952）133

ミ

ミドルトン（Thomas Middleton, 1570-1627）28
　『女よ、女に注意せよ』（Women Beware Women, 1621）28
『ミラー・オブ・パーリアメント』（Mirror of Parliament）83
ミルトン（John Milton, 1608-74）15, 27, 30-31, 33, 43, 74
　『アレオパギティカ』（Areopagitica, 1644）31
　「快活な人」（"L'Allegro"）31
　『教育論』（Of Education）31
　『コーマス』（Comus, 1634）31
　「沈思の人」（"Il Penseroso"）31
　『闘技者サムソン』（Samson Agonistes, 1671）32
　『楽園の回復』（Paradise Regained, 1671）32, 43
　『楽園の喪失』（Paradise Lost, 1667）31-32, 43
　『離婚論』（The Doctrine and Discipline of Divorce, 1643）31
　「リシダス」（"Lycidas"）31
ミレイ（John Millais, 1827-1910）110

ム

無敵艦隊（Spanish Armada）15
村上春樹　121
　『1Q84』121

メ

メアリー1世（Mary I, 在位1553-1558）15
名誉革命（the Glorious Revolution）34, 39, 44, 80

モ

モア（Thomas More, 1478-1535）11-12

『ユートピア』（Utopia, 1516）11-12
『モーニング・クロニクル』（Morning Chronicle）83
モーパッサン（Guy de Maupasssant, 1850-93）112
　『女の一生』（Une Vie, 1883）112
モーム（W. Somerset Maugham, 1874-1965）26, 82, 113, 132
　『お菓子とビール』（Cakes and Ale, 1930）26
　『世界の10大小説』（Ten Novels and Their Authors, 1954）82
　『月と6ペンス』（The Moon and Sixpence, 1919）113
　『人間の絆』（Of Human Bondage, 1915）113
物語叙事詩（romantic epic）16
モリス（William Morris, 1834-96）104, 110
　『グイニヴィア女王の弁護』（The Defence of Guenevere, 1858）110
　『地上の楽園』（The Earthly Paradise, 1868-70）110
モンテーニュ（Michel Eyquem de Montaigne, 1533-92）105
　『随想録』（Les Essais, 1580, 1588）105

ヤ

ヤング（Edward Young, 1683-1765）63
　『嘆きの歌、生と死と不滅についての夜想曲』（The Complaint, or Night Thoughts on Life, Death, and Immortality, 1742-45）63

ユ

唯美主義（aestheticism）107
ユートピア（Utopia）11-12, 26, 49, 117-118, 136
夢物語（dream-vision）9, 45, 115

ヨ

ヨーロッパ大陸巡遊旅行（the grand tour）31
4つの元素（4 elements）27
4つの体液（four humours）27

ラ

ラーキン（Philip Larkin, 1922-85）132

『聖霊降臨祭の結婚式』(*Whitsun Weddings*, 1964) 132
『騙されること、より少なき人』(*The Less Deceived*, 1955) 132
ラヴレイス(Richard Lovelace,1618-57?) 28, 55
ラウンドな登場人物(a round character) 114
ラシュディー(Sir Salman Rushdie,1947-) 138
ラスキン(John Ruskin, 1819-1900) 106-107
　『ヴェネツィアの石』(*Stones of Venice*, 3vols, 1851-3) 107
　『近代画家論』(*Modern Painters*, 1843) 106
　『建築の7燈』(*The Seven Lamps of Architecture*, 1849) 107
ラダイト運動(Luddism) 62
ラテン語法(Latinism) 43
ラドクリフ夫人(Mrs. Ann Radcliffe, 1764-1823) 63
　『イタリア人』(*The Italian*, 1799) 63
　『ユードルフォの怪奇』(*The Mysteries of Udolpho*, 1794) 63
ラファエロ前派(Pre-Raphaelite Brotherhood) 104, 107, 110
ラム(Charles Lamb, 1775-1834) 104-105
　『エリア随筆集』(*The Essays of Elia*, 1823) 105
　『シェイクスピア物語』(*Tales from Shakespeare*, 1807) 105
ラングドン(Helen Langdon) 142
ラングランド(William Langland, 1330-1400) 8
　『農夫ピアズの夢』(*The Vision of Piers the Plowman*) 8-9, 45

リ

リア(Edward Lear, 1812-88) 96
　『ノンセンスの本』(*A Book of Nonsense*, 1845) 96
リアリズム(写実主義)(realism) 45-47, 58, 80, 82, 104, 131, 138
リーヴィス(F.R. Leavis) 93
　『偉大な伝統』(*The Great Tradition*, 1948) 93
リークルズ(Beth Reekles, 1996-) 130, 139-140
　『キッシング・ブース』(*The Kissing Booth*, 2013) 140
リチャードソン(Samuel Richardson, 1689-1761) 53-57
　『クラリッサ』(*Clarissa*, 1747-48) 55

『サー・チャールズ・グランディソン』(*Sir Charles Grandison*, 1753-54) 55
『パミラ』(*Pamela, or Virtue Rewarded*, 1740) 54-56
『模範手紙文例集』(*Letters Written to and for Particular Friends, on the Most Important Occasions*, 1741) 53-54
リリー(John Lyly, 1554?-1606) 18, 132

ル

ルイス(George Henry Lewes, 1817-78) 94-95
　『リーダー』(*The Leader*)誌 94

レ

『レア王真年年代記』(*The True Chronicle History of King Leir*, 1594) 21
レストレーション・コメディ(Restoration Comedy) 30
レッシング(Doris Lessing, 1919-) 133-134
　『黄金の手帳』(*The Golden Notebook*, 1962) 134
　『草原は歌う』(*The Grass Is Singing*, 1950) 134
　『暴力の子供たち』(*Children of Violence*) 134
　『マーサ・クウェスト』(*Martha Quest*, 1952) 134
　『4つの門を持つ都市』(*Four Gated City*, 1969) 134

ロ

ローマカトリック教会(Roman Catholic) 12, 47, 116
ローマ皇帝アウグストゥス(Augustus, 27 B.C.-A.D.14) 39
『ローランの歌』(*La Chanson de Roland*) 5
ローリング(J.K.Rowling) 102
ローレンス(David Herbert Lawrence, 1885-1930) 113-114, 116
　『恋する女たち』(*Women in Love*, 完成1916, 出版1920) 113
　『チャタレー夫人の恋人』(*Lady Chatterley's Lover*, 1928; 無削除版 1960) 113
　『虹』(*The Rainbow*, 1915) 113
　『息子と恋人』(*Sons and Lovers*, 1913) 113
ロセッティ(Dante Gabriel Rossetti, 1828-82) 110
ロセッティ、クリスティーナ(Christina Rossetti, 1830-94)

104

ロック（John Locke, 1632-1704） 58

ロマンス（romance） 9, 16, 19, 22, 63, 97, 140

ロマン復興運動（Romantic Revival） 63

ワ

ワーズワース（William Wordsworth, 1770-1850） 15, 62, 65-67, 70, 74, 103, 105-106
  『隠遁詩集』（*The Recluse*, 1888） 66
  『序曲』（*The Prelude*, 完成1805, 出版1850） 65-66
  『叙情歌謡集』（*Lyrical Ballads*, 1798） 65-66
  「ティンターン僧院上流で作った歌」（"Lines Written a Few Miles above Tintern Abbey"） 66
  「不滅のオード」（"Ode: Intimation of Immortality from Recollections of Early Childhood," 1807） 66

ワイアット（Sir Thomas Wyatt, 1503?-42） 15

ワイルド（Oscar Wilde, 1854-1900） 107-108, 125
  『意向論』（*Intentions*, 1891） 107
  『ウィンダミア夫人の扇子』（*Lady Windermere's Fan*, 1892） 108
  『幸福な王子』（*The Happy Prince and Other Tales*, 1888） 108
  『サロメ』（*Salomé*, 1893．英訳は1984年） 108
  『深淵より』（*De Profundis*, 1905） 107
  『ドリアン・グレイの肖像』（*The Picture of Dorian Gray*, 1891） 107
  『真面目が大事』（*The Importance of Being Earnest*, 1895） 108

ワット（James Watt, 1736-1819） 62

あとがき

　8世紀の『ベーオウルフ』から21世紀の今日にいたるまでのイギリス文学の歴史をようやくたどり終え、イギリス文学が持つ多様性と奥深さに、今さらながら驚いた。汲めども尽きない魅力で充ち溢れんばかりなのである。そのことを伝えるべく、執筆にあたってはできるだけ簡明な記述にするように努めた。本書によってイギリス文学に対する興味がさらに湧き、多くの作品に接していただければこれにまさる喜びはない。

　「原文で愉しもう」の引用文はできるかぎり原典から取ったが、Project GutenbergのE-textからダウンロードしたものもある。参考文献は、すべてをあげるのは煩雑になるので避けることとし、主なものだけを以下に記す。

　　上田和夫『イギリス文学辞典』研究社出版、2004年。
　　内田能嗣『イギリス文学史』大阪教育図書、1999年。
　　川口喬一『イギリス小説入門』研究社出版、1989年、2003年。
　　川崎寿彦『イギリス文学史入門』研究社出版、1986年。
　　川崎寿彦『イギリス文学史』成美堂、1988年。
　　齊藤勇『研究社　英米文学辞典』研究社出版、1985年。
　　フォースター、E. M.『インドへの道』小野寺健訳。みすず書房、1995年。
　　ブレイク、ウィリアム『ブレイク詩集』土居光知訳。平凡社、1995年。
　　ミルトン、ジョン『楽園の回復・闘技士サムソン』新井明訳。大修館書店、1982年。
　　ミルトン、ジョン『楽園の喪失』新井明訳。大修館書店、1982年。
　　『ベーオウルフ』忍足欣四郎訳。岩波文庫、1990年、2007年。
　　『読売新聞』　2009年6月16日。
　　The Norton Anthology: English Literature. Vol.1. Ed. M. H. Abrams. New York and London: Norton, 1993.
　　The Norton Anthology: English Literature. Vol.2. Ed. M. H. Abrams. New York and London: Norton, 1993.
　　The Norton Shakespeare. Ed. Stephen Greenblatt, Walter Cohen, Jean Howard, Katharine Eisaman Maus. New York and London: Norton, 1997.

　なお、オズボーン（p.130）とリークルズ（p.139）の写真はそれぞれ以下のウェ

ブサイトのものを引用した。

http://www.telegraph.co.uk/news/obituaries/5892951/John-Osborne.html
https://encrypted-tbn2.gstatic.com/images?q=tbn:ANd9GcRmYe4r3fAB1c_HEq3NubLphDvSrB-zDdaeFVQ8ll2LSwGx0BSd

他の写真についてはパブリックドメインのものを利用した。

本書は横浜市立大学学術研究会の「横浜市立大学新叢書」の一冊として発行されるものである。このような誠に素晴らしい機会を与えていただいたことに対し、横浜市立大学へ心より感謝の意を表したい。

春風社の専務取締役石橋幸子氏には、仲介の労を取っていただき感謝申し上げます。また、編集を担当していただいた副編集長の岡田幸一氏には適切な助言をいただき、ようやく出版の運びとなりました。お礼申し上げます。ありがとうございました。

最後に、本書のファーストリーダーとなり、一般読者の視点から、とても有意義な指摘をしてくれた娘の岡部めぐ美に感謝の言葉を捧げたい。昨年12月からの短期間にもかかわらず、執筆し終えることができたのは彼女のお蔭である。ありがとう。

2013年3月31日　　　桜薫る横浜にて

白井義昭

著者
白井義昭（しらい・よしあき）

1946年生。東北大学大学院博士課程修了。信州大学専任講師、助教授、横浜市立大学、同大学院教授を経て、2013年より立正大学、同大学院教授。横浜市立大学名誉教授。専門はイギリス文学、なかでも19世紀イギリス小説。国際ブロンテ学会編集委員。日本ブロンテ協会顧問。1995年青葉文学賞受賞。

著書に、『シャーロット・ブロンテの世界――父権制からの脱却』増補版（彩流社 2007）、*The Brontë Novels: 150 Years of Literary Dominance*（The Brontë Society, 1999）（共著）、『ブロンテ姉妹小事典』（研究社出版 1998）（共著）

翻訳書に、パトリシャ・インガム『ブロンテ姉妹』（彩流社 2010）、ロブ・ポープ『イングリッシュ・スタディーズ入門』（彩流社 2008）、ブライアン・ウィルクス『ブロンテ――家族と作品世界』（彩流社 1994）などがある。

2022年死去。

読んで愉しむイギリス文学史入門

横浜市立大学新叢書 02

著者：
白井義昭

2013年7月25日初版発行
2025年3月31日七刷発行

発行者：
横浜市立大学学術研究会

制作・販売：
春風社 *Shumpusha Publishing Co.,Ltd.*
　横浜市西区紅葉ヶ丘53　横浜市教育会館3階
　〈電話〉045-261-3168　〈FAX〉045-261-3169
　〈振替〉00200-1-37524
　http://www.shumpu.com　✉ info@shumpu.com

装丁・レイアウト：
矢萩多聞

印刷・製本：
シナノ書籍印刷株式会社

乱丁・落丁本は送料小社負担でお取り替えいたします。

© Megumi Okabe. All Rights Reserved. Printed in Japan.
ISBN 978-4-86110-372-8　C0098 ¥1500E

発刊の辞

　知が権威と結び付いて特権的な地位を占めていた時代は過去のものとなり、大学という場を基盤とした研究・教育の意義が改めて問い直されるようになりました。

　同様に学問の新たなありようが模索されていた時代に、新制大学として再編され発足した横浜市立大学において、自らの自由意志によって加入し自ら会費を負担することで自律的な学術研究の基盤を確立しようという志のもと、教員も学生も共に知のコミュニティーを共有する同志として集うという、現在でも極めて稀な学術団体として横浜市立大学学術研究会は発足し活動してきました。

　上記のような時代背景を受け、ここに新たに、横浜市に本拠を持つ出版社である春風社の協力のもとに、実証可能性を持つ根拠に基づいたという意味での学術的な言論活動の基盤として、三つのシリーズから構成される横浜市立大学新叢書の刊行に乗り出すに至りました。

　シリーズ構成の背後にある、本会が考える知の基盤とは以下のようなものです。

　巷にあふれる単純化された感情的な議論によって社会が振り回されないためには、職業的な専門領域に留まらず、社会を担う当事者としての市民として身に付けておくべき知の体系があり、それは現在も日々問い直され更新されています。横浜市立大学ではそのような、自由な市民の必須の資質としての「リベラル・アーツ」を次の世代に伝達する「共通教養」と呼んでいます。それに対応する系統のシリーズが、本叢書の一つ目の柱です。

　そのような新時代の社会に対応するための知は、より具体的な個別の問題に関する専門的な研究という基盤なくしてはあり得ません。本学では「リベラル・アーツ」と専門的な教育・研究を対立項ではなく、相互補完的なものとして捉え直し、それを「専門教養」と呼んでいます。それに対応するために二つ目の系統のシリーズを設けています。

　三つ目の柱は、研究と教育という二つの課題に日々向き合っている本会会員にとって、最先端の学問を次の世代に伝えるためには動きの遅い市販の教科書では使いづらかったり物足りなかったりする問題に対応するための、本学独自の教育を踏まえたテキスト群です。もちろんこのことは、他学においてこのテキストのシリーズを採用することを拒むものではありません。

　まだまだ第一歩を踏み出したに過ぎない新叢書ではありますが、今後も地道な研究活動を通じて、学問という営みの力を市民社会に対して広く問い、市民社会の一員として当事者意識を持ちながらその健全な発展に参加して行く所存です。

学術研究会運営委員会